重生之旅

白血病女孩的五年

张夸夸 著

湖南文艺出版社

目 录

前 言 001

第一章 以前我不知道年轻人也会死

愚人节的消息谁会信呢？ 003
"你来度假的吗？这里是急诊抢救室！" 009
死掉之前，请给我一个答案 017
确诊白血病，真是拍韩剧啊 022
"你还有什么要交代的吗？" 031
二十七岁生日，在中心 ICU 抢救 039
行过死荫的幽谷 045
层流病房的日常，比上班还忙 058
出院之前状况百出 072
没想到，更痛苦的是陪护家属 080
活着回到老家 087
骨髓抑制期和四次化疗 094
全球找药的爱心接力 108
二十八岁，我给自己写下悼词 114

第二章 灾后重建比我想的更漫长

第二人生，哭哭笑笑交替前进 125
维持治疗也是跟父母的和解治疗 130
维持治疗治好了我的不自信 137
原定疗程结束，又再延长九个月 151
治疗漫长，但有光折射出去 158
两年治疗结束，恐惧仍未走远 164
写专栏，没这个必要吧 170
重返职场，我不再只想证明自己 177
庆祝治疗结束，立刻履约 189
遥远的三十岁，我真的活到啦 199
活下来是更勇敢的事 209
爸爸也生病了，我们角色互换 215
让哥哥拥有自己的时刻 234
朋友生日，我许下新的愿望 239
"如果我是男人，我也不选你呀" 246

第三章 旧问题有了新答案

不止疫情，黑天鹅已经来过很多次 257
"咦，我看起来不快乐吗？" 263

为什么你妈妈出现得这么少? 269
七年工作狂决定辞职 281
五年结束,生病不是一件绝对的坏事 287
重新看待生活,不再自称受害者 294
生活跟我想的不太一样,没关系 300
遇到维维,我也不再怕死了 305
人活着有什么意义呢? 我不再问了 312

第四章 死亡不是终极课题

病友安欣 321
那些生病的年轻人 326
生病之前应该做的事 332
写给家属,照顾病人的小建议 335
写给生病的你,喜乐的心是良药 339
看不见的病耻感 343
写给所有人,死亡不是终极课题 349

五年的重点事件时间线 355

后　记 357

前　言

翻开书的你，人生之旅至今为止都还顺利吗？有没有烦忧缠绕心头？

每个人的际遇如此不同，有的人顺风顺水，有的人遇事有惊无险，有的人则遇到惊涛骇浪。如果你一路顺遂，那么恭喜你，你足够幸运；如果你跟我一样，遇到了大大小小、各式各样的麻烦，举步维艰，那么我们应该会有很多相同的感受，可以一起聊一聊。

如今遇到新的困难，除了短暂的心情低落，我不再觉得自己是受害者，也不再觉得自己是被命运按在地上摩擦的蝼蚁，而是想：如果人生是一场情景游戏，那么这些限定版的体验也是绝无仅有的。去吧，张夸夸，勇敢地往前走，总有一束光在指引你的前路！

不过，从前的我并不是这样乐观的。那时我看起来还不错，但一直不太快乐，总有忧愁深埋心底，甚至常常在想人活着究竟有什么意思。让我有了颠覆性改变的是一次

"死到临头"的经历——年纪轻轻患了重病,二十七岁生日时在中心 ICU 抢救[1],医生几次建议我的家人准备后事。

单单挣脱死亡的阴霾就已经很难,而且人生没办法像爽剧里演的那样一下子就变好、变顺。治疗花了我两年半的时间,其间包含四个大化疗和八个维持治疗。但人生的难题并不只有死亡的威胁,不是活下来就万事大吉,还有其他的困境密布在我们生命的旅程之中。

比如我待处理的问题还有:工作暂停,团队被解散,身体变差,我不再敢像名人自传里说的那样靠发狠拼搏去闯出一片天,连努力都要克制;婚恋……哦不,我毫无市场了,长辈们对此很忌讳;因为高危组的高复发率,我诚惶诚恐,有好几年,我听到病友复发或者过世的消息时,每一次都会提心吊胆——害怕下一个就是我。我还很羞愧于自己生了病这件事,经常责怪自己不如他人健康。

曾经无比悲观的我,现在焕然一新。解决自己人生里的一个个难题,可能是非常缓慢的过程。所以我现在要讲的故事,不仅是一个人们喜闻乐见的"存活奇迹",还是长达五年的"夸夸历险记"。之前这个专栏叫"二十八岁给自己写悼词的人"(看,当时的我多么消极),现在索性将这

---

1 ICU,指重症加强护理病房(Intensive Care Unit)的简称。

本书的名字改成了"重生之旅"。

当然，现在的我也依然有很多问题没有解决，那些问题也永远不可能完全解决。我们正是在不断解决问题的过程中获得成长的。探寻真理是每个人不自觉的追求。这五年的有限经历，让我有了很多思考。如果你好奇天降灾祸的突然、死里逃生的奇迹，相关内容在第一章和第二章；也许你我面临的人生困境大同小异，你更想看我如今重建生活和重拾盼望的过程，可以看第二章和第三章；如果你作为病人或家属，急切地想看观点鲜明的建议，可以先看第四章。

五年间，我收到很多留言。有人认为这是一部恐怖片，也有人认为是一部温情喜剧。医生和怜爱我的亲友们不敢打开专栏的链接，不敢去回看事情发生的过程和细节，而是反过来关心我道："说真的，你写这个，会不会因此留下心理阴影？"还有读者留言："你，像个心理医生。"我一开始并不明白这话是什么意思，后来才懂。

专栏后台的私信发送者不一定都是白血病病人，他们可能是得了甲状腺癌，可能是中期流产的孕妇，可能是遭遇父亲过世、母亲患病、长辈中风、小孩身患重疾的人，可能是在痛苦中打滚的人。这些悲伤无奈的人大概是在这里找到了可以安心倾诉的地方和被理解的感觉，他们在我的故事里暂时找到了自己难题的解法。鼓起勇气来看的健康的人，发现自己眼前的困境并不是什么有关生死的大事，原本大山一样的烦恼变成了细小的灰尘，于是决定珍惜眼前的一切，去更好地对待伴侣、小孩，甚至家里的宠物。

这几年一直在接收求助信息的我，越来越多地意识到，每个人都要走过这一段路：自己或者关心的家人、朋友遇到不好的状况。虽然每个人面临的难题不尽相同，但如何走出幽谷，是我们在曲折的人生里总要思考的事情，如果我的故事能给你带来一些启发就再好不过了。

我们生命中发生的每一件事，都是互相作用的。接下来我们就开始进入这个长达五年的重生故事吧。

第一章
以前我不知道年轻人也会死

从前的我,

莫名觉得自己活不过三十岁,

但没有想到命运比我更苛刻。

二十七岁生日时,我在中心 ICU 抢救,

被宣告无治,

家属可以准备后事了。

愚人节的消息谁会信呢？

我叫张夸夸。我是个"90后"，看起来跟别人没有什么不同。在我家乡的方言里，"夸"是话太多太吵、不够文静的意思，并不是什么赞美。

2017年一个稀松平常的春日，天气很好，阳光明媚且有温柔的微风。换衣服准备去上班时，我从落地镜里发现右边的小腿上有一大片连绵的淤青，呈边界模糊不清的波浪形状。我以前从未见过。

平日风风火火撞到哪里不自知的情况，确实发生过，但都是小面积的淤青。如此大面积的淤青不可能是不知不觉间撞伤后产生的，触摸时也没有一丝痛感。干脆把衣服都脱了，粗线条的我这时才看到，淤青不只在小腿，大腿也有且颜色更深。又想起前几天收到的体检报告提示有几项指标出现了不明显的异常，如此种种，我觉得不能再拖，立刻穿上蓝色风衣出门，去打印店把电子体检报告打印出来，然后赶去和老徐会合。老徐是我的同事，她在医院替我挂了下午的号。

在公交车上,我把不同部位淤青的照片,在微信上发给做医生的爸爸。我知道情况不正常,但也没想太多。最多是贫血吧,我想。我更多担忧的是,初春的4月还有点寒意,今天露着脚踝出门,傍晚下班时会不会冷呢。

下车后,我没有直接去医院,而是拐进街对面的"罗莎面包",买了袋红豆面包,我想老徐可能还没吃午饭呢。我也并不着急。走向医院的路上,在等待最后一个绿灯的时候,我发了条朋友圈:希望还有六年前的好运气。配图是美剧《傲骨之战》里,机敏的梅丽莎的台词:不要发送超过十五条以上的恐怖信息。

我去的是湖南省人民医院,到那里时刚好两点,诊室外不知道为什么,有好几位保安在维持秩序,气氛非常严肃。第二次确认挂号信息后才让我进了诊室,这让我莫名紧张。一位银发老太太接诊,看完我腿上各处的连绵淤青(学名紫癜,也就是出血点)后,我又主动递给她之前的体检报告,按例她问我答。

"你月经怎么样?"

"以前很正常,很准时,只是量少。这次推迟了十天,量有点大。"

"你牙龈出血吗?"

"出血了半个月吧,可能是牙结石引起的,打算去洗牙。"

"你的体检报告是什么时候出来的?"

"一周前,之后我去了泰国,刚回来。"

她给我开了血常规和凝血功能两项检查,告诉我前者三十分钟出结果,后者可能要等到下午五点。去年办健康证抽血时,医生给我连续扎了五针都抽不出血,身边很多人看着,我后来委屈又羞愧地哭了整整一个下午。现在很怕往事重演。

还好,这次抽血很顺利。等报告时,老徐陪我在候诊区闲聊,她看出我并不放松。我又去翻刚刚打印的体检报告,很多项不合格,但跟合格线偏差不大,我想应该是这段时间没有休息好,有些疲劳的缘故吧。我接着开始吃面包、剥橙子、打量对面候诊的漂亮女孩儿,转移自己的注意力。终于,老徐拿了结果来了,比我想的要快。

医生看了一眼单子上的结果,眉毛就拧起来,问:"你有没有头晕?"我不明所以,如实又自得地答:"没有,一切都感觉良好,如果不是有淤青,我现在应该要去公司开会了。"

她打断我:"你体检时血小板就偏低,但还有90(正常值是 $100—300 \times 10^9/L$),现在血小板只有22了,降得很快。你要立刻卧床,不能坐和站立,马上去办住院手续,如果没有床位,就让护士站先帮你排队。"短短几句话,紧跟一个吓人的指令,我一下子蒙了,没反应过来。摸不着头脑的我有太多的问题,急切又结巴地问:"不是还有一个结果没出来吗?我要住院,那么要请假,但我得了什么病呢?怎么跟公司讲?我能不能先开完会再来住院?"

她没有要安慰我的意思,只是瞥了我一眼,说出更可怕的话:"那个结果已经不重要了,不用等了。"

我想继续问下去,但已经明显感觉到自己的身体在颤抖。她见我杵着不动,又补上几句:"你现在情况很危险。要卧床。什么病不知道,太多指标不正常了,可能是贫血、梅毒、艾滋病……总之几百种可能,要一一排查就得抽骨髓。"

我努力克制声音的颤抖,顾不上回怼她的冷漠和刻薄,一心只想搞清楚情况。她回答最后一句:"做骨髓穿刺的科室已经下班了。接下来是清明节三天假。要等休假结束,才能做检查,拿到骨髓穿刺结果,才能最终确诊。"

我知道多说无益,拿着住院单出来,已经接近三点半。没怎么犹豫,我直接打电话给公司老板,告诉他我生病了,要住院,四点没办法跟他开会了。他愣了几秒说:"哈哈哈哈哈哈,你壮得跟头牛一样,怎么可能有事?!别以为我不知道今天是愚人节!你在哪家医院?我来找你!"

我也明白自己说要立刻住院是可笑的，声音里却是藏不住的哭腔："你不用来，还没确诊，现在要先做骨髓穿刺，才能知道是什么病。你帮忙看看哪家医院能尽快做，最好是今天下午，不然要等三天后医生收假。"

与此同时，我的直接上司祥哥派人资经理陈姐来医院和我会合，利索的她在路上帮我联系了湘雅附二[1]。我给爸爸也打电话同步了情况，他要我按医生的意见处理，尽快住院，等待骨髓穿刺检查。妈妈也打电话来，叫我不要慌，肯定会没事的。在省人民医院摸索住院部到底是哪栋楼而来回穿梭时，我看到了转运床上和轮椅上的病人。看着他们，我心想：虽然医生刚讲的信息可怕，但是，反正我绝不会到这个地步的，我好端端地站在这里，能有什么大病呢？

那个下午阳光照在身上很暖，湿度和温度都很宜人。市中心最繁华地段的医院，不知道为什么格外安静。

等车去湘雅附二时，我又给同为医生的老同学黎力打了电话，想看看是否有熟人可以加急安排骨髓检查。他听到我说血小板只有22时，大惊道："你现在是站着的吗？！"我说："是啊，我精神很好，不太会晕倒，身边有同事照顾。"他说："你别动，立刻坐下。"我站在车流如织

---

[1] 指中南大学湘雅二医院。后文不再标出。

的市中心街道边，觉得荒诞又好笑，没能明白这个指令的原因。为什么每个人都要我坐下和躺下，不要动？我有同事在旁边，即使晕倒她们也会扶我。我从没有晕倒过，也绝不会摔伤，而且我的车马上就要到了。立刻坐下？坐在市中心拥堵的路边上吗？

到了湘雅附二，从楼上血液科到楼下骨髓穿刺室，我一路狂奔，心想如果我快一点也许就能赶上对方没下班，就能早点做完骨髓穿刺，拿到确诊结果。但当我赶到时，他们确实已经都放假了。从附二无功而返时，有一棵大树把斑驳的影子投射在门诊楼的过道上，真好看。我当时很想在这美好的春光里多停留一会儿，工作狂如我，已经很久没看到过夕阳了。

噢，我下午在朋友圈里写的"六年前的好运"是指什么？六年前，我在深圳实习，兴冲冲去取体检报告，准备办入职手续，却被医生郑重告知肺部有阴影，情况不好——我有家族史，要进一步检查，可能是肺癌。当时我吓到大哭，眼泪汪汪地拿着片子辗转找到另一位教授。那位女教授仔细看完片子，温柔地安慰我："没事没事，他们吓你的。你是小时候肺炎留下的疤痕。没问题的。"我听后才收住哭声。

可能，这次也是误诊，只是吓吓我而已？

"你来度假的吗?这里是急诊抢救室!"

暂时无法确诊,几家医院又都没有床位,无法办理住院,我决定先回家,遵医嘱躺上三天,保障安全。清明节结束后,才能去医院做骨髓穿刺检查。打车回家的路上,同事们的电话也陆续打进来。

"夸夸我打听了,血液科最厉害的是附一[1],我们想办法在附一找熟人。放心,你会好起来的。"

"夸夸你怎么了,昨晚我在会议室见到的那个人是你吧?怎么这么突然?"

惊动这么多人,我非常不自在。惹人担心、给人添麻烦是我不喜欢的。

我回到家躺在床上,脑袋里一片空白,我也被困在大家的惊呼"夸夸你怎么了"里。我解不了这个谜团,烦闷不堪。

---

[1] 本书中"附一""湘雅附一""湘雅"均指中南大学湘雅医院。后文不再标出。

作为一个积极的悲观主义者，我遇到大事往往格外冷静，预设最坏的结果，然后去面对它。我确信自己没事，精神很好。至少……至少不会是夺我性命的重病吧，最多是贫血，我安慰自己，先躺几天，也许是虚惊一场。接着公司总部办公室廖主任打电话来："夸夸你一个人住家里我们不放心，今晚还是住到湘雅附一去。"

"可是没有床位，没有办法办理住院啊。"

"哪怕住进急诊也行。"

我对住进急诊的可行性很怀疑。老徐也来劝我："找了熟人，放心。你只要说血小板 22，这个暗号对方懂的。"老徐的话打消了我的疑虑。我们赶紧收拾住院的行李。我决定穿黑色长裙配棉袄，当医生问诊时，我可以直接把裙子撩上来，给他看左侧大腿上的深色块状淤青，比脱裤子快。我跟老徐说："你少打包些东西，不会住很久的，实在需要什么也可以到时候再回来拿。"我暗暗地想，去医院休假几天也不是多坏的事。于是就像短途春游一样出了门。

下楼后，我给团队发了群信息，谢谢他们替我分担工作，让我春节过后的几个月愈感轻松。我告诉他们，接下来我可能缺席一周，请大家继续坚守岗位，为我们共同的业务目标努力。作为事无巨细、很爱操心的家长式管理者，我发完信息依然不舍，也不太放心。一下子要放手还真是不习惯。这时已经是晚高峰，车速快不起来，一路上觉得时间格外漫长。我和老徐都没有说话，沉默着各怀心事。夜色很好，到处灯火通明，世间现在正是热闹时啊。

廖主任已经在急诊门口等我们，我们会合后先去拿号排队。虽然看过不少医疗剧，但夜间医院如此喧哗，人如此之多，还是让我惊讶。分诊台年轻的医生让我先测量血压。排队时看着前面坐轮椅的老太太，我又一次暗自庆幸自己还如此年轻力壮。

血压测完，一直低头忙碌的医生问我症状，我答血小板低。他一边记录一边问，多低？我答，22。他猛地抬头，满脸震惊地指着前面，说："急诊现在还剩一个床位，你现在！立刻！马上！去躺着！你们陪人，快扶着她点儿！"

我转身满意地看了一眼老徐，说："这暗号对得不错，厉害厉害。"老徐扶我的时候低声坦白："其实我们根本没找关系，你这个情况确实很危险。急诊肯定会收，必须收！"

我还是不相信情况很严重，只是发信息给爸妈："已到急诊室住下，同事们陪着我，请安心，你们早点休息吧。"

走进急诊室，找到唯一空出的床位，我正准备躺上去，护工大姐过来阻止："你带睡衣了吗？你必须先换衣服，你这裙子不行。"原来是我自作聪明了，医院有医院的规定。

我只好脱掉裙子，换上她指定的病号服躺下。

不适应的我还在惋惜自己的失策：唉，早知道就带自己的睡衣了，病号服的触感不够柔软。很快就有医生过来问症状，查看大腿和小腿的淤青、之前的体检报告、下午的检查单。总之，血小板、白细胞、肝脏转氨酶……大量数据都显示异常，大家要从一团乱麻中找出头绪，确实很难。按例医生问我："近期有不洁性行为吗？有吃过什么药吗？"

"没有性行为。我这几天胃痛得厉害，吃过两种胃药，都是中成药。"我说。

不常见的中成药成了致病的第一怀疑要素，境外（泰国）的生物感染也没被排除。他们也说要三天后假期结束做完骨髓穿刺，才能确诊究竟是什么病。

护士再次来给我抽血，做血常规检查，接着麻利地给我装上心电监护仪，手上埋入留置针。急诊的床很窄，护士看到床边还挤着一台笔记本电脑，生气地说："你来度假的吗？这里是急诊抢救室！居然还想着工作，还要不要命了！"然后她叮嘱我绝对卧床，吃喝拉撒全在床上解决，目前的情况随时可能出现脑袋和消化道大出血，而且凝血功能差会很难止住血，很危险。我这才明白，"要卧床，别站着别动"的真正原因并不是担心晕倒。回想起入院前在泰国旅行，当时一路上我都在发烧，疲惫昏睡，月经量也突然变大，但没放在心上。如果那时候大出血，可能就在异国猝死了……

我又发了一条朋友圈：因私人原因，未来一周我不太方便接听电话和微信，工作暂时移交。

当然，这条信息屏蔽了亲人和长辈们。那时我依然很有信心，以为一周就能恢复。

那条移交工作的朋友圈下面，很多熟悉我工作狂风格的朋友问："你不会是要辞职吧？"我自信没事，但又没法解释自己生了什么病，只懒懒地回复了部分人："身体有点问题了。"还有人留言问："夜间的愚人节玩笑？"

其间，直接上司祥哥赶来医院，晚上还有工作要执行的好友 Sam 也抽空赶来，在一切还没明朗之前，大家都默契地不说话。我忍不住小声问祥哥："晚上附一抽血的结果出来了吗？"

"出来了。"

缓了一会儿，我又问："那，现在血小板结果是多少？"

他避免跟我说话这件事彻底失败。"18。"他说。

降了，还在降。下午血小板还有 22 的，现在 18。当时我并不知道这个数字意味着什么，我后来才知道，低于 20 就有自发性出血可能，是很危险的。我们心领神会，彼此不再说话。

护士再次过来,给我一叠病危通知单。她强调道:"现在情况不好,要立刻通知家属。"

我笑嘻嘻很自信:"我应该没什么事的,我父母他们年纪大了,加上我这也没确诊,吓到他们不好。"我拿过笔,决定自己在病危通知单上签字,但下笔时居然有一些哆嗦。

紧接着,Sam和祥哥推着我去做头部检查和消化道检查,看是否出现隐秘的出血点;床车齿轮的声音在深夜格外响,走廊的灯一盏盏地晃过去,衬得空气很冷、很安静。

检查完回来,护士开始为我陆续注射止血敏、帮助凝血的纤维蛋白原,核对了血型后输入AB型血小板。急诊室拥挤吵闹,每个人都神情紧张。我左边的老人是呼吸心跳骤停,每一次他睡着,护士和家属都会很大声地叫他名字、拍打他,直到他醒过来,如此循环反复。我后面邻床的病人是癫痫患者,隔一会儿就抽搐,家人要立刻按住他,每一次都手忙脚乱。

大学闺密娟姐带着全家赶来医院,两岁的小七七看到她妈妈哭,也吓到大哭。我嘲笑娟姐大惊小怪:"你看我这样子像是有事吗?好啦,我很好,你别担心,快带崽崽回去睡吧。"阿ben和阿中也一脸蒙地出现在我床边:本来约了要一起吃饭,结果我现在躺在急诊室。我也不知道怎么跟朋友们解释我的情况，大家面面相觑。我只能安慰他们，虽然场面看起来吓人，但应该不会有什么大问题，请安心。

我有些累，终于渐渐昏睡过去。晚上一点多，我感觉到有人用力握着我的手。我醒过来，睁开眼，哈，是爸爸。"爸爸，你怎么来了？"听到我说话，他就一下子绷不住了，眼泪在眼眶里打转，低下头不说话。我也跟着红了眼眶。爸爸来了，我心里有底气了很多。

原来是老徐担心我真的会出大事，明知我不肯，还是坚持半夜打电话给我爸，告诉他：医院已经下了夸夸的病危通知。我爸什么都没想，立刻简单收拾，连夜从老家华容坐车到岳阳，高铁已停，再从岳阳坐车到长沙火车站，辗转几个小时，第一时间来到我的病床边。女儿情况不明朗但十分危险，老父亲一路担忧与忐忑。春节一别，再见面时女儿已躺在急诊室。爸爸的心情我无法也不敢想象。

虽然医生、护士都一脸严肃，好像事情并不简单，但现在我相信我会没事的。爸爸来了，我不怕了。安心了很多，我又沉沉地睡了过去。

现在我依然觉得那是我初春最美的一天，难得气色很好，浅蓝色风衣很好看。但那个愚人节，老天似乎玩儿了把大的。

第二天下午，我的大老板来急诊室探病。他笑嘻嘻地逗我："哟，拍韩剧呢？女主角，你的男一号在哪里呀？"我那时还不明白这个笑话，对他翻起白眼："如果是韩剧，也一定要有外星人或者鬼怪，总之要有超能力才好啊，我才不想要哭哭啼啼的俗气爱情！"后来公司帮我转入了留观室，相比急诊的拥挤吵闹，那里环境相对要好一些。

之前读过张羽的《只有医生知道》，我明白在医院不管男性还是女性，都极少能享有隐私权：孕妇们在走廊上待产，羊水破了就拉帘子直接生。但当自己真的遇到时，还是有一些拘谨。

在急诊病房时，床很窄，我的床位左侧紧靠护士工作台，只能拉上右半边的帘子，小便就在这种半开放的状态下解决。转病房时，一个男护士过来拆心电监护仪，没拉帘子，直接把我的上衣撩起来，动作麻利，三两下拆掉我胸口的贴片。我甚至来不及遮掩，他就走了。

转运床从急诊室缓缓推出时，里面的病友和家属都纷纷侧目，他们在预测我的未来，我也在心里祝福他们都能好起来。显然，也只能是祝愿而已。

死掉之前，请给我一个答案

留观室里有六个病友，我在最里面靠窗的床位。每天坐起来吃早饭时，爸爸就给我拍照：

"这张光线不好，再来一张。"

"你发型太乱了，得捋一捋，造型可以更霸气一点。"

"你看下镜头嘛。"

刚开始我很不配合，觉得自己此刻很丑很累，不想摆拍。后来明白这是他的记录方式，也就随他了。

病友之间总是很快能熟起来，新来的也更容易受到关注。

"你家小孩怎么了？她还在读书吧？"

我爸一脸得意地说："她啊，年纪不小咯，已经工作五年了。"

病友又问："那，她的小孩多大，现在是谁带啊？"

"……"

爸爸说："她还那么小，结什么婚？更不会有小孩！"

我想起自己因为不想相亲、不想结婚生子、不想被念叨,过完春节才大年初二,就急忙回了长沙。爸爸还给我补发信息说:"你年纪不小了,已经到了最佳生育年龄,结婚生子要抓紧啦。"

现在倒是他先松口了。

后来,来探访的朋友进进出出。老友莉傻从常德赶来,我拿起手机问大学"铁三角"的另一个朋友艾此刻在哪里。当时在衡阳陪女友的艾,午饭前就出现在病房门口,像从前那样笑笑,看着我。我们共同感叹一个事实:从毕业到现在已经五年了,三人居然再没"合体"过。

因为担心消化道出血,医生不允许我吃坚硬的东西,连土豆丝也算在这一风险类别里,囝囝和Sam轮流熬了汤从家里带过来。去泰国前,正是小六拉着我和囝囝一起去体检,他们的结果都正常,只有我的出现了异常,但我没太放在心上。我住进急诊病房当晚,囝囝没来,只打来一通电话说:"我给你银行卡打了一笔钱,听着,不管什么病都会好起来,反正你什么都不要想,我们会养着你。"我遇事很少慌张,遇到关心反而会绷不住。没被病情吓到的人,听到他的话,哭脸了。

我和囝囝见面极少,见了也是各自絮絮叨叨地说自己的事情。我们做什么决定,对方都支持。圣诞节不能来找我玩,他就喊跑腿的人送了一整盒漂亮的杯子蛋糕到我办公室;知道我在熬夜加班,他会留言跟我分享一首好听的歌作为晚安曲;去北京逛街散心,他看到很适合我的衣服时说:"这件衣服明明就写了你的名字啊,如果你不买我就买下来送你!"我疲惫到不想说话时,他会安慰我:"你要是累了就停工休息,其实我还有一笔闲钱暂时没处花,你先拿着。"在深夜的出租车上,我们碎碎念着各自操蛋的生活经历,不需要回应和承接,就能感到彼此互撑。

陪护时间比较多的老徐给囧囧解释:"你看,这个帮助凝血的纤维蛋白原,这么小一支要 1200 元。这个血小板要 300 元一包,一次输三包,还不一定有货。"

"夸夸,你现在花掉了一瓶'XO'(特陈白兰地),再输几天药物,就用掉了一只'LV'。"

玩笑开完,囧囧叹了口气,说:"夸姐等你好起来,我再送一个 LV 给你,只要你能好起来。"

我立刻就神往起来。

虽然公司发了通知,暂时不方便探视,但下班后,部门的小伙子们还是偷偷溜来了病房。他们看着我右前臂上一整块骇人的青紫色淤青,脸上的惊讶完全收不住:一个风风火火的女上司,几天间就虚弱得躺在病床上不能动弹。

闺密222小姐和婉妹下班后也着急地赶来医院，还带来一些共同的朋友，病房挤得满满的。大家默契地不提病情，像往常一样嘻嘻哈哈地问我，接下来去哪家吃夜宵。

来换药的护士费力挤进人群，最后勒令访客都出去。鲜花、水果堆满了窗台和柜子。这么多东西根本吃不完，而且病房每天的卫生检查很严格，不允许有多余物品，最后没办法，只能让带了水果的人换一束花回去，带了苹果、西瓜的人负责把菠萝、哈密瓜带回去。

岚姑姑也来看我，我们过去见面极少，她分享了她疑似乳腺癌的经历来安慰我。她现在看起来精神很好，气质真真"如兰"。她鼓励我无论接下来要面对的是什么结果，心态都要好。

止血敏和帮助凝血的维生素K1同时输入身体，我开始剧烈呕吐。刚吃进去的食物还来不及找到垃圾袋就喷射出来，腹腔剧烈收缩，肌肉很痛，眼泪也迸出来。爸爸神情焦虑，一言不发。每一次我呕吐的声音，都会让病房里其他人也安静下来。大家都不说话，我也装作什么都没发生，镇定地自言自语："吐干净了，那再抓紧吃几口吧。"于是我低头，又大口吃饭。

躺着尿尿本身已经很难堪，再加上药物的副作用，排尿变得很困难，用热毛巾敷在小肚子上也依然不起作用。

我辗转腾挪冒险下床,由同事陈姐扶着,尝试半蹲。我一脸尴尬地看着她说:"唉,我以后都不敢跟你绝交了,毕竟我什么隐私你都见过啦。"

我还收到一些亲友发来的信息。不知情的表姐约我端午节去她家吃饭,我简短地回复:没时间,去不了。表弟在信息里说:姐姐马上要过生日了,想要什么礼物啊?我只想结束对话:暂时想不到,什么都不缺,想到了再说。

我不想在确诊前惊动亲人,只能惭愧地有所隐瞒。

睡前我依然百思不得其解:我到底是什么病呢,是贫血吧?也许休息一周,以后注意点就没事了。好怀念那些年轻人大声说话的样子啊,七八点正是吃完晚饭,夜生活刚要开始的时间,病房却已经熄灯了。春宵多浪费。

即使没有确诊,在留观室的这三天,我也一直输液用药,帮助凝血、补充血小板。但血象指标并没有因为输血而好转,我还要时刻预防大出血。这些费钱费力的事情,现在看来徒劳无功,让我越来越觉得不太寻常。

前后不过三天,活蹦乱跳、野心勃勃的我,现在只能在床上吃喝拉撒,除了呕吐就是昏睡,生活真比戏剧还戏剧啊。

工作?别想了吧。我只想知道我怎么了,在突然死掉之前,请给我一个准确的答案吧。

确诊白血病，真是拍韩剧啊

每天都要抽血，查血常规。花了高额费用在体内输入血小板，血小板依然低得不乐观。白细胞升得很快，从最初的0.9升到60多。白细胞正常值为 $3.5—9.5 \times 10^9/L$，这项指标使我确诊时被定性为高危型，即有高死亡、高复发可能。终于，三天公众假期结束，4月4日医生来巡房，重复了前几天的问答后，给我安排了下午的骨髓穿刺。

我故意没做功课，没去搜索骨髓穿刺的操作过程和痛苦程度。过去的这四天，虽然有众多亲友陪伴，非常热闹，但我心里觉得很漫长，只迫切地想知道自己到底是怎么回事。我想尽快治好，回到工作岗位去，想自由出行，跟没时间碰面的朋友见个面聊聊天……如果情况确实糟糕透顶，那么尽早知道了也好去安排有限的余生。

后来爸爸告诉我，当时骨髓穿刺很不顺利，一共扎了三针才顺利抽到骨髓。但是，我本人没什么感觉。毕竟它给了我清晰的答案，过程是必须的，痛苦又怎样呢？我得度过去。

做完骨髓穿刺的两小时里,我必须平躺。我每咳一下,手臂上抽血时扎下的针孔和背后穿刺的伤口就开始渗血。护士过来追加一瓶纤维蛋白原,帮助凝血。我不再和爸爸交流,闭目休息,我决定在最终的判决来临前绝不自行猜测。

直到下午,爸爸郑重地坐到我的床头告诉我:"张丑,结果出来了。"

"嗯?"

"是白血病。"

我还没来得及嘲笑自己人生中的又一次狗血剧情,爸爸就握着我的手说:"白血病分很多种,你是 M3[1],唯一一种可以通过药物治愈的类型!不一定要移植骨髓,很棒吧?刚才我去缴费,还碰到一位 M3 治愈出院的女士,她精神很好,恢复得不错,我问她要了手机号,你们可以微信联系下,请教经验。"

我一时还没能消化好确诊结果。

---

[1] 白血病 M3,一般指急性早幼粒细胞白血病。急性早幼粒细胞白血病是急性髓系白血病(AML)的一种类型,FAB 分型(一种急性白血病的分型诊断标准)为 M3 型,该类型又细分为低危、中危、高危(高死亡率、高复发率)。M3(APL)发病率约 0.23/10 万,该类型是发生自出血最严重的亚型,临床表现凶险,早期死亡率整体较高。

"放心啊崽崽,你会好的!"爸爸的语气充满信心。看着愣神不说话的女儿,他又用力握住我的手。

"嗯。"

靴子落地。

我努力接受这一幕的荒诞——我不是总风风火火要去做下一个新项目,誓要多拿一个行业第一名吗?怎么就在急救室签下了自己的病危通知单,然后确诊白血病了呢?这才短短几天,剧情就以两倍速,不,是以五倍速快进。家属眉头越蹙越紧,药物副作用导致排尿困难引起的腹胀,针口的渗血,这些都在提醒我:眼下既不是戏剧也不是未醒的梦境。我不愿接受,不愿相信,但命运生拉硬拽,非常蛮横地拖着我往未知走去了。

我开始懊恼起来,春节后原本想买一份重疾险,但总觉得没那么着急,等端午节过完再去买也不迟。谁知道拖了这么几个月,导致这辈子恐怕都再难买上重疾险了。没有商业保险补充,那么高昂的医疗费用我们承担得起吗?

明白了未来一周不可能如约回到工作岗位,我就又发了一条朋友圈:"因病休养一段时间,工作移交给伙伴。届时再广发英雄帖,大家江湖再见。"这条消息再次引来了亲友询问,而我只把真实病情告诉了亲密的朋友。

4月6日,我被正式收入血液科住院部,床号是51。

急性白血病M3型的特点是，不一定要移植骨髓，但前期特别凶险，死亡率高，最常见的死因是大出血和肺部感染。所有进入病房的人，包括家属都必须戴口罩，手部消毒，以防止病人被感染。我也戴上口罩，被禁止活动，哪怕只是起身穿衣服也不行。朋友们陆续送来的花，护士也厉声强调不能放在病房，担心虫卵引发感染。葡萄、草莓等任何有薄皮，又不好确认清洗洁净程度的水果都不可以吃。朋友们只好一次次送来流质汤水。

爸爸再次坐下来跟我说："宝宝，你这个病有很多方式处理，有人信偏方、有人吃中药、有人去拜神……我们讨论过了，做化疗是最好的治疗方式。你同意吗？可能会出现头发脱落、变黑、变胖、呕吐这些副作用……"

没等他说完，我就点头。虽然我并不清楚化疗到底是什么，但做惯了女战士的人，总是遇到问题就去解决问题。我知道要积极打起精神来，接下来是一场硬仗。我想要早点好起来，早点让关心我的人省心。

"医生建议先把头发剪短，医院有专门的护工剃发。剪完比较好打理。"

"好。"

很快，专业的护工就到了。我不用坐起来，也无法坐起来，就这样平躺着。第一剪落下去，那个干脆利落答应

"好"的我，眼泪就控制不住地流下来了。是是是，是我自己爽快答应下来的，我想起3月下旬时，我妹和娟姐还说，我从前短发很美。每一次咔嚓声响起，情绪就随之难以抑制，最后我索性放开了，号啕大哭。我没法保有原来的我了，往后要走未知的路。我只能被动地接受一切变化，可我并不想做韩剧里的光头女主啊。

爸爸安慰我："等你好了，头发会再长起来的啊。"主治医生也解释道："长发掉在床上很难打理，剪了方便省事。"其实大量明显的掉发，会影响病人的心理状态。道理我都懂，可是我好委屈。从那天开始，我就拒绝照镜子，也拒绝看爸爸每天早上给我拍的照片。

4月7日开始了第一次化疗。第一瓶化疗药水是深蓝色的，看起来很瘆人。化疗开始前，医生也正式预告了各种副作用："你会掉发、变黑、发胖，这都是可以预见的。但这些不重要，忽略掉，活下去是你的唯一目标。"后来的事情我大多都不记得，只记得我开始明显畏光，除了要求时刻拉上自己床位的帘子之外，我还需要用毛巾遮住眼睛，而且任何声音都会让我烦躁不安，心生怒火。我的头颈部一直大量冒汗，不停地让爸爸帮我把竹编枕头翻边，降温。囧囧给我买了带着三个彩色毛球的皇冠婴儿枕，非常可爱，但因为不够凉爽，没用到一天就丢在了一边。

这时我的叔伯辈长辈们得知了我的病情，一批从老家华容赶来长沙，一批从深圳赶来长沙。每个人都戴着口罩进来，被要求手部认真消毒后才能靠近我。幺叔、幺妈帮我找了最好的医生，大姐在床边替我剪指甲，她缓慢且温柔地跟我说话，像哄小 baby："你会好起来的。"我想起爷爷过世前，我也是这样，替他仔细地修剪指甲。因为畏光，我一直闭着眼睛，很难睁开。也好，这样就不容易被人发现眼睛红了。爸爸告诉我，大姐打算把深圳的房子卖掉给我治病。

二伯一贯眯着眼，他说："妹儿，你小姑替你算了命，过了 4 月，劫数就会过去。"

小姑补充："大师还说你姻缘很好。"

大伯则胸有成竹地说："吃鹅能治愈一切恶性疾病，放心（你不会死的），这个方子很厉害的，有人试过了。"

我努力转向他们，故作轻松地问："我剪的这个短发好看吗？"

妈妈走到床边，拉着我的手说："宝宝你没事的，你将来还要做奶奶，做外婆，你会长命百岁……"虽然闭着眼睛，但我的眼泪还是止不住地从眼角流出。我心想：我？我有以后吗？我有机会像邻居奶奶那样度过普通但足够长的一生吗？

我的亲哥哥当天要赶往广州参加考试，他哭了一晚还是来医院看我，没吃饭立刻又赶往车站。考试的压力、妹妹的病情都让他焦虑不安。他赶过来还有一个原因——本以为我可能要骨髓移植。很快家属们都被叫到医生办公室去了。

靓婷是我在深圳实习时的同事，春节前她约我一起去雪乡，我忙于部门搬迁和年底收尾总结，没有应约。过去的一年，她只提醒我一件事：少熬夜，别猝死。我哈哈大笑，没放在心上。这次，她立刻请假，订好机票酒店飞过来，开始还被挡在病房外面，终于进来后，我很抱歉地告诉她，我实在没法睁开眼睛看她。她跟我说话的时候，语气平常又笃定："没关系的，你听我说就好了。我妈最近拍了一套艺术照，她做化疗掉下来的头发都长出来了，你也可以的。你结婚时的钢琴伴奏曲我已经练熟了，就等你的通知。你还要做我小孩的教母，不管你答不答应啊。"

化疗后我开始有点咳嗽，医生开了一堆检查单。靓婷自告奋勇，推我去做了第二次肺部 CT 和头部 CT，全程毫不慌乱。家里有癌症病人的她，熟练又冷静。

检查结果当天就出来了，肺部感染，另外大脑和小脑都有一些阴影，疑似脑膜瘤。爸爸详细地跟我讲解片子："脑袋里有小的颗粒，也有大直径的阴影，这也可能是畏光的原因。"我没有怀疑是误诊,但也很自信:"不会的,我不会有脑膜瘤。上个月体检我都很健康,从前我也不怎么头痛。我不担心我的脑袋。"后来才知道,这些疑似脑膜瘤的阴影,更可能是颅内出血。

我的右小臂完全变成了紫黑色,是皮下出血,无法凝血导致的,乍一看很吓人。我总是要安慰每一个看到我的手臂,欲言又止的亲友:"哎呀,不痛不痛。真的,我一点感觉也没有。"

亲友得知我的类型有可能治愈,都安心很多。很容易紧张的妈妈,被安排先回了家。至亲好友一轮轮地来探病,而我满身仪器,又因要防止意外大出血而被禁止起身,只能躺在床上虚弱地回应几句。有时我想:这个人上一次见到的我还是健康美好的呀,一切变化得太快了吧。

表妹樊婷是舅舅家的女儿,比我小三岁,三年前她从广州回到长沙。这之前我们见面极少,但她莫名地信任我,聊起来不生分,也没有代沟。这几年我一路受挫,反倒是她一直照顾我,听我倾诉各种困惑,陪我,无条件支持我。我发信息给她,像发脾气又像撒娇:"我病了,你为什么还不来看我?"一向乐观心大的她回复:"你又没有怎么样,你也不会怎么样。"

几年前,我深夜坐车经过湘雅。夜色中,医院门口的台阶上挤满了病人和家属,他们要等待早上开门去挂号,抢一个被治愈的机会。我当时被惊到,生病的人太艰辛了吧,还好我健康!没想到,我现在也成了湘雅一名苦求生存机会的病人。

这一切很不真实的经历,如梦似幻,我似乎还没明白前方凶险,就已有死神在等着我……

"你还有什么要交代的吗？"

4月10日上午，表妹樊婷还是来了。她来的时候，我已经接近昏迷，意识并不清醒。

前一天晚上我开始发烧不退，同时剧烈咳嗽，引起头部震动，头痛又变得更严重了。二十秒一次咳嗽的频率，不止我，病房里其他人也被吵得无法入睡。我还是畏光，异常暴躁。每当有人跟我说话，我努力睁开眼却看不清时，就不耐烦地对着老徐狂吼："不是说了不要人来探望吗？！我不想看到他们！全部都滚出去！"几年后我才知道，生气暴躁也是血氧低的典型症状之一。来人只好悻悻地退回病房门口。其实，我是不想让他们看到我虚弱无力地被命运的恶作剧捶倒的样子，我要永远光彩照人啊。

面对我不可理喻的暴躁，大家也不敢跟我争辩。爸爸继续帮我把枕头来回翻面，给我的头部降温，擦去无休止的汗珠。其间，爸爸出去接了一次电话，他回来后我又怒不可遏："你还管不管我死活了？！我重要还是电话重要?!"爸爸耐着性子跟我解释,是亲友关心我的情况,特意打来电话。我感觉很累又呼吸困难,有些撑不下去,带着哭腔求助:"爸爸,我快没体力了。"

我的心率已经到了140,心电监测显示血氧饱和度65%(正常值90%—99%,小于80%就可能造成多器官缺氧损伤),即使吸上氧,我的血氧也只有84%。爸爸再次去了医生办公室。不久后就回来了,他坐下来,顿了顿。我明白这个架势是他有事要讲。他拉过我的手说:"宝宝,医生说你肺部感染情况比较厉害,现在考虑把你转去中心ICU。那边很安静的,对你的病更好一些,好吗?你现在一直咳,房间里其他病人也被吵得无法休息。"我最怕给别人带来麻烦,只好点头。

我还在思索着什么,中心ICU的总住院医生赵春光就已经带了转运床过来,比我预期的速度快很多。护士迅速拆下心电监护仪,众人把我抬起来,过完床,大家把我往房间外推动,爸爸突然握住我的手低声发问:"宝宝,你还有什么要交代的吗?有没有没处理完的事?"

我愣了一下,生气且肯定地回复:"您说什么呢?我还要再回来的!"转运床在移动,他紧握着我的手,眼眶红了,哽咽着吃力地叮嘱我:"宝宝你要记得,爸妈永远爱你!"我这才明白了什么,此去恐怕凶多吉少。一切都发生得太突然，我一时没想到如何安慰他，只是说："我知道你们尽力了。我也爱您和妈妈。"

表妹被叮嘱留守房间，帮我看好其他物品。转运床快速从病房推出去时，她抱着物品，一直低着头没有动，好像这次离别她都没有看到，就那样定住了，陷在她自己的世界里。

等电梯的时候，老徐一直激动得号啕大哭，赵医生制止："这位是病人家属吗？不许哭！不许影响病人情绪！快走开，你们快把她拉走！"囧囧则一直不肯松开我的手，伏在床边无声落泪。去年10月，囧妈突发脑溢血，抢救几天后过世。刚刚过去半年，他上一次的悲痛还没完全平复，现在亲近的人中面临生死挑战的，又多了一个我。这些越发印证了我的猜想，恐怕此去很难再返。我转过头笑着问他："等我出来了，我们就去领证结婚好吗？"

他立刻答："好！"

我很酷地闭上眼，再也不说话。其实，领证结婚这话是故意说给爸爸听的：你看，你女儿还会再回来，结婚生子，像普通人那样过完一生；如果她没能回来，她死的时候也并不孤单，的确是有人爱着她的。这样看起来，我这短短一生也许没有那么悲惨。

病床从电梯出来，又穿过很多条走廊，直到护士和医生大喊："家属亲友请离开，不得入内。"他们才不舍地松开手。大门关闭的声音很重，回声很响很响。我面无表情地望向天花板，镇定地接受未知的命运。

我一向没有方位感，感觉路很漫长，曲曲折折。我好像到了户外，黄昏时的阳光金灿灿的，非常暖。街上很热闹，老老少少聚在一起，快乐地跳舞和嬉闹，我也想加入他们。我后来知道，这可能是因为血氧过低，也可能是因为抗生素万古霉素的副作用产生的幻觉之一……直到床终于停下来，医生们围上来。

赵医生快速讲述我目前的病情。他们决定立刻剪开我的衣服，给我换上新的病号服，接入抢救室的医疗设备。我则先是心疼新买的COS白T恤："这是新的！我才穿过一次！"然后很羞愧地小声说："哎呀，我今天没有穿内衣、内裤，你们不要笑我。"医护一脸严肃，让我不要担心这些小事，迅速帮我换好衣服后，重新装上心电监护仪。

医生帮我翻身后，仔细听了肺部的杂音，他们讨论肺部积液情况，全程我的咳嗽声还是没停。

接着是动脉血气分析，监测我呼吸衰竭到了什么地步。广东口音的男医生预告："这会有一点痛，你要忍住。"我点头，其实心理和身体都有些失去知觉，痛根本不是事儿了。针穿过动脉，也许是与我手上的留置针靠得太近，动脉血很快就汩汩地涌出来，大家连忙按压血管，用绷带止血。广东口音的医生满脸歉疚地看向我，我却以一副超然事外的态度说："没事没事，我不痛，能止住它就行。"我十分清楚，这个时候病人的任何情绪变化、大惊小怪都会延误或打乱治疗的正常节奏。作为乡村医生的子女，我也见过一些骇人场面。这真的不算什么。我只做有益于病情的事。

最后是戴上呼吸机面罩，我感觉头部被固定住了，受到限制，恐惧也倾轧下来。医生教我跟上它的节奏呼吸。赵医生补充："你运气好，刚好这台机器空出来了。不然没这机器你就危险了。"我当时没懂这话的意思，只着急于自己实在跟不上机器的节奏。

为了让我分散注意力、别太紧张，赵医生问我："刚才那位根本不是你男朋友吧？"我惊讶于他的火眼金睛，问："你怎么知道？我这样讲是为了让我爸心里好过一些。"赵医生先是笑而不语，又说："看起来就不像情侣。放心吧，你在我这里睡一觉就可以出去了。"听完，我真的安心了，沉沉睡去。

晚上，我从昏睡中醒来，发现照顾我的是个男护士。我不好意思地要求排便，他就拿来便盆放在床上。我请求他："你能不能离我远一点，除了被子，麻烦把门帘也拉上，不然会影响我发挥。"

后来，我想翻身时，发现中心ICU的床是气垫床，非常软。我恢复了意识。前几年我因为腰椎问题看过医生后，就一直坚持睡硬板床。我不适应这么软的床，支撑力不够，让人没有安全感，总感觉床是浮着的。我跟男护士坦诚我的焦虑：我想翻身，可是身体不受控制，很费劲，好着急。呼吸也是，要随着机器的节奏来，我总是不合拍。总之，一切都失控了。他安慰我："这是中心ICU的标配，一切都是有益于你的病情的，慢慢习惯就好啦。"

他给我一张纸条，是爸爸委托保安大哥递进来的，上面写着："宝宝可好？你要坚强啊，我们等着你。"极度疲乏的我本想继续睡，看完又忍不住向男护士要了一支笔。他还帮忙找来一张纸、一个垫板，方便我写回信。他们要换班了，我得赶在他下班前抓紧回复。不知道眼镜去哪儿了，看不太清，我只能歪歪斜斜地写道："我已经住进来了，感觉很好。我知道这个时间叔伯们又纷纷赶来长沙了，爸爸记得安顿好他们，请他们吃饭。明天是我二十七岁生日了，二十七年前我才七个月就早产出生。这二十七年已经是赚来的，我很快乐、很满足，没有什么后悔的事情。谢谢你和妈妈带我来这个世界走一趟。"落款是张妹儿。虽然每个伯伯都有女儿，我还有个可爱的堂妹，但大家族里的人都喜欢叫我妹儿。

来接晚班的是个女护士，深夜的中心ICU病房安静得可怕，只有各种仪器发出的声音，忽高忽低。我忍不住怯怯地问女护士："你能坐到我旁边来吗？我有点害怕。"她拒绝了。她有自己繁杂的事务要处理，也有指定给她的位子。纠结、害怕了很久，最后疲惫难敌，我再次沉沉睡去。也许就像赵医生说的，过了今晚，醒来我就好了吧。

很久以后，我整理电脑资料时，偶然看到一篇《写在二十七岁》，看完后很惊讶：哇，是我写的吗？里面的内容竟然好陌生。文中写道：

> 过去的日子有很多阴霾，但艰难险阻你都在慢慢走过，那些痛苦最后都变成可以笑着说出来的故事了。新的一岁，依然希望夸夸能明白，你并不是一个人，这个世界上，有无数个莉香、无数个Luca[1]面临着跟你相同的困境——寻找爱人，事业精进但也会受挫，有很多孤独和心碎的时刻——最后还是要重新热爱生活，进化成更抗打击也更柔软的自己。

---

[1] 莉香是《东京爱情故事》的女主角，Luca是《傲骨之战》中的女主角之一。

我的习惯是每年生日都会提前写好上一年的总结回顾，当时的我一定觉得，这次也会是在工作中度过生日吧。谁也猜不到，二十七岁生日会是我第一阶段人生的落幕——在中心 ICU 被宣告无治，家属可以准备后事了。

二十七岁生日，在中心 ICU 抢救

4月11日早上，我被男护士大声叫醒："张苑，今天是你生日吧，生日快乐啊！你爸爸来看你了。"

我无法起身，护士把床摇起来一些。我费劲地睁开眼，才勉强看到床尾站着爸爸、老徐、囧囧和莉傻，他们都穿着防护服，戴着口罩，包裹得严严实实。爸爸高兴地指给我看："黄莉特意做好蛋糕从常德赶来，蛋糕很漂亮呢！"老徐也端着几个精致的小蛋糕，凑在一旁。他们开始拍手，唱生日歌，脸上是哭是笑我看不清。我很虚弱，甚至没力气去吹灭蜡烛，只勉强说了一句："帮我给蛋糕拍张照，我将来会看的。"说完就又倒头睡去，十分扫兴。

从前我就不爱过生日，但朋友们的礼物会持续轰炸一个月，热热闹闹，总是让人惊喜。此刻我还来不及感受生日的快乐，就又陷入已经连续几天的昏睡和更明显的谵妄[1]。

---

1 谵妄作为医学术语，可能是指由血氧过低或者药物副作用引起的一种急性脑功能障碍，通俗地讲就是暂时性神经失常。

我不知道自己吃了什么，甚至不记得医生每天早上巡房时，我是否清醒，回答过什么。后来听老徐说，下午的指定探访时间里，他们在监控室看到的我全身连着各种机器的管线，一直在痛苦地挣扎。

除了每天平均超过十八个小时的昏睡，还有持续出现的各种幻觉，我生气地跟护士抱怨："病房怎么一下子挤满了好多好多人，我左右两侧都是高高的台子，连那上面也睡了人。好挤好挤，但怎么赶他们都不走，他们到底还要待多久？我都被挤得快喘不过气了！"我看到病房门口有两个大汉日夜看守。但他们的头总是变化，一会儿是奥巴马，一会儿是哆啦A梦，他们不说话，只是一直盯着我。虽然知道他们是在保护我，但我还是觉得太奇怪，忍不住跟护士吐槽："哎，他们怎么这么闲？来我这儿凑什么热闹？本职工作都不做了吗？工作不饱和哦？！"

我又觉得自己并非生病，而是被人投毒了，我还在梦里找到了解药。我对那位很友善的男护士大喊："你快去派出所自首！你去跟警察讲，是你害了我。你是爱我的，是爱而不得才害我！"男护士不理我，我更着急了，催他道："你不去自首，那这事没法了结啊，你快去吧！"他还是不理。我又宽慰他："你跟警察说我已经原谅你了，你会被轻判的！没关系，我帮你求情！你去吧！"

我原本不会跷二郎腿，但现在跷起二郎腿，对着正在忙碌的医护们炫耀："你们快看，我多快乐多嗨！"接着当众疯狂抖腿，滑稽又好笑。从前仪态不算好，但也没出过大错的我，开始失态了。

后来我才明白，除了药物副作用致幻，我心里也始终不肯接受自己突然生了重病的事实，我的脑袋根本没有停下来，想从别的地方找到解释和平衡。

我的活动范围仅限于床。视线范围内，头顶是纯白的天花板。有时广播会响，没有具体的播报内容，只有一段旋律，把我吵醒。中心ICU没有窗，完全与外界隔离，二十四小时一直亮着灯，我醒来时总会茫然地问："现在到底几点了？今天外面天气怎么样啊？"护士们在各个病人之间穿梭忙碌，偶尔回应我，大部分时候聒噪的我只能安静又孤单地独自躺着。

那些死亡临近我的时刻，我自己并不知道。12日上午，医生跟爸爸谈话时说："所有药物都已经用到了顶配，异常的各项指标仍然没有任何好转，已经无力回天，而且肺部感染显示比昨天更严重了。安排车拖她回老家，准备后事吧。"

下午，家属们特别申请了探访，迷糊的我还不知道自己命不久矣，生命已经在倒计时了，他们可能是来见我最后一面的。才被叫醒看到爸爸和老徐,我就迫不及待地骂骂咧咧:"你们怎么不管我不要我了?治疗可以,但别丢我一个人在这里呀,没有人跟我说话,一点也不好玩!"

爸爸安抚我的暴躁,又哽咽着反反复复地叮嘱我:"宝宝你要挺住,宝宝你要加油啊!"我不忍心看见高大威猛的父亲这样悲伤和无助,就轻松地安慰他:"放心,你别太担心,我不会放弃的!等我出来啊!"

听到大家都守在医院附近等着我,陪着我,我才知道自己没被抛弃,同时又深感愧疚,给大家添了太多麻烦。于是心想要赶紧好起来,不让他们如此牵肠挂肚、百般担忧。我要加油早点结束这场恶作剧。

这天,医生也转变了治疗方案:暂停化疗,主攻肺部感染。

到了13日,医生巡房时见我毫无反应、面色惨白、形容枯槁、眼神发直又不吭声,很是吓人。医生跟家属单独谈话:"心跳、血压、血氧等指标终于第一次有了一些好转。白细胞还是低,输血小板十多天了现在仍只有40,最关键的是肺部感染依然没有改善,形势很严峻。"

因为其他指标有一点好转,爸爸和老徐得以延续特殊探访。他们全副武装,轮流进来送饭,但不能停留太久。白天我睡得太沉,他们会把餐点交给护士。晚餐时,我听到声响就醒过来，高度近视的我没有了眼镜，看人很模糊。我试探地叫他："爸爸？"

我继续说："我知道你是爸爸，可是，我不知道我在哪里，我看不太清楚。"

"宝宝没关系，我来告诉你，这是寿司，这是蛋糕，这是果汁，这是鸡蛋仔。你想先吃哪个？"

我毫无食欲，就沉默了。

他耐心地劝我："你该吃饭了，吃了饭，体力恢复好就能早点出去啦。"

"噢，那我吃一点吧。"

"来，张嘴，这一口是胡萝卜，这一口是猪肝。吃完这一口，还有三口。加油，如果你能吃得下，就会好得快，很快就可以出去了。"

这时候了，我还在嘲笑爸爸："啊呀爸爸，你瘦了哦，撑得眼袋好大一颗！"这个一夜老了许多的男人又被我逗得哽咽着哭了，半晌抬起头问："宝宝，明天你想吃什么呢？"

我没有太多力气就常常沉默，只有眼球转来转去。老徐担心我的状态，就找话题刺激我："怎么你只调戏男护士，对女护士爱答不理，这么礼貌客气？你怎么不说话啊？"

我打起精神勉强回答："她，常德人，今年二十一岁，单身无男友，跟同样是白班的×××是老乡，喜欢吃的食物是西瓜和龙虾。"

女护士惊讶地笑起来,说:"你都答对了呢。"

老徐又告诉我:"你的朋友×××,还有同事×××来看了你。但是不能进来探访,他们很担心你。你快点好起来啊。他们等着跟你喝酒呢。"

和他们简短地交流后,我知道公司组织了募捐(出院后得知大学同学和高中同学也组织了募捐),还在医院附近给爸爸安排了新住处。囧囧和老徐经常陪着我爸,帮他舒缓情绪,开导他,安抚他。我爸似乎也跟这些年轻人相处得不错,并没有什么代沟和障碍。这让我心安,反而对自己未脱离危险没有察觉。这样短暂的互动让我感觉非常吃力,就马上赶老徐出去:"我累了。"然后又陷入昏睡。

然而神奇的是,那天我居然来月经了。虽然上个月推迟了十天,这次的时间竟然刚好对上了上上个月的。护士们交接班时为我擦洗身体,我很难为情,她们的表现却很自然,一个负责描述,一个负责记录:"月经颜色正常,量也正常。"然后给我换上纸尿裤。我又成了一个赤条条的小婴儿,吃喝拉撒,连翻身都由他人帮忙完成。这让我羞愧,同时又信心猛增。我的身体没有因为呼吸衰弱或者血象太差就罢工,还在规律地正常运转呀。

这已经是我进入中心 ICU 的第四天,尚未脱离危险。

行过死荫的幽谷

4月14日上午，爸爸等到了每日来中心ICU看我的祝医生，刚查完房的祝医生讲："张苑的情况很像跷跷板，一会儿在天上一会儿在地上，昨天情况很危险，今天看起来有好转，我们也觉得很稀奇。"爸爸的忧愁终于缓解了一点，但依然揪心。接着是中心ICU的医生跟家属单独谈话，他的表达更具体："肺部感染情况终于得到了控制，各项指标没有继续变差，身上的多处瘀斑（出血点）也开始消退变浅，这意味着夸夸有了一线生机可以活下来！"爸爸和老徐激动到说不出话，当场大哭——这是一个不敢想的奇迹！

赵医生也来病房祝贺我："张少侠，你扛过来了。不错！干得漂亮！"我才知道我是湘雅附一医院二十年来第一例（化疗前期并发呼吸衰竭、败血症、疑似颅内出血）被救活的白血病M3患者。

我那时不明白这个说法背后真正的意义，没有跟着众人雀跃，反而抛出了我积累在脑海中的一串不解："为什么我会生这种病呢？我原以为如果将来得癌症，也应该是胃癌或者乳腺癌才对，反正不会是白血病。

"为什么我会活下来呢？不是说我命悬一线，几度垂危吗？现在是变魔术，还是我在梦境里没有醒过来，能活下去只是我自己的想象？

"为什么偏偏是我生病呢？世界上六十亿人口，为什么偏偏我会是不幸的那个？是因为我是早产儿吗？因为我熬夜吗？因为我这些年都不快乐吗？"

老赵很诚恳："医学目前是有限的，这些问题都无法找到精准的单一答案。不过，答案也并不重要，重要的是你好了就往前走。记着以后别走回头路了，好好活下去！"

主治医生祝医生再下来看我时也宣布："你情况好很多了，给你把呼吸机撤掉，换成高压氧气面罩，等你再好一点就换鼻导管。"我没吭声，她继续鼓励："再过几天，情况再稳定一点，我们就接你出去，回到楼上的病房去。"

我这才为自己的好转而得意，同时开始有意识去留意任何潜在危险："那我脑袋里的脑膜瘤呢？之前是预约了要做进一步的检查，但我来这里抢救了。"

"那个确实要进一步检查才知道，但目前可以先放一边，毕竟它不会一下毙命，但是肺部感染会。"

哈，我真的度过了最危险的时刻，暂时脱离了死亡的威胁。

情况刚好转一点，就有很多人来表扬我。

"夸夸你太棒了，你居然扛过来了！"

"你意志力超坚强，你创造了奇迹你知道吗？"

"你真的是我们的骄傲！"

"夸姐果然厉害！"

但其实，我一直不太确定那些夸赞是不是对的。我仅仅是睡了几天而已，被各种机器设备禁锢在床上不能动，吃喝拉撒和打针都需要人帮忙。我静静地躺在那儿，什么也没做。

当时朋友们问我要不要写本书记录一下，我想他们只是为了哄我高兴罢了。我没有力气翻白眼，只虚弱地回复："非要写的话，那这本书可能只有三句话：她睡着了，她又睡了，她还在睡。"

他们的激动、他们的兴奋，后来我才明白。原来在我转危为安之前，发生了很多我不知道的事。

我不知道的第一件事，是转运到中心 ICU 之前，我跟爸爸发脾气，跟他说我体力不够了之后，他立刻去医生办公室找了我的主治医生，他说："我女儿感觉不太好，很难受。"祝医生如实告知："已经给她用了最高配的抗生素，但是目前各项指标还在变差,也许时间不多了。"她联系了中心ICU,总住院医生老赵上来,确认了我爸的家属身份后,要求其他人回避。快速简短的自我介绍之后,他给出建议:"呼吸衰竭、败血症等多症并发的M3白血病病人,湘雅二十年来几乎没有抢救存活的例子,基本无望。所以,一来没什么必要,二来费用比较高,三来如果去了中心ICU很可能出不来,这意味着她最后的时间可能要一个人孤单地走完。家属现在决定要不要去中心ICU。"

老徐和囵囵隔得不远,都听到了。老徐激动得大哭,联系了公司的人事陈姐。爸爸坚定地说:"要去,一定要再试一下!"囵囵这才松了口气。老赵继续讲:"事实上,她的各项指标都很糟糕了。如果不抢救,可能很快人就没了。如果抢救,也可能只剩几个小时。"

爸爸震惊,但仍然态度坚决地说:"我们不放弃!如果你们救不了她,我们就转院去北京协和或者广东解放军区总医院[1]!"老赵坦白:"以您女儿现在的情况,人进了电梯后,能不能活着到达ICU楼层都成问题,更不用提转院了。"

爸爸还是坚持要再试一次。很快,爸爸签完了一叠单

---

[1] 指北京协和医院和原广州军区广州总医院,后者今改名为中国人民解放军南部战区总医院。

子，包括家属需知、免责说明等。然后他极力控制好情绪，来到我床边，温柔又平和地跟我商量："宝宝，把你转去中心ICU，那里更安静、更安全，好吗？"

还不太了解这个病时，我以为自己只有白细胞、血小板指标很差，但实际上，不正常的指标太多了。我的心率不正常，肝脏转氨酶一直高得出奇，无法降下来，血压低，血糖也低……而我被送去抢救并非只是因为肺部感染，还有呼吸衰竭加上败血症，随时有可能血管内弥漫性凝血，医生并没有把握能够救回我。老赵很久以后这样形容当时的情况："张少侠您老人家的情况有多危险呢？当时您相当于被几把枪同时指着，不管哪把响了，您都没了。"

我不知道的第二件事，是我的好运如此多重又精准。我从中心ICU转出到层流病房时，有八个病人在竞争我这一个床位，我才意识到原来床位不是想要就能立刻有的稀缺资源，而我被送去抢救那天刚好有一个床位空出来。呼吸机价格昂贵，医院的设备数量很有限，刚好那时候空出来一台。在中心ICU抢救两小时后急需输入AB型血小板，湘雅的血库已没有储备，幸亏一岚姑姑和她的朋友黄阿姨及时帮忙联系了岳阳市中心血站，迅速派专车将血小板送到了湘雅医院，紧急派上了用场。这三样少了哪个都不行。

我不知道的第三件事,是亲人们对我的挂念和关爱。当晚我传回第一张纸条后,爸爸悬着的心终于放下,很振奋。在医院附近酒店等待的叔伯们半夜接到他的电话,起初惊吓得谁也不敢接,怕是坏消息。接了电话后,知道我回传了纸条,似乎情况还不错,就拍拍胸口道:"哎呀,有什么事回酒店当面讲嘛,电话铃声太吓人了。"姑姑立刻打电话告知她儿子:"你夸姐回了纸条出来,情况比预计的要好。"远在深圳的表弟也松了一口气,说:"老妈,大半夜有什么事,下次请您发微信好吗?我已经经不住吓了。"

每个人都成了惊弓之鸟,害怕接到电话。回到深圳工作的大姐则留言给我:"妹儿,虽然我们隔了很多岁,来往很少,但我一直记得你给我煮的冰糖银耳莲子汤,那是我第一次觉得有人这么用心地对我好。我的新房子快装修好了,风格我很喜欢。等你好了,记得来住一阵啊。"

亲友从监测器里看到的我,睡梦中也一直被机器带动,痛苦地不停挣扎。药物副作用让我产生了幻觉,我根本不知道自己危险,只是觉得孤单又茫然,写了一张纸条:"快点接我出去吧。"(我自己也不记得了。)家人以为我实在过于辛苦,已经想放弃治疗。爸爸打电话告诉叔伯、姑姑们:"她可能真的不行了。"小姑立刻拿了我的生辰八字,去找盲人算命,算命的师傅淡定地回:"放心咯,她不会有事。""可是医生说她没救了啊。""我说没事就没事!"大伯和姑姑又跑去老家培坟,祈求祖先保佑我。

怪小孩如我,从前觉得亲戚们代表的是繁杂的礼节和无聊的束缚,这次他们却在关键时刻给予我充足的力量。是一个叫亲情的网,紧紧拉住了彼此,互相支撑,兜住了希望。

我不知道的第四件事,是我真的行过死荫的幽谷。由于各项指标依然没有任何好转,情况非常不乐观,医生曾通知我爸:"已经无力回天,可以接她回家了。"家里的长辈们商量,由大伯来负责筹备我的后事,但妈妈坚决反对把我从医院接回老家,她坚称"我的女儿绝对没问题(不会死)",于是医生又拿给我爸一叠病危通知单、免责声明,他飞快地签完,"同意抢救"变成了"家属要求继续抢救"。

我不知道的第五件事,是家属的压力和痛苦。为了随时获知病情进展的信息,爸爸买了个小板凳扎在中心ICU外。苦苦等我期间,我爸遇到一个同乡,这个中年人收到准备儿子后事的通知,他准备了车。但病人的兄弟姐妹接受不了这个决定,在走廊争吵,责备他的父亲,并质问他:"运回去?不救了?到家后谁来给他拔管?谁来决定他的死亡时刻?!"病人父亲面临的抉择比任何人都更痛苦,但他没有更好的选择。这一切被爸爸看在眼里，他更加焦虑和害怕，泪流不止。

我不知道的第六件事，是看起来很冷静的 Sam 其实非常担忧。后来我活下来，去他家吃饭遇到很多人，我拘谨着害羞了半天才开口："你们好，我是张夸夸。"结果他的朋友们跟我并不生疏："哈哈哈夸夸，我们知道你！那年 Sam 生日，跟我们说你在抢救，他哭了一整晚。"就像我预料的那样，这些第一次见面就像老朋友的人，随后真的渐渐成为好友，我们一起过了好几个圣诞夜、跨年夜。

我不知道的第七件事，是之前做体检的机构后来也曾打电话给小六："您是张夸夸小姐吗？"

"不是。"

"不好意思，我打错了。"

"我是她朋友，怎么了？"

"她的体检报告血液有点问题，建议她去医院检查下。"

"她现在在医院抢救。"

沉默了一会儿，对方回复："抱歉。"

我不知道的第八件事，是后来我感谢老赵："谢谢你给我好的心理暗示，'你在这儿踏实睡一觉就可以出去了'这句话让我安心，没有那么紧张。"他老实回复："我那个'出去'的意思不是你能活着出去，而是……按照以往的经验，你当晚就会死的。"

他又补充："你最该谢的人是刘教授，当时你情况太糟糕，临床指征到了应该气管插管帮助你呼吸的时候，你爸不肯。而插管的话是饮鸩止渴，能帮助你熬一时，最终会加速你的死亡。但是如果没插管你死了，这就是医疗事故，他冒着风险救了你一条命。现在你没死，没人追究这件事，是你的幸运也是他的幸运。"[1]

后来我爸去送锦旗，没见到刘教授，又发信息感谢他，才得知了另一个故事。刘教授的女儿生病很长一段时间了，做了各种检查也没找到原因。直到他来负责我这个病例，才在各种复杂的症状中得到启发：他判断自己女儿是白血病中的另一种。最后得到确诊，找到了病因。两位父亲，互道谢谢。

老教授们来巡房时，彼此也小声分享讯息。其中一个转头问我："你就是那个调戏男护士的病人？"

我羞愧地点头。后来我才知道，护士们流传，24床的年轻女病人在生命垂危时，一边咳一边讲各种段子，逗得大家脸都笑僵了。

---

[1] 考虑到我的免疫功能低下，一旦插管开放气道，很可能因为严重的感染导致灾难性的后果。所以权衡利弊，刘教授同意了家属的不插管决定。万幸，我挺过来了。

"现在血象好一些了,也给你换了药,不会再有幻觉了吧?"

"没有了,门口的那些大汉们都走了,房间里也没挤满人了。"

除了一日三餐,我还喝红参水,吃鸡蛋,喝各种利于消化的果汁,喝我最爱的养乐多……总之摄入一切能补充能量的食物。医生需要看我每天的饮食种类和数量,进出水量都要对比差额,借此判断肾功能的情况。祝医生看完我的饮食记录,问助手:"养乐多很好喝吗?"我就躺着,走调地唱台湾女歌手魏如萱的那首《像我这样的女孩》:"书读得不多,想法特别多,每天都要喝养乐多,朋友都爱我,男朋友更疼我,为什么只能交一个?"她们又忍不住笑。

我渐渐清醒,能真实地闻到橙子的味道了。我从前就很喜欢柑橘调的香水,清新活泼,充满生机。指标的数据变好,加上橙子的独特芳香一下子让我回到现实里,真正看清楚房间里的人。

我这才开始注意自己每天的时间表,在中心 ICU 的一天究竟如何度过。每天晚上十一点交接班,护士们一起帮我翻身,仔细检查全身的瘀斑面积是否有变化,是否出现褥疮等情况,帮我擦洗身体。凌晨四点,护士来指尖采血测量血糖，接着会有护工来打扫卫生，给床和桌子消毒。七点要在胳膊打一次增强免疫力的针，接着是抽血查各项血液指标，然后是肺部消炎的雾化治疗。八点到九点是医生巡房，我回答每天的症状变化。然后吃早饭，餐后吃口服药，做口腔护理，排便，吃中饭，餐后吃口服药，做口腔护理防止感染，午睡。下午有腿部肌肉按摩，防止出现静脉血栓。接着是吃晚饭，餐后吃口服药，做口腔护理防止感染。其间还量了三次体温。因为药物作用，嘴巴干裂到不行，层层叠叠地起壳，擦完了两支润唇膏。手上留置针的输液，我从来没管过，似乎日日夜夜一直在不停地输入些什么，有时是血小板，有时是帮助凝血的纤维蛋白原，有时是抗感染的，有时是补充体能的。

16日，老赵又来看我。"之前认为你九成九出不来，现在出来的希望大了。但只要你一天没出来，我就一天不会放松。"医护们都在全力以赴。我被他们激励到，也越来越有信心。

血象渐渐回升，趋于稳定，一切都在好转。17日，医生巡房时，我终于提出一个大胆的请求：我想洗头！从住院开始，为了防止大出血就没让我起身过，连翻身都要小心翼翼的，任何动作都存在风险。得到允许后，洗头的护工阿姨带了特别的面盆过来，我还是平躺着，就开始洗头了。已经十五天没有洗头的人，脑袋再也不是一个失去知觉的木瓜，有种飘浮云端的轻盈感。护工阿姨跟我聊天："你多大啦？看起来很小哦，有没有恋爱结婚啊？等你好了，要生个小孩儿啊。"我静静地没有接话。这段时间，每天的情况都如此不同，变化又多又快，生小孩实在是太遥远了，等活到明天、活到下个星期再说吧。

晚上爸爸来喂饭时，也激动地跟我说："宝宝你的肺部感染暂时控制住了，但依然严重，从中心 ICU 转出去后，先去层流病房过渡，那里比普通病房安全。"我点点头，知道大家都在为我小心地制订着最严谨的方案，我只需配合即可。

远离人群、远离网络、几乎不用说话的这些天，我有了充足的独处时间，不免想了很多：如果我真的死掉了，那么那十五支还没开封的口红、在泰国新买的黄色平底鞋怎么办？我不要追悼会，一切低调处理就好，无须通知太多人。但私人葬礼上谁来扶棺呢？未婚的我能进家族墓地吗？那些在社交平台上仅自己可见的心事和秘密，是彻底封存还是被人瞥见？如果那些未尽事宜我来不及做出完整的交代，那么一切会刚好按我的心意被处理吗？

湘雅医院的医疗资源一向紧张，因为很多病人在等床位，而我的各项指标开始好转。4月19日，我被告知可以离开中心ICU，转入隔离病房。老徐和爸爸都不在，没来得及通知家属。祝医生、麻利的彭护士已经带着住院部的转运床和氧气袋来接我。彭护士问："张苑你能下床走过来吗？"

祝医生忙打断她："不不不，这玩笑开不得的。好不容易才把她抢救回来！"

彭护士又问："那，你能自己爬到转运床上吗？"

我觉得自己没问题，缓慢地从这张气垫床爬到那张窄窄的硬床上，心里欢喜得很。我好转了，我可以回到外界。彭护士拆下心电监护仪，问清楚今天的用药计划，给我戴上氧气面罩，我们就出发了。

转运床被推动的时候，我才哭起来，感慨万千。这是在中心ICU的第十天，我刚侥幸挣脱了死亡的第一次威胁，重回"人间"。

层流病房的日常，比上班还忙

我不再畏光，终于能睁开眼睛看清一些：医院走廊两边依然坐满愁苦等待的病人和亲属，充满了不耐烦地讲电话的声音、忙碌拥挤的电梯声、转运床的车轮声、护士站的呼叫铃声……回到原本觉得很封闭的、讨厌的病房，现在却觉得是可爱的热闹人间。层流病房的病友还没办好出院，没有床位，我先在普通病房过渡一天。里面很热闹，不同床位的病人和家属们都凑在一起讨论下一顿吃什么，谁家吃了什么奇特的药材、起了什么作用，谁家炖了滋补的汤水可以分享，谁瘦了谁胖了，谁再也没有回来。人们进进出出，我缩在床上默不作声。

同病房的病友没有如我所愿忽略我的存在，还好心过来提醒爸爸："她现在基本没有抵抗力，千万不能感冒着凉，不能让她把脚露出来，你们快给她穿上保暖的袜子，被子要盖得严严实实的。"

离开中心 ICU 后，我有一种自己恢复得很好的错觉。

我的床位离洗手间是最近的，我提出尝试自己去洗手间排便的请求，不想再躺在床上解决，这实在尴尬。脚慢慢地落地，我一眼看见了裤管下自己的腿，跟过世前的爷爷一样，骨头很突兀，包裹着的皮肤松松垮垮地晃荡着。啊，我瘦了，我瘦成这样了，肌肉几乎完全消退。爸妈在左右两边架住我的胳膊，我尝试自己走路，但使不上力气。我无法自己站立。

病房的洗手间墙面有扶手，可以借力。爸妈还是不放心，守在门外。两人扶我回病床，短短几步路，我体力不支一下子就晕厥过去了。倒下后，我一直无意识地哼哼唧唧地哭，最后在爸妈的呼叫声中醒来。谁都不敢再轻易冒险。

捂着被子，身体一直在流汗，我也在慢慢习惯。但是，某一下我突然摸到了皮肤上的变化。护士立刻来看，不确定这些红疹究竟是汗疹还是药疹，给了几种药水涂。扁桃体也开始痛，吞咽难。过去的二十多年，我一直被这种状况困扰，打针，服用各种抗生素，效果都不好。总之，我只要稍微有一点着凉，哪怕是夏夜睡觉时露出了一点肩膀，第二天扁桃体就会毫不意外地肿起来。在大学时，有一次久病不愈，一位医生开出一些扑尔敏，对我说："也许你常年的扁桃体肿，只是对风和空气过敏？"

晚上，我开始发烧。我要爸妈先回去休息，别太担心。实际上夜里我每咳嗽一声，老徐就醒过来，站到床前盯着我床边的监测器，生怕指标再次变化，要重回中心ICU。我要她赶紧去睡，她不听。几次三番，我只好拼命忍住咳嗽，免得她担心。当晚的梦里，很多医生在我的病房里进进出出，他们又沉默不语，我猜情况不妙。

第二天醒来时，爸妈已经早早来到病房，照常问我昨晚睡得怎么样。我竟突然委屈得不愿意回应，只有泪水从眼角不断流下来。我怕我一开口就会哭出声，所以嘴唇紧闭，不肯说话，但这样压抑痛苦，反而更加难受地抽泣起来。我想起进中心ICU前后经历的种种惊险的事情。我知道，人可以幸运一次，无法次次如此。

我害怕了。

感染控制中心的黄主任被请来会诊，她提出很多问题：

"病人起初什么原因导致的感染？"（后来得出结论是真菌引起的。）

"为了避免抗药性，接下来要不要换抗生素？"

"扁桃体现在发炎，如何处理和控制？"

看起来，形势依然严峻。

到了下午，层流病房终于空出床位，我转入了新病房。这里只有两张床，宽敞很多也安静很多。每张床用帘子围起来，床顶的特殊机器能对空气进行净化、过滤、消毒，能更大程度地保护免疫力低的我。

之前因为抢救而中断的化疗要继续进行，为了准确计算化疗药物的使用剂量，护士要求病人称一次体重。父母不能再架着我的胳膊借力给我，我才赫然发现自己根本无法独自站立在体重秤上，哪怕只是短短五秒的时间。我一下子就被眼前的状况吓到：我没死确实很厉害，但也只是一个还能呼吸的废柴罢了，我连站都做不到！无法控制自己身体的震惊，使我又晕厥过去，醒来时又是满脸泪水。

能从中心ICU活着出来的"超人"，现在才看到距离自己恢复正常还有很远的路要走，而一次次现实的冲击，使我这个被怼到死亡线上也没崩溃的人，开始了日常哭脸，一点点小事就会放大我的恐惧。

在泪水模糊中，妈妈握着我的手道别，她要回老家了，她说："妈妈很爱你，你要快点好起来。我就在家里等你。"我意识并不清晰，但委屈、感伤、无助、不舍的眼泪止不住地流出来。后来她每天通过电话和微信跟爸爸同步信息，远程了解用药情况。

接着是耳鼻喉科的医生来会诊，检查完，医生不以为意，回复我："扁桃体有一点点发炎，用盐水漱口就好了。"

"可是我很痛。"

"痛是相对的。"

"我扁桃体二十多年一直发炎,吃了很多抗生素,没有彻底好过。能做手术吗?上次检查说是太小了,达不到指标。"

"确实太小了,没必要手术。"

"……"

看起来的症状和痛感匹配不上,医生无法体会我的焦虑,这让我更无助了。这件事着实困扰我很多年,五年后人们感染新冠时嗓子里的吞刀片感,正是我多年来扁桃体发炎导致屡屡在凌晨吞咽时痛醒的体验。

眼科医生也半夜来会诊,我有些惊讶,同时非常不耐烦,不知道这有什么必要。医生解释:"之前你可能是出现了幻觉,看到很多奇怪的影像,但我们要进一步排除是不是眼底病变产生的重影。"

"我没问题的,就是药物副作用,现在那些东西都没有再出现过。"

"嗯,但我们还是要再确认一下。另外,血小板低的时候,你不可以看手机或者看电视,可能会眼底出血。"

最后,皮肤科来会诊,看过我身上的红疹,确定是药疹,叮嘱继续涂药。系列检查结束后,我沉沉睡去。隔天再醒来,我的情绪终于稳定了一些。我找老徐暂时拿回手机，对赶来中心 ICU 看我却被挡在外面的人表达谢意，给他们报平安：我活过来了。然后手机再次被没收，还有很多麻烦在等着我去面对。

护士们叮嘱我要练习侧躺着睡，不能一直平躺，不然后背长出药疹的皮肤会一直受到压迫，无法透气。但我侧躺时因为体位改变，又会咳到停不下来，导致流汗更多。医生要我开始适当地练习坐起来，护士们看到我坐着，又提出："你腰椎现在不好，不要坐太久，你目前承受不了这个力度。"我总是左右为难，这样不对，那样也不对，前后矛盾让我很是烦躁。

一直干咳的我，几天后咳出了一块块深色血块，当时吓了一大跳。医生反而高兴，说："这是之前肺泡破裂后形成的血块，本来就是要排出来的。"啊，变成好事，我就放心了，开始每天观察咳出来的形状各异的血块，观察它们的颜色和硬度，当作收藏游戏。

继续化疗时，因为每天都在输入砷剂[1]，导致呕吐。我的头部依然无休止地出大量的汗，至少需要三块小的棉纱枕巾、两块大的浴巾、两个枕头。十分钟一次不停地换枕巾，晚上也要换两次以上的衣服。床单、隔汗垫总是被汗

---

[1] 一种砒霜提取物，是目前世界上很前沿的一种治疗 M3 白血病的药物。

浸湿。衣物及时去洗，也总是不够用。于是有一晚，我摸到了尾椎那里有一块皮肤似乎有了褶皱，是一个巨大的水泡破裂了，接着背上、胸口、脖子上陆续都有小水泡出现。护士们半夜一一拍照回传给医生，医生初步认定是汗疹。

因此，我甚至不能再每天做为了防止感染的身体清洁，而是要在药疹药水之外多涂另一种治疗汗疹的药水。我的皮肤被汗水和另外两种药物覆盖，黏腻难受。从前的我皮肤光滑，没有痘或疤，现在皮肤问题随处可见：手、脸、肚子、背部都在蜕皮；胸口还有长时间使用监护仪留下的几块胶水；嘴巴、嘴角干裂结痂；小腿干瘪，手臂紫色。原本的皮囊已经面目全非。

我有时愤怒又嫉妒，生气别人可以去音乐节玩闹，嫉妒别人可以活很久，有足够的时间去尝试各种新鲜事物，生气自己没来得及买重疾险，要花上一大笔钱来救命。但这些胡思乱想也非常短暂，常常被逼到眼前的更多问题给打断。

除了在中心 ICU 那些满满当当的流程之外，我更加忙碌了：一遍遍给身体涂药，练习坐起来，还要面临无止境的止呕。有时半夜已入睡，护士走过来"啪"的一声按开床头灯，说："张苑，你血压太低了，接近休克，（给你）加瓶药！"

有时说:"你在发烧了,吃个退烧药。"

有时说:"这样吐下去不行,加一瓶止呕的药水。"

不管白天晚上,我都睡不好。每次换药或者输入血小板,护士都会叫醒我,跟我核对:"你叫什么名字?"最开始我对此感到烦躁、不理解,床头的资料栏,还有手腕带上明明都写得清清楚楚。后来才明白,这是规定,防止万一出现药和人没对上的情况,会有大麻烦。遵守严谨的规则和依靠人的记忆力相比,前者更安全。

每天大量输液,代谢变差,血管弹性也变差,我的手指越来越肿。不想一直被喂食,我就试着练习自己拿筷子吃饭,但体力不够一直抖啊抖,拿不稳筷子,有时过去了十秒钟,还没吃上一口。我爹和老徐在旁边看着我折腾,给我加油鼓劲:"啊呀,夹得蛮好,快了快了,(菜)马上就能递进嘴巴了。"

最开始,他们会单独给我做最清淡的菜和汤,然后再自己做一份重口一点的。后来我就要求大家整整齐齐地一起吃饭,菜多一些,食欲也好一些,不要再单独给我做饭。我实在不想他们大热天的跑来跑去、挤来挤去那么辛苦。

肺部感染情况还没控制得很好的时候,说一句话我要喘上好几口气:"我……给我妈妈打……电话了……她说……"我说得吃力,听的人也费劲:"行了行了,有什么话等你好了再说吧,别着急。"每天早上医生查房,我都会提前想好今天要说什么,简短准确,在心里反复练习。汇报内容包括昨天吐了几次,咳出来的血块变少了没,烧退了吗,自己觉得精神怎么样,有没有新的汗疹、药疹出现,现在能坐多久了,排便是不是困难。

总之,住院不是我原以为的度假,每天比上班还要忙和累。

生了病,我才知道哪怕大家都生活在同一条街道,普通人和住院病人的世界是完全不同的。晚上七八点,病房就开始关灯,大家安静下来陆续入睡。有时我会在凌晨四五点醒来,看着窗外不远处泊富商场楼体广告屏上变幻的灯光,心想世间可真热闹啊,只是与我无关了。

除了治疗,我还要接待来探访我的人们。

听闻我从中心ICU出来了,即使一再被我爸拒绝探访,亲友们也还是陆续赶来。好心来探病的健康的人不懂医疗上的规定,只能站在自己的立场,满心疑惑,不同的人们,一遍遍地问同样的问题:"你的病床已经有帘子罩住你了,为什么还要戴口罩呢?""我为什么不能握着你的手?""你为什么一直咳,是感冒了吗?"

我爹和老徐只能一遍遍阻止他们掀开我的帘子,督促他们双手消毒。他一遍遍地告诉他们:"她现在没有免疫力,要避免任何感染的风险。""你们也要戴好口罩!""哎哎哎,你们不要掀开帘子,不要伸手摸她!""你们不要停留太久,心意到了就好。"

舅舅、姨父们赶来长沙,塞给爸爸钱,关切地问我未来治愈的可能性,安慰我妈。表姐和表嫂在工作之余,还额外炖汤、做饭送来医院,想办法给我补充营养。囝囝来看我,消毒完毕后满脸笑意,扑在我身上要抱一下,然后絮絮叨叨地分享些他的生活近况。小六一脸认真地说:"你这个短发也蛮美的啊,像范晓萱哦。"他对象更是跟我爆料:"那天我想买东西,小六提醒我以后要省着点儿花钱……我们还是留点钱给夸夸治病吧。"我被恋人们共同的决心、慷慨大方感动到以为自己是《老友记》中的Joey,那个被Monica和Chandler留了一间房子给他养老的Joey。

已经断联两年的前男友的哥哥,也突然出现在病房门口。因为一些原因,他得知消息后虽没能联系上我,但还是准确地找到了这里。爸爸出去跟他简短地会面后,他就离开了。爸爸回到病房,我的眼神里满是疑问。他在嘴角挤出一丝笑容缓和气氛,终于开口道:"那时你恋爱长跑七年还是分手了,真正的原因是什么?那个男生真的无法原谅吗?"

这个问题在刚失恋时,我已经回答过很多次了。对于感情大过天的人来说,在生命差点终结的情形下再来回答,显得格外艰难和郑重。往事在脑海里快速翻滚,我不再掩饰,决心直面过去:"我们是和平分手。我们反复做了尝试,又努力了好几年,还是无法共同前行,才决定分开的。我不怪他。如果有机会重来,我还是会选择跟他恋爱。"我断断续续地哽咽,加上呼吸困难,但又无比想尽快给这件事下一个完整的结论,我笃定地补充道:"这七年花在他身上,虽然失败了,但是我没后悔过。"

爸爸并没有质疑我从前的愚蠢、现在的嘴硬,继续问:"我也觉得他当时是真心爱过你的。他爸爸很担心你,托他哥哥来慰问你,还跟我协商,不告诉你前男友你生病了这件事,我同意了,你觉得呢?"

我大大松了一口气:"我同意啊!我们已经分开了,不管后来我遭遇了什么,都跟他没有关系。我现在吃的苦,不是他的错。他对我没有任何责任。"

我最怕上演那种他来看我,两个人哭哭啼啼、手足无措的老套戏码,分开了就该各自往前走。他不用因为同情我、对我感到愧疚、怕被舆论吞没而来看我,我也不想因为离死亡很近,仿佛拥有一些感情上的特权而去逼迫别人来我身边。索性,就让他不知情。反正,我不告知。

每天上午都比较忙,下午相对时间充裕一些,事情也没那么紧凑。我午睡醒来后，要做消炎的雾化治疗和防止四肢血栓的按摩，爸爸会搬个小板凳坐在我床边，跟我说说话。过去的三年，沉溺于工作的我很少在老家，父女俩一年最多见两三次面，见到了也未必有机会畅快地聊天。现在终于有时间了，我教他如何设置微信地址共享，如何辨别假新闻防止诈骗……看到消瘦脱相的我抱着卫生纸有时在呕吐，有时咳出血块，他总是很心疼地说："哎呀，宝宝，爸爸没照顾好你，你现在胃口好点了吗？想吃什么？爸爸去给你买。再吃一块火龙果好不好？可以帮你润肠排便。昨晚咳得还那么频繁吗？"

有天下午，看着爸爸的眼袋和白发，我哽咽着愧疚地自责道："别人家的小孩都结婚生子了，而我现在生着这样的病，还要你和妈妈照顾我，为我担心，真的对不起。我这么大了，从没有回报过你们什么，还要你们这么操心。"

爸爸听完停了一下，狡黠地回答："幸好你没有结婚生子！不然我现在除了照顾你，还要一边帮你打离婚官司，一边帮你带小孩。那我真的会累坏！"我被逗笑到释怀。

爸爸继续说："生病这件事，不是你的错，谁都不想的。你也不想生病。你是我的女儿，照顾你是应该的，爸爸不怕麻烦。"

刚笑起来的我又开始眼眶泛红。这件事没法讲道理，我遇到了就是遇到了，可是它除了影响了我，也牵连到其他人，打乱了他们的生活节奏和心理状态，我心里很过意不去。哥哥装作若无其事地照顾情绪不稳的妈妈，但偶尔被发现自己在默默无声地哭着。等好了很多，我才给他打了一个电话。电话里，他的语气依然镇定平静，问我睡得好不好，吃得多不多，心情怎么样，好像我只是去了学校寄宿，这段时间暂时不回家而已。

前后有多名牧师来到床边为我按手祷告，我当时并不明白那是什么意思。我想着，如果这样的行为会让家人心里安定一些，那就不要抗拒。如果没有各种方式的努力和尝试，家属们很难扛过这样一眼望不到头的心理压力。牧师说，神会医治我。我不知道那位看不见的神是否真的存在，我甚至心里有种看好戏的想法：如果他真的存在，他就会知道我现在的状况多么麻烦，他会来医治我，哈哈，那就够他忙的了。

我依然总是做梦，梦里一切都还像从前那样：我走路快到像是随时准备起飞，说话的语速也快，加班到深夜，满是成就感地回家睡觉。醒来，我发现这都是从前了，如今命运已经切断了过往的生活习惯，我只是个躺在床上无法自理、时刻需要别人帮助的人。

胡歌出车祸后回忆说："人就是这样，原本我唯一的渴望就是活下去。可是当生命没有危险的时候，我就想我的眼睛不要瞎，当我知道眼睛没有瞎，我又希望样子不要太丑。贪婪，让我失眠。"我也经常失眠：回想前半生弄丢的恋人，做过的事哪些真正有意义，我最快乐的时刻是什么时候，最羞愧的行为是什么，我的遗憾有哪些，我是否还有未来，那些前半生没有得到的感情、财富和认可，将来是否还有机会获得，我还能否追上同龄人，等等。

我非常喜欢电影《无问西东》，里面反复提出一个问题：如果提前了解了你们要面对的人生，不知你们是否还会有勇气前来？

诚实地说，当下我的答案是不敢。太突然了，太吓人了，太痛苦了。更何况，我的艰难长征看起来才刚开始而已。

出院之前状况百出

5月4日,医生来查房时,终于宣布了一个我可以出院的日期,尽管只是预测。听到这个好消息,我开心得一直在床上傻笑。老徐高兴地跟我爸在病房喝了一杯,庆祝我又打了一个阶段性的胜仗。大伯打来电话,认真建议我爸给我改个名字,改成"张重捡"——重新捡回来一条命的女儿。

出院之前,我要做一系列的检查,确保已经安全。检查都要预约,有些不能立刻安排。头部核磁共振检查用来彻底排除那些大大小小的阴影是脑膜瘤的可能。转运床要从住院楼推去老院区,我被被子捂得严严实实,防止感冒,三个人(我爹、老徐、医生)一路护着,小心谨慎。

时隔一个多月,我终于被允许来到户外。我闭着眼感受到了阳光投在眼皮上的温热,还感受到了久违的风的吹拂、空气里区别于消毒水的味道。所幸,没有大太阳刺眼,也没有下雨,一切都很舒适。我心里一遍遍地升起欢呼:

这一刻也太美好、太珍贵了吧！路人没有特别对我侧目，要么匆匆赶路，要么在电话里急促地说着些什么。大家都有自己的麻烦事要处理吧。眼睛适应了一会儿后，我慢慢睁开眼，看到很大的老樟树，枝繁叶茂，郁郁葱葱。它活了很多年吧？可能比我大多了呢。地面不平，床很颠簸，大家尽量慢。

我又想起一年前去医院做定期乳腺检查，彩超室旁等待的老人也是躺在转运床上，当时我心想："可能他老了，生了很重的病，他自己也接受了吧。"而现在年轻的我和当时的他毫无差别。做核磁共振时，我还没有体力自己走入检查室，只能让爸爸抱我进去。我爹、医生和我都有些紧张，谁都不知道，抢救前发现的那些阴影到底是什么。大家一路沉默，闭口不谈。

傍晚，爸爸提议带我去户外走走，呼吸外面的空气。爸爸借来轮椅，给我穿好鞋子、外套，戴好帽子、口罩，盖好毯子，我们就出发了。第四十天，坐在轮椅上被推出病房，我才真正看清了湘雅附一医院血液科的完整景观。四周是病房，中间是护士站，电梯很难等，有专门的电梯引导员协助大家有序上下，更重要的是，她们要帮危重病人优先叫梯。在这之前，我对住了四十天的医院毫无时间上和空间上的概念，目光所及，只有天花板和自己十几平方米大的病房。

即使我很抗拒，爸爸还是拍下了我在医院楼下的小花园里，坐在轮椅上的照片。那时我虚弱无力、包裹严实的样子，在他眼里已经是很好。他把照片发在家族群里，给亲人报平安，收到了很多表扬和鼓励的话。我也给妈妈和哥哥打了电话，汇报新的治疗进展。

我看着初夏的小花园里，每一株树都如此翠绿、健康、有生命力，羡慕起植物。到底是湘雅，万千人寻找生命希望的圣地，即使在它的花园里，也依然有熙熙攘攘的人流穿过，他们大多面无表情、神情麻木，或内心早已焦虑不堪。

也许是下楼这件事让我消耗了大量体力，我又开始昏睡。当晚我开始发烧，发烧后又伴随呼吸困难，医生不得不重新给我戴上吸氧设备。家属们被批评："你们这样太激进了，一切都得慢慢来，身体还需要时间来适应环境，恢复需要时间。"

为了判断肺部感染的控制情况，还要做一次支气管镜检查。我先吸入麻药在外面排队等待，等待区里可以看到刚做完支气管镜的成年男子出来后头晕不适，难受得歪倒在长椅上。爸爸和老徐一直拉我说话，转移我的注意力，缓解我的紧张。检查结束后，医生偷偷告诉我，我进检查室后，我爹立刻一个人跑去楼梯间，为女儿独自承受的痛苦偷偷哭泣。老实讲，我自己并没有因为检查的痛苦而焦虑，只有对检查流程未知的茫然。我对医生的配合度很高，到了现在，只要可以活下去就行，难受嘛忍一忍就好了。

这两项最重要的检查结果都不错：肺看起来好了很多，脑部的囊肿也消失了，只是体力不佳，依然很容易昏睡。我们都很兴奋，觉得胜利在望。

某天中午吃完饭，爸爸去楼顶收衣服，负责心电图检查的医生来病房给我做出院前的诊断。她走后，我一翻身，温热的鼻血就流到了枕头上，鲜红的一摊。我张嘴想叫医生，一开口，血又从嘴里涌出来。我吓到了，大哭起来，但嘴里不断有血，哭也不顺畅。还好，隔壁床的谢大叔敏锐地发现了我的异样，叫醒正在打瞌睡的太太："你快去看看张苑怎么了。"他太太跑过来看了一眼床单，立刻跑去办公室喊医生。血流的流速很快，我突然慌了神：如果止不住血，找不到出血点怎么办？啊，我死的时候居然身边一个亲友都没有！孤单和心酸让我哭得更厉害了。

护士和医生很快就到了，他们在对我的突然出血感到惊讶之余，一边快速帮我止血，一边安慰因为抽泣而更加呼吸不畅的我："张苑，我们都在这里，别怕。深呼吸，深呼吸，放轻松。"

"你这几天的血象很正常了，凝血功能没问题，你不会有大问题。"

"最难的时刻都过去了，这种小毛病对你来说没问题的。"

我止住了哭，但还是抽噎到无法自控，久久不能平静下来。

爸爸收完衣服回病房，一进门就看到我的床前围着医护人员，床单上有血，我一直在哭，惊恐在我脸上放得很大。他搞不清楚发生了什么，也被这个场面吓到，跑到床边一遍遍地安慰我："爸爸在这里，爸爸在这里，宝宝没事的。"

看到我爹被我吓到，为我担心，我反而平静下来：我的反应太过了。这件事给爸爸留下心理阴影，从此他有了一个习惯：不管去哪里，离开之前都会跟我讲清楚他去哪儿，做什么，大概多久会回来。

很快，耳鼻喉的医生再次过来会诊，确认了我只是因为连续吸氧一个月，鼻腔血管变得脆弱，出现破裂，没有太大问题。

我还做了一次腰椎穿刺，为了预防中枢神经白血病，通俗地讲，就是为了防止白血病转移到脑袋。跟骨髓穿刺的趴姿不同，腰椎穿刺的过程需要双手抱膝，身体弯曲如虾仁。首次穿刺就不太顺利,中途还换了医生,我自己不太介意,但是一再叮嘱我爹和老徐不要旁观,我担心他们看到会心疼。但医生进进出出,他们在门口等待时也没有办法停下焦虑。术后,因为颅内压尚未稳定,可能会出现头痛,我需要至少平躺六小时后才能变换姿势。

因为检查结果不错,我又成功申请到了在病房洗头的机会。之前关于我想洗头的申请,老徐从医生办公室回来后转告我:"告诉张夸夸,如果她还想再进中心ICU抢救,她就可以洗头。你们千万别大意,别惯着她。"这次获得批准后,我顺势痛快地洗了个澡(已经超过一个月没有洗澡了,比坐月子时间还久一些),然后就连续发烧三天,还出现了血压太低的情况。我如此兴冲冲,再一次被打击了,躺在床上闷闷不乐。我爹就经常劝导我:"你不是连死都不怕吗?现在你还怕什么呢?这些不过是小事。"

感染控制中心的黄主任担心我的肺部感染出现反复,推荐了一种进口药泊沙康唑(我最开始是用两性霉素B,但毒副作用太大,我身体吃不消),效果好,只是贵。它比之前300块一包(一次用三包)的血小板、1200块一次的纤维蛋白原更贵,5000块一瓶,只够吃三天,而且要长期服用,服药周期可能是两年。这样算下来,单项药物就需要百万花费。这些进口药无法报销,只能自费,我爹没有一丝犹豫:"我女儿能活下去,比什么都重要。"

这令我更加羞愧,自己成年这么久,依然是父母的累赘,因为我发生的意外,拉低了他们的生活质量。我恨医药公司,不理解药物政策,对白血病是"烧钱的病""富贵才活下来的病"的说法很是难过。

后来我在播客《太医来了》里听到,每一种药品的研发成本和时间成本都很大,这才对天价药物释然很多。神奇的是,我远比医生预期的恢复得快,吃到第十瓶时,几次复查肺部CT,结果都显示我可以停掉天价药,换成其他药了。

大概是体能消耗急剧变大的原因,这段时间我只要侧睡,身体立刻就会发热,静坐时也是如此。身体好像一根热得快,温度原本很低,但能在短时间内突然升温到汗流不止。

又过了几天,情况更稳定了,医生开始催促我练习走路。每天晚饭后,老徐和我爹开始扶着我在血液科病室的楼层慢慢走一圈,遇到其他病友上来聊天,我也有些不适应。他们很热情:"要不要推荐假发给你啊?我这个质量不错。咦,你头发掉得不多嘛。""你的情况看起来很棒啊,继续加油!"5月的天气,温度回升明显,在病房很难吹到自然风的我每天都问:今天天气怎么样,外面热吗?有人穿裙子了吗？可以穿凉鞋了吗？

我在床上用Kindle看美食类的电子书，看各个城市的美食推荐，化疗后的频繁呕吐让我失去了味觉，我盼望着这些推荐能激起一些食欲，也憧憬着将来要去这些地方旅游。其间，长沙举办了草莓音乐节，恰逢大雨，很多人发来现场的视频。我也很想穿着热裤出去玩儿，健康地有活力地站在人群中蹦蹦跳跳。我又开始幻想未来回到"外面的世界""从前的生活""主流的人群"里。

终于，所有检查结果都陆续出来，显示我的情况在安全范围内，我可以如期出院。

还好还好，四十五天后，我可以活着踏上回家的路了。

没想到,更痛苦的是陪护家属

因为血小板低,有大出血风险,或肌肉消退无法站立,或每天长达数小时打针,生病前半年的大部分时间,我都只能躺在床上,无法自由活动。对比明显的是,我看着爸爸、老徐在床边走来走去,很难停歇。等我的情绪平稳下来,有体力也有充足的时间去思考生病这件事时,我就发现了一个被忽略的事实——最痛苦、最辛苦的人根本不是我自己,而是陪护我的家属。

因为我一个人的"失误",打破了他人的正常生活,给他们增添了如此多的麻烦。我仔细算了下,我的情况的确至少需要两个家属照看,老徐的重点是负责陪夜,爸爸的重点是舒缓我的情绪。总之,一个人看护确实会非常吃力。

爸爸白天负责内场,在病房盯着监护仪器上的数据,在医护叮嘱事项时务必在场,接待到访的亲友,晾晒我不断流汗需要换洗的毛巾。老徐负责外场,采买各种日用品,做饭,记录我的进出水量,预约检查,拿检查结果,采购特别难买的特殊自费药物。他们的二十四小时，比我忙碌多了。

早上住院部门一开，爸爸就已经买好三人份的早餐进来。我的早餐有时候是提前一晚就煮好的中药粥或汤。他要先来跟老徐交流我前一天晚上的情况：咳嗽是否加重，呕吐次数，进出水量以及其他特殊情况（休克、发烧、药疹、汗疹）。接着，他要喊我起床，应对我的起床气，轻吻我的手背说："宝宝，你昨晚睡得怎么样？"然后催促我起床、吃早饭、吃药，赶在医生查房前做好一切准备。

爸爸是一个很有沟通技巧的人，我在化疗开始后就拒绝照镜子。他常常早上来看我时就表扬我："宝宝，你今天看起来气色真好。"每天都是差不多的台词，只是三天后他会在后面加一句："宝宝你是不知道哦，你前几天脸色好吓人，今天真的真的看起来好多了！"我于是恍然大悟，前几天他的夸奖并不是真的。那么今天呢，真的不错吗？但老爹确实能把我哄开心。

他们要不断地给我更换背部和头部的汗巾，准备中饭、中午的口服药，监督我戴好口罩，防止我看手机太久导致眼睛出血，同时还要远程处理他们自己的本职工作。到了下午，他们又要帮我准备下午的水果、牛奶，调配有利于肌肉恢复的蛋白粉，给我涂各种帮助血管恢复弹性的药膏，给因药物副作用造成开裂的嘴角涂唇膏，为来探访的亲友耐心地解释我的病情和治疗进展。

他们在室内也戴着口罩，在跟我有任何互动前，都会先给手部消毒（那时新冠疫情还未暴发，这样的规则并不多见），提醒我每隔一个小时要翻一次身，防止褥疮和血栓。后来我流汗到体虚，开始手脚无力，想动也动不了，他们还要协助我翻身。他们按时给我量体温，查看我的血氧饱和度；时不时给我盖被子，不盖怕受寒感冒，盖严实了又怕汗疹更严重，如此不厌其烦。

有时等待过于漫长时，老徐要主动找来护士说："已经九点了，再不开始给她打，今天结束可能要下午五点了，拜托先给她打吧。"有时是求情和不解："你们每天抽血，一次7管、5管，这么吓人，血本来就不多，一边输血一边还要抽这么多。怎么抽完静脉血还要抽动脉血？她怎么吃得消？"老徐还要给我做消除肺部炎症的雾化治疗，用盐水棉签帮我做口腔清洁，帮助我在床上排便，在我呕吐时快速递垃圾袋给我，在我咳血时或呕吐时递纸巾，在我半夜咳嗽时立刻惊醒，记录每天摄入食物的品类和数量，记录尿量和排便频率。六小时以上的输液后，我的手指关节全都肿起来，她还要帮我按摩，帮助加快代谢和循环。

在我心情不佳、闭口不语的时候，老徐会开些玩笑、讲些新鲜的事物转移我的注意力，跟我描绘一些未来的快乐场景，激发我的求生欲："夸姐，等你好了，要带我们去旅行哦，台湾的东西好吃，语言没障碍，而且近，至少住上半个月吧。以后你生三个卷毛小孩怎么样？"

我因为怕光，要拉上所有窗帘，听到别人大声说话会头痛烦躁，胃口不佳时会生硬地拒绝病友们分享的营养汤，他们要去跟旁边的病友家属沟通协调，甚至道歉。等我能下床了，晚饭后他们要扶我练习走路。

吃什么是最让人头疼的事。病人能吃的本就不多，对食物的要求多，有营养、软烂、不油腻、不上火，还要尽量开胃，又不能重复。没有冰箱，送来的水果、食材很容易坏掉，菜吃不完也会浪费。我感到自责，觉得自己很麻烦，同时经常发脾气。病人和家属之间吵架的事并不少见，缘由常常都是鸡毛蒜皮的小事。他们要忍受我因为害怕以及身体难受导致的不耐烦和暴躁。我说过一些不过脑子的话："你们就是为了自己心里舒服，所以逼迫我吃，我吃了你们就高兴，可是我吃不下，咬不动，恶心想吐，你们就不管！"而当我一直沉默、拒绝吃饭、拒绝说话时，他们则更加担忧，担心我在胡思乱想。

从中心 ICU 出来进入隔离病房后，我觉得自己没事了，赶老徐走，要她回去上班，两个人因此僵持，大吵一架，她又被我气哭了，对囝囝和 Sam 撂下狠话："我再也不管张夸夸了！"我一直不能理解老徐为什么如此大惊小怪，时常嫌弃护士不够细心，连我爸妈也要自愧不如，如此小心谨慎让我很不适应。几个月后，有别的病人过世，她才讲起，当时医生通知家属"不能保证病人会活着到达三楼中心 ICU"，她大哭着捶墙，那么失控和悔恨，认为我的肺部感染是她没有照顾好我而导致的。她以为是她的疏忽差点害死我，从此变得格外紧张。

后来她只在晚上过来陪夜，遇到过各种突发情况：半夜血压低接近休克，高烧不退，爆发汗疹、药疹，连续的呕吐不止。她跑去外面喊护士，给我爹打电话告诉他情况。我妈说："老徐代替我在医院照顾你，将来她老了，你要给她养老啊。做人凭良心，你可不能不报恩。"老徐虽然大我快一轮了，但在我暴躁时被我骂过无数次。我爸妈时常批评我没礼貌："如果真是亲姐妹，恐怕早已翻脸了，也只有老徐能这样忍受你！"

有一次我爹刚出门，去晾晒我汗湿的毛巾，医生突然来做腰椎穿刺，只有我一个人在病房孤独痛苦地面对；还有一次他去晾晒我汗湿的毛巾，结果我口鼻出血，一个人恐惧得大哭……从此爸爸再也不敢丢我一个人在病房，无论去哪里，都是小跑着快速赶回来。

每一次医生宣布我进入下一个阶段，老徐都要跟我爸喝一杯酒庆祝。照顾我还只是对体力的挑战，他们从不说累。最关键的是，家属们往往承受着巨大的精神压力。我的情况每天不同，时刻在变化，他们的心情也像过山车。

他们目送我被送去中心ICU抢救后，就回住院部收拾病房里的物品，那时突然接到电话，要求家属五分钟之内赶到。他们以为我快没了，心里十分着急，一路从二十楼的楼梯跑下去。（湘雅住院部的电梯出了名地难等，即使有分流，每个电梯还有专门的电梯引导员在努力协调，依然有十分钟过去都挤不进去的情况。）爸爸虽然不陪夜，但是住在离医院五分钟步行路程的小旅馆，生怕有事第一时间赶不到。他二十四小时不敢关机。

医生找家属谈话是最紧张的时刻，他们要过滤完信息转换成轻松的语气再告诉我。老徐打听同类型病人的情况，找新药方、好的医院、有优秀案例的医生。爸爸帮我屏蔽掉不好（病友去世）的消息，不让负面消息影响我的心理状态。最危险的时刻，命悬一线的我只是昏迷，并无体会，生活的惊涛骇浪重重地累在家属的心头。

生病的人不好受，看护病人的家属的痛苦也不会少一分……我爹和老徐真的是模范组合：分工明确，在跟我吵架后彼此鼓励和安慰，积极跟医生、护士沟通，认真遵医嘱。很多家属不在乎，但每一个医疗建议的后面，大部分是从无法挽回的已逝生命那里得到的经验和教训。

还好，如他们所料所愿，我还活着，我们还能彼此陪伴，共同经历四季变换。有时候跟我僵持不下，爸爸就问："张丑，你发出像老虎一样的声音是怎么回事？你就是只敢对爸爸凶！等你好了，你会对我耐心吗？以后会嫌弃我吗？还会翻白眼吗？等我老了会管我吗？"我于是因为心虚而稍微温和了一点，配合了一点。

后来我探访过很多病人，见过其他家属和病人的相处，我才明白当时老徐和爸爸对我的尊重和共情有多难得，我得到的是多么细心的照料。大多数病人家属都不明白病人情绪的来源，只有"为你好"的蛮横，又因为缺乏医学常识，对症状变化不够敏感。老徐和爸爸是一个很好的示范，让我有经验和信心去教其他家属如何正确地跟病人相处。

我很清楚，没有家属的细心照料，也就不会有活下来的我。

活着回到老家

第一次正式出院那天，爸爸和老徐一直笑呵呵的，虽然未来还要不断地回到这里，但经历过这些曲折，能出去就已经是太值得高兴的事了。在他们收拾行李时，不断有病友来我的病房道喜，看起来好像是我的大学毕业典礼结束，亲友来接我回家。

我如愿戴着宽檐草帽，换掉病号服，穿上新的黄色平底鞋，激动不已。等电梯时，我的主治医生和她的同事们路过。"你看张苑，看起来像是去旅行度假吧。"

到了楼下，老徐去交出院材料，爸爸去还租赁的轮椅。我一个人坐在医院门口的石阶上，看来来往往的人：有戴着医院手环的病人，有焦虑的探病家属，人人都表情木讷。我自己也看起来面无表情，但我知道自己很幸运：我出来了，我在好转，我有可能活下去。

姐夫开车，表妹也来接我。从长沙回华容的途中，我闭眼侧躺，恶心呕吐还是伴随着我。我想起十几天前，医生认为我没有抢救的意义了，建议父母接我回家；又想起上次春节，还在大年初二我就匆匆从老家来了长沙。此时心中万千滋味，这一路的煎熬如此漫长，赶快回家的想法如此迫切。

一路上舍不得闭上眼睛，我隐约判断出路过的地方：四方坪，长沙大道，星沙……上高速，岳阳，洞庭大桥，再到君山，东山……中间还是吐了几次，但我知道自己离家越来越近了，满心期盼。

终于，两个半小时后，我看到了老家熟悉的房子。家里已有妈妈等着我。小姑兴高采烈地早早来迎接我，等待已久的他们心情比我更激动。大家搀扶我缓缓上楼，我的房间已经焕然一新。新的床、极简的物品，所有东西都用紫外线消毒机杀过菌。躺下的瞬间，安全感包裹了我：我回来了，回到了让我安心的地方。

邻居的婶婶、阿姨带着红包陆续来探访。她们戴好口罩后站在我房间门口，远远看着躺在床上、同样戴着口罩、身体消瘦且头发稀疏的我。她们安慰我妈："会好的，都会好起来的。"也对着我大声说："苑子，你好好休息，心态好最重要，千万别想太多！"转头又给我妈分享她们打听到的偏方："有人就这样治好了，你也给她试一试？"

我没有眼镜，看不清对方的容貌，只能努力辨认她们的声音。我心里一阵发酸，自己曾是她们看着长大的小女孩，口中的洋娃娃，一直都是模范女学生；虽然长大后感情不顺，工作也没什么大的出息，但是再不济也应该会度过普通的一生吧。现在却连结婚生子、慢慢老去这么稀松平常的事情都未必有机会实现了。只不过离家短短几个月，我就从那个意气风发、外出想要搏出一块小天地的年轻人，变成了只能躺在床上、被死亡时刻威胁着的虚弱病人。

最劳累的是妈妈，我在医院时她只是远远地着急和担心，我回来后，事务变得非常具体和繁杂。天气炎热，她要习惯戴着口罩进入房间跟我说话，协助我尿尿，给我倒水吃药，为我换洗衣服、擦洗身体、涂抹因药物副作用引起的皮炎的药膏，给我做牙齿咬得动的饭菜，煲可以帮助恢复化疗损伤的元气的中药，给我抽血监测血小板和白细胞情况。她还担心听不到我晚上要尿尿的呼叫，搬来一张小床，睡在我房间门口。

第一天晚上，妈妈来我房间，拿出一本很旧的相册，里面是我自己都不记得的儿时模样。她又说因为她体质不好，我成了七个月就出生的早产儿，她艰辛地把我从小小的婴儿慢慢抚养长大，还说起我自童年开始就骄纵跋扈又不服输的性格。然后她一边感慨一边哭："一晃，你就这么大了。宝宝，你一定要好起来啊！"我不知道怎么安慰她的悲伤。我没有能力承诺任何未来的事情。

爸爸因在长沙照顾我，已有一个多月没去看望奶奶了，回家后立刻去老人家那里报到。奶奶责怪他："你这段时间怎么不来看我？跑去哪里了哦？"

爸爸说："去了长沙，有事要办。"

奶奶缓了缓，说："那你去看了苑子吗？她好不好？"

爸爸没料到，患了阿尔茨海默病的奶奶还记得我，他挤出笑容，握着奶奶的手说："好，她都很好，只是太忙了，所以没回来看你。"然后爸爸就立刻赶回家里陪我。

小姑转述这段对话给我听时，自己也红了眼眶，然后她对我说："宝贝，你快点好起来。你肯定会没事的。"

我一个人躺在床上，大部分时候都只能盯着窗外的樟树。在我很小的时候，它也很小；现在它已经长成一棵枝繁叶茂的大树，可以荫庇整个院子了，我还是如此小。它记得我吗？也会想念这个迷恋外面世界的小娃娃吗？我和哥哥初中时，整个暑假总是站在窗边对着它唱《以父之名》，那样鬼哭狼嚎的歌声有没有吓到它？它真健康啊，我要是像它一样有活力就好了。

好友蔡玲来到我家，她戴好口罩坐在我床边，像从前那样笑着叫我的名字，我刚回头应声，她眼睛就红了，说不出话。我只好开个玩笑缓解气氛："你看啊，我很好，别担心,终于人生第一次减肥成功,瘦了很多呢,小腿也不粗了。"她问我难不难受,接下来的治疗方案,又给我拢拢被子。我知道她想了解的情况、想说的鼓励和关心、想回忆的过去有很多,但我却不愿意多聊。就让我们平和地接受这一切吧,不要咋咋呼呼,不要哭哭啼啼,不要因为命运的突袭而难过。只要我还活着,不,就算我没了,也希望所有人想起我、提起我时,都是笑着的。

高中时的好朋友徐燕也带了儿子 Bean 崽赶来看我,她妈妈和姐姐也托她带来了礼物。她还是声音洪亮,风风火火。Bean 帅气可爱,还不明白发生了什么,只是感觉到这是个严肃的场合,乖乖独自玩耍,没有黏着妈妈。眼前这个已为人母的姑娘,是我生命中温暖的光亮。高中转学后的我,在新学校曾遭遇同学的排挤和孤立,她跟众人不同,勇敢而果决地接纳我。她当时没有多说什么,只是让我睡在她的床铺上,把她的 MP3 塞给我,把我和舆论短暂地隔绝开来。夏天还没过去,我就听熟了整张梁静茹的新专辑,也缓过劲来,不再介意他人的疏远和评价,重新振奋起来。

在我垂危之时,她曾提议要联系我的前任男友来见我最后一面,又担心我会因此发脾气,最终作罢,如今她再次跟我确认:"那个人,放下了吗?已经往前走了吧?如果当时死了,你真的不会很遗憾吗?"她并不知道,我在独自生活的这几年里,已经变身为"钢铁侠",而她还在担心我是陷在旧情里的"小可怜"。"可是你知道他还是爱你的,为什么不让他来呢?太遗憾了,都这个时候。你为什么要一个人强撑呢?"我不打算继续争辩。

现在回顾那段感情,对他也没什么好责怪的,他尽力了。他总是无条件地支持我的每一个想法,耐心地照顾我。虽然我是世俗意义上的"受害者",但是我知道,因为他,我才想变得更好;分开后我的遭遇,并不是他的过错。他来看我了又如何呢?真的不必再加戏了。

我认真地澄清:"你想太多了,我赢过了死神呀,多厉害!至于我没再恋爱,并不是因为放不下他,而是因为没有遇到真正相看两不厌的人,如果有合适的爱人,我并不介意生一个 Bean 崽这样的小孩。你知道的,我这一路都没什么好运气。"

她也就放过我,不再刨根问底,反而分享起她进入人生新角色后的幸福和烦恼。这一次,换我给她建议。等她离开后,我才反应过来:其实没有设身处地,也就无法感同身受,即便我们能共情对方的处境,却也爱莫能助。

我妈每天要花很多心思在饭菜上。我只能吃不坚硬、易消化的食物,但因为挑食,很多食物根本不碰,而她又要想方设法让我的饮食营养均衡。除此之外，我因为牙齿松动、口腔溃疡、嘴角发炎，很多时候即使好不容易有了一些食欲，想吃也张不开嘴。妈妈要我不管怎样都努力地进一点食，我们因此斗气。她不许我随意吃一口就放下筷子，时常对我的娇气和任性毫无办法，只能厉声喊道："你吃得多，恢复才快，身体才有底子去对付化疗的消耗。这是任务，由不得你，不许讨价还价！吃掉，全部吃下去！"我则委屈道："我嘴角痛，牙齿痛，我咬不动，还一直吐，为什么要勉强呢？你到底明不明白我身体有多难受？"

她隔几天就来问我："你该来月经了吧？推迟了多久？"这样连续半个月后，她才终于接受我月经已经停了的事实。这个现象在化疗开始前医生就明确预告过的。妈妈只好默默地调整我喝的中药配方，叮嘱我再苦也要喝。

化疗有规律的周期，每一次出院时都要预约下一次的住院时间，我跟爸爸很快又回到长沙等待随时入院的通知。妈妈叮嘱爸爸，每天早上都要煮一颗鹅蛋给我，并塞了各种中药材，让他给我煮粥，弥补损伤的元气。等了几天，老徐打电话给住院中心询问，得知病床紧张，没有空的床位，要继续等。我倒是不着急，悠闲地享受不用住院的自由时间。

骨髓抑制期和四次化疗

自生病以来，隔了快两个月，我再次回到自己在长沙的小公寓，等待住院。熟悉的环境让我时常忘记自己生病这件事。起身和躺下时，我往往还是动作迅速生猛，吓得爸爸和老徐连连劝阻我："慢点慢点，你伤口还没好，血象也没那么理想，小心为妙！"我听不进去，心里暗想："我真的没事啊，是你们大惊小怪了吧！"

我走路依然不太稳。有一天，我看到了什么，像从前那样跑过去，却猝不及防地腿一软，整个人扑倒在街上，双膝磕伤，肩膀也擦伤了。刚好有辆公交车从我旁边开过，路人纷纷侧目惊呼。回头看爸爸时，他已吓得脸色煞白。晚上帮我给伤口涂药时，他很自责，一遍遍说："宝宝对不起啊，爸爸没有照顾好你。我没有及时拉住你，我真的太大意了。"我不顾新增的淤青，努力安慰他："一点都不痛，真的，我完全没感觉。是我自己要跑的。"

我这才真的承认，虽然活下来了，但一下子还无法回归原来的生活。以前从未在意的跑动、吃饭这些自然、简单到被忽略的动作，现在都要谨慎小心了。

第二次化疗住院期间，娟姐和许萌主又想送花来哄我，医生还是不允许，担心会发生过敏和感染。连家里原本的植物也被老徐丢掉了。老宋买的两米高的大熊，很快被医生要求拿走，毛绒玩具容易藏进细菌和灰尘，也是危险品。

化疗后有药疹、唇炎、蜕皮、牙齿松动等各种交错的副作用，每天变着花样让我难受，但我至少保住了头发，还可以像从前那样说笑。但这次入院前后，口腔溃疡导致很难进食，甚至说话都疼，我又变得暴躁。再加上各种忌嘴，盛夏时节却不能痛快地吃小龙虾、冰淇淋，无法参加挚友的婚礼……如此种种，我十分悲观丧气。

那天爸爸见我实在没胃口，特意带我离开病房，去楼下吃饭。路上的餐厅看了一圈，我依然没有食欲，勉强吃了几口开胃的酸辣粉就作罢。爸爸带我继续走，我看到很多小门店里什么也没有，只是摆了几个灶台，就问："这就是专门租借给陪护家属做饭的地方吗？"爸爸点头。

住院的病人往往对饮食有特殊的要求，又偏偏胃口都不好，吃饭变成大事。除了要注重营养，还要求软烂、开胃、新鲜。医院附近因此形成了配套，除了常见的水果店、花店、廉价旅馆，还有一种就是我从来没注意过的——专门提供烹饪设备的店铺。家属们自己买好食材,商家只提供炉子和油盐调料,供大家做饭。爸爸讲述他和老徐是如何一家家选择,比较服务和价格,最后找到收费合理、不太挤,还能兼着买点儿新鲜蔬菜的那家店铺的。

我突然想起以前病房隔壁床的晓燕姐,她老公总是想着法儿为她煲汤,有时是灵芝,有时是冬虫夏草,她总是分我一些。爸爸似乎欲言又止,我没反应过来,继续自顾自地讲:"好久没看到她了,你们有联系吗?不知道这次住院,会不会遇到她也刚好回来哦。"爸爸不想瞒,也知道瞒不住,他说:"她可能没了。应该是没了。她不会再来医院了。"说完爸爸用力握紧我的手,像是怕我消失。我愣了一下,装作很镇定地说:"我累了,我们回医院吧。"

我们不再聊这个话题。

死神带走了别人,会不会也突然带走我呢?

正式开始化疗前,主治医师就上次骨髓穿刺和腰椎穿刺的结果约谈了我爸。他从医院办公室出来,坐回我床边,从嘴角挤出一个笑,但是眼眶里又有泪花。我很困惑,不知道发生了什么。我主动问起,他才张口,话还未出,眼泪已经流下来。上次这样的情况,是因为医生通知他我呼吸衰竭,命不久矣,只有几十分钟就要走了。我递纸巾给他,很担心,但是笑着说:"是什么坏事?你说出来嘛。"

他缓过来,又露出一个舒展的笑容:"你虽然是高危型,但情况比预期好,很多指标都转了阴性,治疗周期可能会缩短。"

啊,这是欣喜的眼泪,是来之不易的幸福的眼泪。这之前的三天他都忐忑不安,担忧未知的检查结果。毕竟我出院后,那个接替我床位的人也走了,在抢救室戴呼吸机时没挺过来。这段时间至少走了三个病友。我多幸运。目前最紧要的,是我肺部阴影未完全消除,依然要服药控制感染情况。化疗开始后,我又开始了呕吐和恶心,但心情很不错。

第二次化疗的过程整体比预期要顺利。医生建议我出院回老家度过骨髓抑制期[1]。6月11日结束第二次住院化疗,由此往后推七天是6月18日,我第一次在家度过抑制期。那天刚好是父亲节,我因病获得了陪爸爸过节的机会。但那天下午,我就开始发烧,烧到全身肌肉和骨头都痛。早上抽血的结果,也显示白细胞降得很厉害,也就是免疫力急速变差。一个人躺在楼上无聊时,我偷偷拿起手机,

---

[1] 一般来说,骨髓抑制期是化疗药物对骨髓正常造血功能抑制导致的,也是化疗后相对危险的时期,一般是化疗结束的第七天开始,身体的白细胞和血小板可能降到最低,其间要密切关注血象情况,防止发生意外。很多病人是这个期间血小板过低导致大出血死亡或者白细胞无法回升,失去免疫力感染而死。

看到了一条信息：一位年轻同事在凌晨意外车祸过世了。

我分不清自己是在现实里，还是在一个没有醒来的噩梦里。后来确认了细节，他和未婚妻一同饭后骑车，被一辆酒驾的车撞倒，抢救无效。我不敢相信。三个月前公司还组织我们一起在泰国旅行，我现在还没彻底脱离危险，他却先走了。我不愿意相信。对死亡的恐惧淹没了我，我大哭不止。

妈妈送饭上来，我拒绝进食。小姑来看我，温温柔柔地跟我讲话，我闷声不吭，把头扭到另一边继续流泪。她走到另一边靠近我，我无处可躲，一张口，竟抽泣到说不出一句完整的话。他们总算知道大概发生了什么后，急忙安慰我："宝贝，你不会死的，你会好起来。"

我听到邻居们为我惋惜时，我妈信心满满地说："放心，我女儿没事的，她最多一年就会恢复正常。"这种话使我异常愤怒，眼泪瞬间流出来。她凭什么打包票？谁能保证未来呢？别人死了，我为什么不会死？我又没有特权。我要是真的特别幸运，哪里还会生这样的病？我久久陷在自己的情绪里，哭累了就昏睡，睡醒又继续哭。我冒昧地留言给同事的未婚妻："他是个特别好的人。我们接触不多，但他帮过我，他本来可以不这样做。他总是笑嘻嘻的，不争不抢。一切太突然，请你节哀。我和妈妈为他祷告了。

我也羡慕他，飞升天国时有心爱的人在旁，没有太多痛苦。你想哭就哭，但要坚强啊。他肯定希望你越来越好。"

她回复："谢谢你。你也要好好的。加油。"

我又继续哭。从医院带回来的升白针打完了九支，血常规结果显示我的白细胞几乎为0，几乎看不到分类了。第一次发生这样的情况时，检查人员对爸爸说："可能机器有问题，你稍等，我重新检查。"第二次结果依然，她又不好意思地说："可能仪器内部需要清洗，你再等我一下。"她还想重新检查一次，我爸回复："不用啦，仪器没问题。结果就是我们看到的这样，她没什么白细胞了。"然后他匆匆去医院补了几支升白针回来，继续给我打。

我还是不肯讲话，不知道在生谁的气。爸爸劝不动我，又害怕救不回我，偷偷哭了几场。他给我一边打升白针，一边还加了止血敏，预防最坏的情况出现。后来我实在不忍，父母为我白头，为我悲痛，他们无意识的每一声叹气我都听见了。死亡对我来说，不过是一键清零的简单小事。但爸妈能按我的意愿快速翻篇吗？他们的悲伤谁能安慰呢？

有个偏方里写鹅有抗癌的功效。我年事已高的大姨妈和姨父养了六只鹅，他们每天都要去很远的池塘打捞浮萍，给鹅做饲料。我妈每天为我煮的鹅蛋，就来自他们在炎热天气中辛苦的劳作。这样的恩情，我只觉羞愧，无以为报。

我又陆续收到一些朋友发来的暖心鼓励，大家都在等我回归。我翻到朋友们的留言，谷谷说："夸夸你对朋友多好啊，我从前总觉得朋友是放哪儿都不会走，搁哪儿都在的。但从你这儿发现，朋友也需要认真对待。你多会生活呀，你永远比你想的要好很多很多呢。"

王火锅写的是："看你照片，我肚子里的宝宝就欢腾地动，ta 只有在看到美丽的人时才会动。"

娟姐留言比较长："你很好，长得美，你听我们倾诉，给我们开解，爱看书，博学多闻。你对朋友好，会安慰人，你有自己的思想，气质与美貌并存，还在我受委屈时替我出头。你是我最爱的朋友。"

跟我情路有些相似的大学朋友 Beauty 在婚礼现场跟我视频连线，那边的她非常美丽，原本笑靥如花，而我在电话这头却虚弱憔悴到坐着都吃力。我本就不想多聊，总觉得这样的场景出现在她的婚礼上不太吉利，结果她真因为担心我而哭起来。我赶紧挂断，把新娘子的妆弄花不是我想要的结果。我祝福她，也不得不答应她，要努力好起来。

终于，在补针三天后，我的心情渐渐平复，身体的各项指标也回升了。虽然又挺过了一次，但我依然战战兢兢，心里的恐惧只是暂时被抑制住了。

就像这样，每一次化疗后的骨髓抑制期，我都要过一次鬼门关。下一次会发生什么，我也不知道，只能借助大家的爱意，尽力往前走远一些。如果我活着这件事对他们来说真的如此重要，那么我就再努力一下吧。活还是不活，已经不是我一个人可以决定的事了。

第三次化疗才刚开始，我就呕吐不止。剧烈的呕吐使我腹部的肌肉快速收缩，甚至痉挛，眼泪不停地迸出。有时候根本来不及反应就吐了，清理起来很是麻烦。老徐只好把一个个保鲜袋提前卷成一个个可以快速打开的小底盘，我的枕头旁每天都放满了袋子和纸巾。呕吐对体力的消耗太大，我根本没有精力跟爸爸说话，一次次吐完，把袋子扎好交出去，快速擦完眼泪就立刻躺下，等体力恢复了一点，又要面临下一轮恶心。连续的呕吐声会导致病房所有人都安静下来，我假装镇定，不说话，以免影响其他人的情绪。

好不容易化疗结束，出院时二伯来接我回家。一路上，我还是不停地呕吐，吐勉强吃进去的一丁点食物，吐吃进去的药，吐胆汁，最后变成空无一物的干呕。胃早就排空，体力更差了。他在驾驶位不敢回头看我，只是不停地问我爸："要不，我先把车停路边休息下？"很久之后，姑姑告诉我，二伯被吓到了，觉得我可能当晚就会挺不过去。几个小时走走停停，格外漫长。到家时，他们扶我上楼，我已经全无力气行走。到了房间，剧烈的呕吐、身体的抽搐、殆尽的体力让我一瞬间差点窒息。

我没想到化疗的反应一次比一次凶猛，把我击退到崩溃边缘。难以呼吸的那一瞬，我想要放弃。我已经使不上劲去对抗了。要不，还是算了吧？我太累了，真的太累了。

我又昏睡过去，醒来看到微信群里有很多朋友们发来的照片。朋友雪阳三个月前邀我做婚礼的伴娘，我因此买好了飞去巴厘岛的机票。她得偿所愿，嫁给了陪伴她走过青春的男生，蓝天白云，阳光大海，亲友欢聚。我知道她为我哭了，但她只是在微信里恶狠狠地说："夸夸你害我少了伴娘，这个账我回头再跟你算，你给我等着。"我也没告诉她，化疗前期，不知情的携程机票客服每天都打电话来，问我还去不去巴厘岛，而我还天真地问过医生，我能不能先去做伴娘再回来化疗。

姜姑娘每天都留言给我问好："夸夸，你还好吗？我手机二十四小时都没静音的。如果你想留言给我，我一直都在哦。"婉妹说："夸夸，我很高兴在职场遇到你，有你在前面领路，做我的榜样。你要加油哦，我们等你回来。"

紧接着的是抑制期，白细胞再次降到了0，发烧，全身疼痛乏力，我就靠着这些鼓励挨了过来。我很怕自己死了，她们也会跟着对未来泄气。

我劝自己：活下去吧，我还没去见证好友的婚礼，我还没看到哥哥的小孩出生，我还欠很多人拥抱。活下去吧，再难还能难过现在吗？继续扛一扛呀。斗志又被激发出来。

第四次化疗，还是毫无意外地呕吐。正值蓝色可乐流行，我看朋友圈的晒图，内心一阵阵害怕——这款饮料跟化疗药水的颜色相似，是剧毒和痛苦的颜色。许萌主留言给我："很多人会牵着你的手走过来，夸夸别怕啊。"

有一天，化疗到五点半才结束，我刚打完止呕针，虚弱无力，不吃不喝，拒绝说话。爸爸很担心，不知道我到底在想什么，他握着我的手喃喃说道："宝宝，工作的事暂时不去想。爸爸在一天，就可以养活你一天的。眼看你进中心ICU去抢救，从此什么都不重要了，都不再是大事。过去有什么不开心的，你都放下吧。未来两年不复发才最重要。不要那么拼，那么玩命，多一些惰性，懒散一些也是好的。"

我心有不忍。一直要强的父母非常辛苦才养大了小孩，现在却不得不放弃了一切对她的期待，无论事业还是感情，都不再提要求。

化疗结束，我偶然得知一些事情——原来，我之前被人欺骗了！我的心态一下子就崩溃了：命运也太不公平了吧？我突然生了重病不说，还要同时遭受欺骗的伤害？恶作剧没完没了，这样荒谬又捉弄人的人生，让人无法留恋！我的心里完全泄气。算了吧，这种狗屁人生根本不值得再努力！为什么打击一个接一个这么狗血呢？！

第四次抑制期，来得比预期的要早，也猛烈很多，出院第六天就已经白细胞全无，血小板很低。抑制期第三天时，爸爸握着我的手说："惊心动魄、置之死地而后生的日子只有这几天了，扛过去就好啦，以后再无这些担惊受怕。你要加油啊！"

打了升白针和止血敏后的第五天，中性粒细胞依然看不到分类，血小板个位数，这意味着感染风险很大，可能会大出血。我断断续续发烧，牙齿全部松动了，进食困难，紫癜遍布全身，从腿到膝盖、胳膊，再到胸口……

情况看起来不太好，从前的人也纷纷来到我梦里，醒来时每每不知身在何处，恍惚又伤感。我知道很多天血象无法回升的后果。这些天，我静默地躺着，脑子却一刻不停地思索，猜测等待我的结果是被一条小船接走，还是可以重新汇入街上的人流。

我不得不思考最坏的可能，决定把银行卡的密码全部改成我妈的生日，把各个社交账号的密码交给靓婷。甚至我又开始"气短"。其实我的大额医药费大多花在控制肺部感染上，进口药又贵又难买，且为了避免抗药性，还要调整、变化药物。大部分时候我都不说话，家人心照不宣，不聊血象指标，我的每一声咳嗽都让人联想到在中心ICU抢救的过往。

抽血检查、打针，再抽血检查、再打针……这期间，朋友们继续留言："坚强的夸夸，等你好了我要抱你亲你哦。""夸夸我给你留言一周了，你怎么还不理我？你快理我一下！"这些留言我无法回复，我不知道怎么回复，是敷衍地给个苍白的答案，"还没呢，不知道何时可以安全"，还是许下可能无法兑现的承诺，"放心吧，我没事，我会好起来，过几天就好了"？我不能保证什么，只能继续沉默。

杨嫦学姐劝解我："你相信他人是一件好事，被骗不是你的错，你一开始就小心谨慎，结局未必会不一样。你只要继续往前走就好了。"婉妹去了泰国，除了她自己的姻缘，她在四面佛前许下的愿望还有一条：希望张夸夸快点好起来。各行各业的市场岗朋友在群里刷屏，内容一致："张夸夸，你什么时候归队啊？等你！"他们之前还派代表来医院，偷偷塞了红包在我的枕头下。

朋友们的这些话，在后来我情绪低落时，成为速效救心丸，使我屡屡复活。我也明白了，被辜负也好，不被重视也好，都是很正常的人生体验。早遇到早分辨，做减法本质上是好事一件，接下来我只要把精力和目光转向真正关心我的人就好了，这些可爱的、珍贵的人的感受才是值得我在乎的呀。憎恨他人是很耗费精力的事，我的全部精神只能集中在努力活到新的一天这件事上。于是没有质问，没有争吵，我只选择了无声地退出欺骗者的生活，与他再无来往。

南南姐一边在厨房给儿子做晚饭，一边发语音给我："我现在特别后悔和自责，你生病前我没有强硬地多骂你几次，让你工作别太拼，要多休息，多给你介绍几个可爱的男孩子，我希望这一切都还来得及。"我安慰她："过去的事不可逆，这一劫可能怎么都绕不过的，你是很好的姐姐，极称职的朋友。"

小时候的闺密甜心，提议来医院照顾我，又留言说："我总是梦见你，梦见你去了日本，和朋友们在门前台阶上聊天。"还有人在朋友圈留言："来来来，这位女同学，你中场休息这么久了，该你重新上场啦！"

不敢燃起希望，也不想辜负期待，矛盾的我等啊等，等身体出现转机。我一边憧憬自己可以活下来，像别人那样奔跑、大口吃饭、轻松外出，恢复正常生活；一边也很怀疑我到底有没有运气能胜过死亡。命运会如何对待我，我不知道。我只能被动等待，等待命运恩待我，让我隔天醒来还能继续活着。

再坚持两天，又坚持两天，终于到了进入抑制期的第九天，血象依然没有任何起色，我自己也没有什么耐心了，忍不住哽咽，等待最后的时刻。我失去耐心时又开始丧气：结局就是这样了吧，好不了了。可怜我爹一边照顾我一边准备职称考试，我娘每天忙碌，只能最晚入睡。那就解脱吧，我也不想再成为别人的负担了。

但就在我痛哭过后，抑制期的第十天早上，血象有了明显的波动，是好转。希望又被点亮，爸妈欢欣雀跃，我又挺过了一关。化疗的痛苦、骨髓抑制期的凶险，让我跟死神再次近距离交手。这世界大部分都很糟糕也没关系啊，还有小部分的温暖留住我，让我继续活在人间。

从前不自信的我，在生病期间被汹涌的赞美和留言包围，这逼迫我抬起头正视自己，肯定自己。他们说："夸夸你多么爱笑，多么棒。你要加油！""我在等你，要跟你约饭哦。"我感到以前未曾察觉的被需要、被期待、被爱和超剂量的肯定。

张重捡啊，是一次又一次被爱重新捡回来了。

后话：朋友李沛因为帮我找药去联系各种资源，认识了现在的男友。五年后，他们结婚时才甜甜地告诉我相识的过程："夸夸，这一切都是因为你呀。"

全球找药的爱心接力

第四次化疗的抑制期结束后,我又回到医院报到。这次病房的三位都刚好是 M3——同一个类型的病友。毫无意外地,病友和他们的家属,七嘴八舌地询问我是怎么发病的,惊叹我在宣布基本无治后还能活下来,又问我的头发怎么还这么多、有什么诀窍,再婉转地问我是否已结婚生子、感情状况如何、有没有因此被抛弃。

我沉默地躺在自己的病床上,面无表情。长期生病的人,总能学会苦中作乐,他们讲起各种笑话,我爸和老徐一边附和着笑,一边冲我使眼色:"张夸夸你给我礼貌点。"我装作没看到,一点都不捧场。好不容易脱离了主流生活,可以不用假笑和社交,我实在懒得勉强自己,只想清清静静。而且我自己很介意——偏偏我能在抢救后活下来,偏偏我的头发没有掉光——这只会让别的病友发出"原来命运对每个人真的不同"的感叹,并对此表示羡慕。在这种比较之中,我赢得太轻松,也太残忍。于是,我在病房很少说话。

这次化疗前除了肺部CT、心脏检查等，骨髓穿刺和腰椎穿刺两项检查都要做，我有点害怕。因为之前穿刺都不太顺利，而且现在两种痛苦还要叠加，我内心感到恐惧。我本来想跟老爹撒娇，让他去跟医生讲："这样是不是太激进了？能不能错开处理？"后来一想，这两项检查结果是用来判断能否提前结束化疗的，可以加快我的治疗进程，于是就按医生说的办了。他们也肯定评估过两种穿刺同期进行的风险。所以我只矫情了一下下，就接受了安排。

检查结果没那么快出来，等了几天，我们就被医生郑重地叫去办公室。我很开心，我知道能直接让病人听到的消息肯定都是好消息，跳着蹦着跑进去。祝医生通知我们，这次化疗结束后，下个月可以正式转入维持治疗，爸爸和老徐高兴极了，连连给医生道谢，我倒是最冷静的那个，好奇下一步该是什么剧情，是新挑战还是小游戏呢。祝医生耐心地讲解了目前针对M3的三种维持治疗的方案及其对应的优缺点，供我们自由选择。其中有一个方案需要国产口服药，相对来说效果好，而且花费不高，但问题是药断货很久了，估计很难买到。她建议我们先发动身边的资源问问看。

于是，向来最怕麻烦别人的我，试着发布了寻药的朋友圈。我心里完全没底，毕竟我已经离开大家的视野五个多月了。很快，就有朋友转发了我的朋友圈，到第十个人帮我转发时，就已经超出了我的预期，我非常感动。但因为打了砷剂的不适，加上发烧，下午很快就睡着了，醒来发现微信很多对话框有未读留言，我点进朋友圈，原来消息已经刷屏，好多好多人都在主动帮我找药。未接来电也有很多，他们都急切地想把自己知道的信息告诉我。我还未完全清醒，没有力气一一回电，只握着手机，坐在病床上突然号啕大哭，完全丢了"偶像包袱"，不停地抹眼泪。

其他病友根本没反应过来发生了什么。我被手机那边看不到的超过一百位的人集中展现的爱意完全包裹住。我何德何能啊？我不过是个向来不爱回复留言的冷漠混蛋啊。他们竟然在乎我的死活，比我更着急地去找药，他们找不同城市的医院、找药店、找各种药厂，甚至找到了日本、印度、德国、澳大利亚、加拿大……这让我想活下去的意愿变得更强烈了：请让我重新有利用价值，将来也好还这个人情给他们吧！

这一切太出乎我的意料了。原来，这段时间看似静默的同学、朋友、同事、合作方都在关注我，想帮助我延续生命，哪怕有些人仅仅只有一面之缘。

这种叫"硫鸟嘌呤"的冷门药物，很多朋友以为是

"硫唑嘌呤"，兴冲冲地打电话告诉我："找到了找到了！"我只好纠正道："不是这个，是另一个。"对方比我还落寞，马上又鼓起劲来安慰我："我再去问，肯定会找到的！"

"硫鸟嘌呤"很便宜且有效，也许是药厂不赚钱，所以这种可以救重症病人的药就这样停产了。难道我们这群人（病人）的生存就不重要吗？我气急败坏，想不明白。

我以为进入维持治疗会轻松一点，但过程依然艰辛。后来几天，因为药物反应，我的身体浮肿严重，无力看手机；屡屡剧烈呕吐和昏睡，导致我分不清时间。我的呕吐声太骇人，病友们不敢说话，家属们很早就关灯安静下来。有一晚，我试图用睡觉来避免呕吐，但还是剧烈地恶心和头晕，根本无法入睡。呕吐到感觉胆汁都排空了，呕吐到缺氧，呕吐到剧烈收缩的腹部肌肉酸痛，我看着外面的夜色，以为是凌晨，心想坐一会儿也许就天亮了。我问老徐现在几点，她看着奇怪的我答道："晚上八点不到。"我顿感崩溃，连续地呕吐，吵得别的病友也无法入睡。我甚至觉得自己常常站在躯壳之外，看着那个趴在床上呕吐的自己，却一点办法也没有。那漫长的一夜过于难挨，我已经不记得最后是如何度过的了。

到了白天，闻到隔壁家属在病房煮汤的油烟味，我也会恶心难忍，尤其是当别人好心送一碗汤给我时，我也立刻扭头，眉头紧锁，做出要呕吐的样子：好难闻，受不了。我爸尴尬地警告我："张夸夸你讲点道理啊，你可以不吃，但是没道理不许别人吃！闻不了也没办法，忍一忍，再几天就可以出去了，你多喝水压一压！"

一直断断续续地发烧，抗感染的进口药引起了皮疹，瘙痒难忍，再加上心悸，我有时觉得自己的生命是累赘，心里非常暴躁。等缓过来，我又看到手机里的留言："夸夸，我知道你很难受，但我在等你好起来哦，肯定可以的！"眼泪于是一滴一滴止不住地落下来。我强迫自己快点入睡，努力屏蔽一切干扰，尽快恢复情绪上的平和。

最后还是找不到药，我们采用了另一种维持治疗的方案。维持治疗要五个疗程，一个疗程是三个月，也就是还要一年多。（后来第五个疗程结束时，医生考虑到我是高危类型，建议再次延长到八个疗程，一共两年整。）我承认路还很漫长，只能慢慢挨，根本急不来；我也懂得了人生不会从此岁月静好，再无波澜，现实的难题只会一个接一个，源源不断，就像升级打怪，成为王者遥遥无期。还好，这些难题也让我接收到了更多的爱和善意，变得更有力量去应对厄运随时的偷袭。

那时的我总是看不清自己，也分不清别人的评价哪句真心、哪句水分多，但每次回首往事，都觉得这是我的高光时刻，这一仗不是我一个人打赢的。我真是不幸的人中最最幸运的那个了。是人们的爱意层层叠叠，在我跌落时，给我托了底，努力接住了我。我意识到，我并不是两手空空，原来我的确接收了很多很多的爱。

在危难之中受过他人恩惠，哪怕他人只是随手转发，但对当时的我来说，也是有力的抚慰。后来回头看，这次集中的高能量的最后无果的一场接力，深深地影响了我。从此当我看到需要帮助的人时，我也会尽量伸出手，去帮一把；不再因为忙和事不关己，而忽略那些求救的信号。

那个在病房呕吐到缺氧的我，暂时不再因为痛苦而想放弃了。知道了自己于某些人是重要的，这让我心安，让我对并不美好的世界又有了眷恋。

我要加油。

二十八岁，我给自己写下悼词

亲朋好友不断提醒我，遭受的疾病实在可怕，活下来是多么幸运。但我自己对死亡却没有直观的认知，有一点迟钝，心想：我不是一直都活着吗？跟从前一样啊。我始终不相信他们口中那骇人的、最坏的结局会真的发生，因为没见过，所以无法想象。

乡下的葬礼，我只参加过两三次，每次都远远地站在外面，没有深入了解过细节。十里八乡如果有人过世，按照习俗，送葬队伍所到之处，沿路人家要关门回避，只留一人在外，放鞭炮以示尊重。爸妈从不允许我们兄妹趴在窗口看，想帮我们尽力过滤掉"死亡"的讯息。

总之，那些过世的人似乎都是上了年纪的爷爷奶奶。

我不知道，年轻人也会死。

此前一起游泰国的同事水哥意外车祸去世，我听到消息时震惊又惶恐，高烧不退，血象不好，在床上痛哭了好几天。但人总是很健忘，很快，病痛的一轮轮威胁、亲友的一波波关爱让我转移了注意力。

我才缓过来没几个月,就听闻了第二件事。进入维持治疗的第二个月,医院没床位,我只能拿着药回老家打针。晚上,老徐和囡囡来我的小公寓吃饭,给我饯行。爸爸亲自下厨,大家欢欢喜喜地喝酒聊天,我因为牙龈发炎,牙齿松动,咬不动正常的饭菜,就在一旁无所事事地拨弄音响。

爸爸喝得有些多,不断地郑重感谢老徐和囡囡在我生命垂危时守护我,也帮扶心力不足的他。回忆起往事,他们仨都是自豪的口气,末了老徐又骄傲地提起我"二十年来唯一一个呼吸衰竭等三症并发后还能存活的白血病病人"的名号,并且夸耀我开了个好头,之后又有一个男生活下来了。唯一变成了唯二。

爸爸说:"对啊,曾经有这么一个男生。"

爸爸看着仿佛置身事外的我停了一下,又说:"可是,现在他没了。"

我回过头,爸爸努力忍住泪水,哽咽着说:"下午我在医院等着拿药,他们(其他病友)跟我说的。他上次出院时来跟我们道别,回家后血象不好,白细胞很高,情况很差。他才二十九岁。他走后的第十天,怀孕的妻子为他生下了一个女儿。"

我坐回爸爸旁边，拿纸巾给已经满脸泪水的他。"当时他家里人联系了北京陆道培医院，把身份证和病历交过去，医生建议马上住院，可是凭他的体力已经坐不了长途车了，于是买了机票，登机要核验身份证原件，等医院寄回身份证又耽误了几天。"

我还以为他来不及住院。

"没有，他坐上了飞机，也住进了医院，遗愿是要见哥哥一面。"

"那么他见到了吗？"

"哥哥赶到时，他已经深度昏迷了。"

怎么会这样呢？他明明从中心ICU活着出来了呀，那么小的概率他都赢了；明明他来病房看我时还高高瘦瘦，很乐观，风轻云淡；他出院时特意过来打招呼，我想他肯定跟我一样能度过抑制期的，下个化疗周期我们还能在医院再见面；他的太太和小孩还在等他好起来，他也赶上了飞机啊……我捂住眼睛，不肯相信命运总是这样不可对抗地恶搞。

他们都只是不断地对我说："你真棒，你看起来恢复得真好。"我以为是惯常的鼓励和客气，毕竟打完针的我开始了关节骨头痛，有时坐着要起身都会有些困难，我感觉自己并不如他们以为的那么好。我今晚才明白这些话背后的羡慕：我已经做完化疗，能够进入维持治疗阶段，运气多好。

从愚人节入院到今晚，我不知道这半年的时间到底怎么定义。跟健康的人相比，这是我的飞来横祸和倒霉，而跟志忞的病友们比，这是我死里逃生的侥幸。

饭桌上的三个人一边擦眼泪一边教训我要珍惜现在：当时总住院医生老赵甚至不能保证我能活着到达中心ICU；后来我爸每次看到中心ICU的电话打过来，就会全身发抖，生怕是坏消息；囧囧给我煲汤时想到送过来还有人肯喝，不会一场空，就特别高兴；老徐说至少还有这么一个人在面前晃荡讨嫌，就觉得踏实。

在这晚之前，他们当时的紧张与脆弱，以及屡次被通知已无力回天时的心情，这一切，我不知道也没看到，不能感同身受。当时推入中心ICU前，爸爸问我有什么要交代的，我答没有。我是真心希望我的来去都淡如水，即使曾经漾起一些些波纹涟漪，也能快速归于平静。大家都不要想起我，好似我未曾来过。

但这次我哭到深夜，惶恐和难过又包裹了我。也是从这一晚开始，我对死亡发生的概率有了更具体的认知，从此对死亡的发生变得警觉敏感。我才真的懂得了，活着如此不易，活着如此难得。

当我非常迟钝地明白死亡会真实发生时，就好像我突然有了一双新的眼睛，注意到一个事实：身边陆续消逝的人其实并不少。

"层流病房里你旁边床的那位谢大叔走了。走了半年了。"回老家进行维持治疗的某天傍晚，跟爸爸去散步时，他这样告诉我。紧接着我就头晕呕吐，爸爸赶忙带我回家。

当初我从中心 ICU 抢救回来，住到隔离病房，旁边床的夫妇很照顾我。有一天爸爸外出时，我突然口鼻出血，非常无助。这时，被仪器包裹着、自己也卧床不起的谢大叔敏锐地察觉到了我的动静，立刻叫醒他太太，喊来医生帮我止血。

第四次化疗期间，不断的呕吐和找药的着急让我满脸愁容，隔壁床 M3 复发的大叔总是乐呵呵地讲各种轻松段子逗我发笑。最后他过世的消息，是因为他太太退出了我组织的 M3 病友群我才知道。

再后来，我的同事忠哥也因病去世了。我们曾同游泰国，那时在机场免税店，忠哥拿着满满一张购物清单，上面是女儿们列出的各种彩妆单品，他看不懂，但满心欢喜地要去满足女儿们的愿望，最后是我帮忙找齐了那些东西。我回来就确诊白血病，他确诊咽喉癌。春节时我给他发消息，了解到他化疗的效果似乎比我要好，恢复得比我快，已经逐步恢复工作。那天得知他过世的消息时，我正和朋友在餐厅吃饭，突然大哭。工作啊，爱情啊，都不重要，都去他妈的吧！就只是活着，同亲友一起在四季更替里慢慢衰老，都是件好难得的事！

很多人劝我回避，但我坚持去参加了忠哥的葬礼。在听悼词时，我也在脑海中想象自己的最终时刻。

也许是出于职业习惯，回家后我就开始写自己的悼词，自己策划葬礼的细节。要去掉传统追思会的冗长流程，避免回望过去时的一些言过其实的形容，我不希望我的小型葬礼上出现浮夸的标签、遗憾的语气。最主要的是，我很不喜欢"不幸去世"这个说法。

后来有一次我发烧时，大学好友娟姐和凯胖胖来看我，凯胖胖看到了公寓墙上贴着的葬礼流程和悼词，激动得要一把撕下来，他说："你这是干什么?！我不允许你这样胡思乱想！你会活下去，活很久的！你能不能乐观一点！"

我无视他的大惊小怪，淡淡地回复："如果我死了，我也希望一切按我的意愿来。我自己规划这件事，反而是比较负责的态度。我知道自己是一个难搞的人，以后你们只要按我的计划来就行，多好。况且，无论现在死还是将来死，我都要经历这个时刻的，让我提前做准备吧。"

那时的我，对自己能活下来，能回归正常生活，并没有信心，人生的不确定性让我思虑不断。先准备好，总是没错的。

随着人生体验的变化，我把悼词修改了很多次。每当我对生命有新的理解时，我都会重新思考。最近我的悼词是这样的：

> 张苑，一生遇到很多奇事，七个月早产儿，小小一只也活了下来。二十七岁时重病，没有死成，获得了第二次人生的机会。上帝爱她，医治她的身体和心灵，让她从一个不断生病、骄傲、悲伤的小孩，渐渐变得健康、平和、喜乐。她伤害过很多人，也爱过很多人，在深夜里痛哭过很多次，哈哈大笑了更多回。她最大的成就，是学会了放下自己的优点，学会去爱人，包括爱不完美的自己。
>
> 后来的她，成了负责烘托氛围、创造一些美好、给大家鼓励和勇气的人。跟当时在中心 ICU 一样，这一生她没有什么遗憾。谢谢大家的照顾和陪伴，这让她总是欢笑多于愁苦。各位带着她的爱往前走吧。高兴一点！若是偶尔想起她，不要悲伤，要想想那些让你们发笑的事。
>
> 没有不幸去世，她这一生有幸，太有幸了！感谢

那些好的、坏的体验，让她的故事如此饱满。今天离开这里后，大家就去好好吃一顿吧。跟自己爱的人相拥，好好生活。她去与天父相聚了，不要太想她。先下车啦，这一趟旅行实在愉快。虽然不舍，但是没关系，我们还会再见的。

撰写悼词时，我意识到后半生都是白白得来的宝贵时间，我赚到了。我开始面对可能的死亡，活着的态度也随之不同，这是不是就叫向死而生？而新一轮的游戏计时开始，我也真正开始思考如何去形容自己的一生，发现还有许多自我期许未能实现。

第二章
灾后重建比我想的更漫长

死是容易的,

活下来去重建是更难的。

虽然不知道自己是不是真能治好,

也不确定时间还剩多少,

但我在漫长治疗的同时做了一些尝试,

也有了一些变化……

重建身体,重建信心,也重建生活。

第二人生，哭哭笑笑交替前进

又到了春天的 4 月，朋友们提议为我办二十八岁的生日派对，但要说服我不太容易。我曾经很讨厌过节日、生日，觉得有些俗气。我不需要这些，毕竟身边人的爱，通过平日的细节就能感受到。为什么爱意非要在特定时间才体现呢？梁静茹在歌里唱："其实爱对了人，情人节每天都过。"我不要麻烦的仪式，但有时也跟《老友记》里的 Rachel 一样，想要什么礼物，就列出一个清单。朋友们要严格按照清单来准备礼物，不然可能会被退给百货公司换现金。

但这段时间陆续得知好几个熟识的人离世，谁知道下一个会不会轮到我呢？我于是放下成见和偏执，希望趁还活着，留下一个大家相聚时的回忆。哪怕只有片刻美好，但因为可以和朋友们一起创造和经历，至少能给他们带去慰藉：嘿，看吧，此刻我还在呢，还跟你们在一起。

于是我破例，同意办一个迷你生日会。一来庆祝生日，人生长度幸运地得到了延展，这是长征路上的里程碑。二来，去年的生日在中心 ICU 抢救，也是难忘的日子，今年的这天，我还活着，就格外有纪念意义。

策划生日会的负责人发来微信问我，生日派对主题是什么。我说："春天，是重新焕发生机的季节。我也要重新活过来。那么，就叫少女的第二人生吧。"我规定所有嘉宾的着装都要有绿色元素。男生们向我诉苦，说只有一顶绿色的帽子，女生们纷纷借机消费，置办起新装。

那个生日会我没有通知太多人，只有在不同的人生阶段陪伴过我的朋友从四处赶来长沙，彼此很快就相熟。大家坐在一起聊天，一边分享因我而起的焦虑和担忧，一边为我加油鼓劲，祝福我能开始新的生活。我们拍下合影，试图留住这个时刻。我有一瞬间很恍惚，不知道这个画面是真实发生的，还是我的梦境未醒。

因为化疗和持续的打针吃药，我的记忆力变得很差，也因为很多时候都在昏睡中度过，其实我不太记得过去一年具体发生了些什么。那些外人看来的艰难险阻，在我这里几乎都是马赛克一般的模糊，只剩大概的轮廓。当然，我也刻意回避去细想这件事，以弱化这件事对我、对家人、对他人的影响。但这次朋友们相聚的那些雀跃和欢乐，我都真切地记下来了。也是从这一年开始，我就只过 4 月 10

日的生日了。

生日隔天又要回医院去抽骨髓，这次我决定独自前往，没有要我爹来陪我。一来，他要从老家往返长沙，跑来跑去很辛苦，真正手术时，他在旁边作用并不大，还要为此担忧。二来，没有人在旁边时，我总能撑住，表现得坚强，一旦有人嘘寒问暖我就容易泪水涟涟，变得脆弱。爹妈担心我会因为他们不在而生气，前几天就一直和我电话沟通。我摆手说："啊呀你们别担心了，如果我需要你们来，我会直接讲的呀，我们之间还要猜来猜去不明说吗？这得多累啊。就这样决定吧。"早上两个人又打电话过来，我则很镇定，觉得他们太紧张。过去的这些年，我一个人在长沙生活也渡过了很多难关，独自去抽骨髓已经不算挑战最大的事了。重新出发的张夸夸，比以前更勇猛啊。

直到骨髓穿刺进行了二十分钟，我以为要结束的时候，医生才结结巴巴地说："呃，我们需要换个针头，重新抽。"

"啊？"

但我明白越是这个时候，越是多说无益，更不用发脾气，快点结束才是最要紧的事。整个过程真的很漫长，虽然打了麻药，但我依然能感觉到他们施加在我身体上的每一个动作。医生担心我不耐烦或者乱动，一直解说进度："这个针头好多了，我们抽到了一点。""如果你太痛，你就讲，但是千万不能动。""接下来我要扎更深一些，别怕。"接着就听到髋骨被按住，针头用力穿透骨膜的声音。医生继续说："这个（骨髓样本）量还是不够，我再试试。""你别紧张，这是最后一管了。"我也想要深呼吸放轻松，但时间越久我的身心越紧绷，最后忍不住委屈得哭起来。哭的时候，又害怕引起身体晃动，这样后果更麻烦，于是只能僵硬地趴在床上呜咽。

终于结束穿刺，又要坐起来采指尖血。扎一针，没取到足够的血，又换个地方扎了一针。实习的女医生自己按压不出血时，又喊另一位男医生过来说："你力气大，你来。你别管她哭和痛，量不够结果就出不来，用力捏！"

我放开声音一边哭一边想：还好爸妈没来，不然这个情况他们看了更难过。哭完立刻就能笑出来，也是我的特长之一，但家长们看到哭脸的小孩，心疼却要持续很长时间才会渐渐消弭。（后来爸爸自己生病的时候也要骨髓穿刺，因为见过我多次穿刺不顺利时有多痛苦，他那时第一反应也是要逃跑。）

维持治疗已经进行到第三轮，我以为不会再有剧烈的反应。但事实上回到老家打针第七天，我就明显感觉不舒服。我刻意避免把身体的这些小变化放在心上，在楼上坐了一会儿，院子里的狗见到来客，大声吠叫，我无力地训斥它:"别汪汪汪了,汪得我脑壳晕。"

爸爸要我一起去附近散步,我不肯,他坚持,说我必须增强体力。我勉强出门。走了一会儿,我突然又呕吐,眼泪流下来,大汗淋漓。爸爸只能带我回家。到了楼上,我已经很吃力,心率很快,想要平躺下来休息,又开始呕吐,吐到发苦的胆汁就放声大哭,吃下止吐药和感冒药,才躺下又吐出来。如此反复,我的腹部剧烈收缩,呼吸都有些连接不上,翻一下身也会累得心率加快。

我的情绪又暴躁起来,不许爸妈挨着我、靠近我,不许他们跟我说话,不许开灯,不许有任何声响。前一秒还在兴致勃勃地回复网友的关心,下一秒就毫无预兆地体力消退,连续呕吐,这让我想起在医院化疗的记忆,忍不住胡思乱想:这是感冒,是药物副作用,还是我大意了,这几天没戴口罩?情况会不会是变糟了?明天醒来又是什么状况等着我呢?

我刚进入第二人生,就这样在哭哭笑笑中慢慢前进。一边口袋里装着爱意和希望,另一边口袋里装着恐惧和担忧。

维持治疗也是跟父母的和解治疗

每个维持治疗的疗程是三个月,第一、第二个月是打针十四天,休息十四天,第三个月是吃一种口服药。维A酸明显的副作用是持续不断地头痛和头晕,这让我对悟空被唐僧念了紧箍咒后的感受有了深切的体会。

因为医院床位紧张,我只能离院进行维持治疗。爸妈是医生,我得以在家打针。输液的时间占了一天的大半,要连续七个多小时,从早晨开始,到下午结束。结束后我就开始午睡,醒来已经接近傍晚,接着简单运动,勉强吃完晚饭,就已经疲乏无力。于是我早早睡觉,第二天醒来继续打针。如此循环往复。2018年10月后,我手臂上的血管密密麻麻的,都是针孔,血管恢复的速度太慢,几乎已无处下针。长时间地打针加上睡觉,就是维持治疗时的全部日常,其他事无暇顾及。我几乎没有力气,也没有心情说话。

大学开始,为避免与父母之间有明显代沟,我坚持了一件事，已经成了习惯：三天打一次电话回家，有重要的事情会主动跟他们汇报和商量。但即使这样，我跟他们的关系也并不亲密，互相存有偏见：父母看我作息不规律，工作无成就，结婚太晚，总之不太成功；我觉得父母固执、古板又强势，要求太高。

我曾经在大年初二就冷漠地独自离家。我习惯了自己照顾自己，信奉独立自主，凡事不求人。我更喜欢自己一个人待着。不得不在家打针的这些日子，我切换到另一种生活状态。手机上没有无休止的工作信息进来，也没有来跟我暧昧的男孩子了，我有了大把的时间放空，可以静下来捕捉生活中发生的一切小事。也正是这些小事，让我心口的冰块渐渐融化。

因为免疫力差，我一个人躺在楼上房间可以更好地隔离，避免感染。我爹给我买了一个无线按铃。当我需要喝水、去洗手间、针打完了换药或抽针时，就可以用它呼叫楼下的父母。我每按铃一次，楼下客厅、厨房都可以同步听到铃响，他们就会上楼来解决我的每一个需求。

到了傍晚，我爸会拉我戴上口罩出去慢慢散步，提升体能。我们常常边走边聊。说真的，爸爸是我的好朋友，这些年他总是平等待我，耐心听我说一些不成熟的想法，全力支持我，相信我每一句不切实际的胡话。有时候，我们就走在老屋旁边的小路上,可以看到放学的孩子们在路边爬树、摘果子。碰到菜园里的阿姨、搬出桌子准备吃晚饭的伯伯、扛着竹子往回走的爷爷,他们都一脸慈爱地问我:"夸夸,你怎么没牵你的狗出来?""吃饭了吗?""苑子你到底大学毕业了没?还在读书?"有时候,爸爸会带我去桃花山,我看到了他小时候生活过的山林,想起童年时大雪封山,我们只能艰难地步行上山,给爷爷、奶奶拜年。

有一次出门前,他塞了一顶帽子给我,说:"我不想别人看到你的头顶,然后议论你。"我根本不怕这种状况,笑他道:"其实这世界上的大部分人都很忙,他们无暇顾及路人是什么样,只有老爹你会如此在意我。"等我牙齿不再松动,食欲回来,体能可以正常独立地吃完一碗饭的时候,我爸都要喜滋滋地连连夸赞:"我的宝贝在吃饭。谁能想到现在她能自己吃一碗饭啊?厉害厉害,不错不错!"

据说我七个月大出生时,小小的一只,不知道能不能存活,我们家因为超生被罚,我爸还是高高兴兴地请客吃饭,甚至请大家看了一场电影。他包车把我接回来,一路放鞭炮,喜色难掩。

我经常忘记自己在生病这件事,倒是向来形象高大、武断又暴躁的爸爸一提起我生病,就会彻底放下面子,难以自抑地当众哽咽。我时常不知道怎么安慰他。我怕他会老、会死，怕没有人为我遮风挡雨，他也怕我死掉，怕突然又出现什么状况。生活的仪式感都是老爹教我的：小时候还没起床，就听到音响里张学友的声音；吃饭必须要一家人整整齐齐，不能离桌；小孩回家第一天和出发前一晚，都要认真坐下来谈谈自己的生活；等等。

我跟我妈一直互不看好。我没有如她所愿，长成一个文静听话的女儿，也没有遗传她的白肤细腿。她说我的臭毛病全来自我爸，被爸爸惯坏了。但我知道我的自尊、敏感、焦虑甚至体贴都来自她。我因为化疗的副作用，月经停止，我妈决心熬中药给我调理。无论我有多反感，她都让我坚持喝下去。才喝了半年，我的月经就回归了。我妈那天反应之激烈，就好像是我给她生下了大外孙。我也高兴，我说："我节约了六颗卵子呢，说不定未来绝经的日期会推迟半年。"我的早餐都是药膳粥，后来我经常被问："夸夸你现在这头发这么茂盛，应该是……戴的假发吧？！"这一切都是我妈的功劳。

有时候，我大便干燥，排便困难，用开塞露和其他药物都没效果时，妈妈要帮我用手去抠。有时候是疯狂拉肚子，他们在厕所旁放了一个小板凳，让我可以借力，在虚脱前休息。有一次，我在洗手间艰难地排完便，站在窗口往下看，就看到坐在院子台阶上的爸爸，他端着碗，双眼无神，面无表情，或者是长时间的悲伤和忧虑凝固在了脸上。他在为我的未来担忧，还有种帮不到我、无法代替我受苦的无力感。我的不忍又涌上心头。"病耻感"更适用于精神疾病类的患者，但我确实也对自己生了重病这件事感到非常自责和羞愧：我把家人拖入了泥潭（后来我了解到其他类型的病人通通都会这样想）。于是我又打起精神，笑嘻嘻地下楼去，问爸爸："今晚吃什么？也许我可以多吃一碗饭。"

妈妈还要每天给我的房间做紫外线消毒，协助我洗澡、洗头，防止我在浴室摔倒，每天忙到深夜才能睡下。甚至，为了激起我的食欲，她还学会了那道我心心念念、遍寻不着的粉蒸藕。虽然医生没有提出明确的忌口要求，但其实不可以吃坚硬的、生冷的、薄皮类的食物，加上嘴角常常发炎，想吃也张不开嘴，要想办法给我做可以吞下去的食物其实很难。乡下没有外卖，妈妈只能亲自动手，或者求助邻居干妈。

打针的冬天，我每每夜里咳得心绞痛，但一想到外面有雪落下，早上就能立刻爬起来，去雪地里踩两脚。我快三十岁了，从前的少女们都结婚生子变成大人了，只有我，戴着帽子、手套，牵着两只狗，蹲在呼呼的北风中玩泥巴，哦不，堆雪人。我的手艺实在太差，爸妈索性自己上场，帮我堆了个小雪人。路过的邻居们当着我的面没说什么，只是看着我，欲言又止。

从前的我，对父母一度感到懊恼和不满，觉得自己将来一定是更好的家长，能做到包容小孩、引导小孩，给他们很好的物质条件和满满的爱。现在我承认，我将来做得可能远不如我的父母。如果我养育的小孩生了重病，如果我的小孩恋爱七年分手了，迟迟找不到稳定的伴侣，如果我的小孩一心扑在工作上，却没做出什么成绩，如果我的小孩一分钟有一百个想法但全都不靠谱，我哪能心平气和地接受这一切？

2019年春节后，我要返回长沙，爸妈有事在身，我独自启程。他们想赶回家送我，没能赶上，我爹就发微信给我，一直跟我道歉。我看完信息，在车上哇哇大哭。唉，我以为他不送我，我就不会哭了呢。以前爸爸送我，都是帮我放好行李，付好车费，确认我坐好了才挥手告别，而我总是装作潇洒利落，不想被他看到我也不舍。我妈担心我一个人离家在外过得太俭朴，又托邻居大哥开车给我送来了满满一大箱食物。

后来哪怕出现分歧、争吵，我心里也已经完全释怀，对父母再无怨言。在维持治疗的过程里，我明白了，彼此的爱并不是极端环境里的新产物。这些爱本就存在，只是我们从前没有察觉，如今在一次次相处和陪伴中，我才渐渐发现它不是我原以为的那样稀薄。

总之，因祸得福，在来不及之前，我和父母又得到了好好相处的时光。按照每年十天年假计算，这大约抵过了几十年的年假。上帝又给我一个机会，弥补了从前，让我有机会从三头六臂的铁人小姐变成需要被照顾的懒散小女儿。

维持治疗治好了我的不自信

我生病后收到了很多关心，但非议也不可避免地存在着。原本喧闹的生活来了一场检验。虚浮开始退潮和卸妆，生活露出真实的面目。

那时距离我发病已经有一年半了，生活趋于平静，那天下午我接到了一个陌生电话。对方先让我猜他是谁，然后问我近况，邀请我去参加初中同学聚会："来吧，你要是身体不方便，那么我们去你家里也行。总要见个面吧，你也别瞒了，你生病的事我们早就知道了，不止我知道，全校都知道，没有人不知道。"

生病以前，我从不参加同学聚会，也极少在群里发言，只能一再婉拒这个提议。末了，他要我在同学群里说句话，他说："大家都很关心你，你不说话有点不像样。"

我最后还是没去。在那场聚会里，我的好朋友中途愤然离场。我辗转得知那天的主要内容是讨论我。他们从我生病这件事，谈到我七年恋爱分手，最后分析了原因："她这个人啊，读书时就很清高。"

聚会中的大部分人都已经十多年没见过我，但我一生病，就成了他们聊天的话题。过去的恋情、现在的生活，都成为他们的谈资，被细细揣摩、解读。那天我哭了一场，发了一条朋友圈："我并不想逢人就说一遍我如何生了重病，又是如何若无其事地继续生活。十几年不联系就继续不联系吧，我的生活不是万人博览会。各自安好就行了。"

后来回公司上班，同事们围在一起，好奇地问我为何能死里逃生，活蹦乱跳地站在这里。我提到其中一点——我父母是医生，在很多关键决策上都做了正确的选择。很多人都在羡慕我父母的职业带来的优势，但某个同事非常讨厌我，当着大家的面对我大笑道："你爸爸是医生啊？看不出哦，是兽医吗？哈哈哈哈……"其他人也被他的刻薄惊到沉默，纷纷散开。从前的我，会冲上去一拳打歪他的嘴（打男生我从来没输过，相信我），但这次我忍住了。他讲出的话只表明一件事，即使他如今看起来是个身价不菲的企业家，但本质依然是个没有教养的人。

那次我很快就平复了心情，不再像过去那样，被别人的只言片语击倒。我似乎渐渐有了一层看不见的盔甲，那是亲友们的爱铸就的，让我很难被恶意刺伤。改掉不自信和容易自我怀疑的毛病，我花了一年多的时间，亲友们渐渐帮我修正了我的自我评价：我是被爱着的，而且我是值得被爱的。

刚从中心ICU转出时，我的鼻子被呼吸机勒出伤痕，脸色铁青，面部发肿，嘴唇干裂起壳，头发很多天没洗，囧囧来看我，他大大方方地拉着我的手，抱我，笑容满面地跟我说："哎呀，你总是这么神奇，我更加喜欢你了呢！"见我心事重重并不怎么笑，他又安慰我："花了很多钱没关系啊，你活着就好。如果你不在了，这些钱才是浪费可惜的。钱总是可以赚到的，现在换回了你的命，我觉得特别值。"

Sam熬汤送来医院，并写道："谢谢你活下来，请你继续爱我。"犇哥豪气地塞给我十万元，他说："你一定要努力好好活下去，将来才能把钱还给我。"他还提出开车接送我往返长沙。朋友们成立"监察委员会"，在朋友圈时刻提醒我：夸夸你戴围巾了吗？你是不是露脚踝了？你怎么睡这么晚？你为什么没戴口罩？你穿太少了，你给我等着，我拍照举报你！我被许多的关注温暖得不好意思。他们不允许我看低自己，一次次不断地反驳我。大学好友娟姐在我高烧时，跟凯胖胖打包好饭菜，买了退烧药来看我。他们根本不介意我蓬头垢面。两人一边在我床边开酒馋我，一边陪我聊天哄我。娟姐当下就掏出手机说："我给你买一双新的高帮鞋,这样你暖和一点就不会再感冒啦。你别一个人躲起来,你还有我们啊。你大学时多么快乐,多么耀眼!"

我正在低落烦闷中,任性地抱怨着:"喜宝说要么有很多很多爱,要么有很多很多钱,如果都没有,那至少有健康。我呢,我连健康都没有了!太惨了吧!过去的人生我做的唯一正确的事情,就是买了房子。我所有的付出,不管是工作还是感情,全部都扑了空。就只有这座房子,默默地增值,给我留下了一笔钱。"凯胖胖纠正我:"不不不,你做的最正确的事情,是你经营好了自己。你总是很美、很好,生活得如此热烈。虽然知道你每天发早餐图是为了让父母放心,但你真的很好,生病之前就是,现在更是!"他们让我明白那句歌词里唱的:"我不愿让你一个人,一个人在人海浮沉。"

李大胆为爱搬去上海前来我家辞行,她坐在沙发上盯着我发出惊叹:"哇,夸夸你居然可以自己在房间里走动了,好神奇!"她还抱着我在沙发上拍了很多合影,唱梁静茹的甜情歌给我。之前她在病房里找不到我,匆匆赶去中心ICU,被挡在外面见不到。

"感觉被世界抛弃了"的孤独时刻,是有的,但很短暂。总有朋友来家里照顾我,他们担心我,陪我说话,来看我的理由不一："我新发现了一个好好吃的东西，带给你吃。""我刚好到你家附近，一起吃饭好吗？""你家厨房看起来好棒，我来试用一下吧。""我有事找你帮忙，你在家吗，我现在过来？"

阿 ben 在离开长沙之前，一堆麻烦事缠身，还是来给我做了一顿饭。后来我在他公众号看到他没说出口的话：

> 和韩剧不同的是，她是单身，在她昏迷后也没有人验出恋人是她亲哥哥的情节。剧情比韩剧更戏剧化，说好隔天带个面包给她吃，走到病房门口就看见所有人都戴着口罩，床上躺着戴着氧气罩、已剃短发、昏迷着的病人。
>
> 我不能确定她是不是需要安慰，我也不知道要怎么安慰。每次聊起来，我都在说这个世界有多糟糕，我的生活也非常痛苦，希望她降低对生活的期待。
>
> 最近我们一起吃了几次饭，她鲁莽地冲到厨房去洗碗。看着溅到地上的水珠，我很想拥抱她。但我们没有拥抱过，我在想，是不是她也担心，拥抱过就会对世界期待变高？

看完我有些震惊。我的忧虑他看到了，我担心厄运还会再次击中我,在那之前我不要有太多的羁绊,我更不想增加留恋,我要酷一点。但我根本撑不了多久,因为他超预期的关爱,我又变成了嘤嘤哭泣的柔软小绵羊。

维持治疗期间,我有时候一个人住在长沙,最常来看我的是许萌主和我表妹。许萌主离开长沙搬去大理之前,短暂地借住在我家。我这个几年来不肯被任何人打破独处空间的人,终于往后退了一步,允许别人的入侵。我忙于工作,只能跟她在睡前和醒来时短暂地见面。她呢,非要跟我挤在一张床上,半夜聊些有的没的。临行前她留了字条在桌上:"我在大理等你,你要来看我。"在我咳嗽时、摔倒时,都是表妹陪我去看深夜的急诊,来帮我收拾乱糟糟的房间。在我的两个表妹那里,好像我才是妹妹般被照顾着的那个。她们陪我聊天,听我分享心事,却从不因为我奇怪的想法而评论我,而是成熟地开导我,接受我的全貌。

躺在隔离病房无法动弹的那些天,我曾想:如果未来我还能站立,还能回归人潮,那我要拥抱每一个等待着我的人。事实是,几个月后等我真正可以和大家见面的时候,我却假装什么都没发生,刻意忽略我消失了一段时间的事实。我不想让朋友们为我担忧,我害怕煽情和尴尬。

我的前同事们来看望我的时候,他们哭得比我这个当事人还夸张，我自己反而很淡定，说起自己时好像是在讲别人的故事。他们不仅带了一堆食物，还带来了我曾经最喜欢的黄玫瑰、刻了我名字的手镯。大家欢乐地吐槽我过往的强势和严格，而我只记得有一个雨天的晚上，我一头扎进工作忘记了时间，超超和其他部门的伙伴来楼下大喊我的名字，催我下班，让我别太卷了。我出来和他们会合后，大家挤在一把伞下嘻嘻哈哈地走去小酒馆。他们并未因为我在独立办公和我异常凶悍的性格就远离我，而是温柔地接纳我。

同事赵律甚至带了全套工具，上门来给我剪头发。

只见过一两面的朋友，带着花束从老家来长沙陪我聊天。

前前老板发信息问："那天我开车路过悦方，总觉得路边的那个女孩就是夸夸。你好些了吗？快点出来玩。"

大鹏哥说："夸夸你快点好起来，我的肚子永远留给你来抱，在你好起来之前我都不减肥。"

我现在知道了，爱你的人不一定是因为你很好，而和你在一起的人，更难得也更应该的是，在你落魄到连自己都不相信自己的时候，仍然陪着你、担心你、鼓励你、给你力量。四面八方的朋友、意料之外的朋友、被我忽略过的朋友，让我知道自己是被珍爱的。我不太适应，但也渐渐开始接受这些善意。

人们为什么要苦苦挣扎在这个并不温柔的世界呢？我想，是因为活着于他人的意义，无法估量。虽然死了挺好，可以彻底休息，但当我意识到我的突然消亡可能会给别人带来很大的冲击和悲伤时，我开始不忍。

青春期时，我有一帮好友，男男女女腻在一起，誓要友谊地久天长。我们知道对方的每一段感情，为了对方可以义气相挺。但后来，我们都毫无疑问地被岁月分散，渐渐疏于联系。一个久别的好朋友，从重庆来长沙参加学术交流，终于相见。提起青春期时的故事，他有些歉意，我没让他多说下去。一来化疗后我记忆力衰退得厉害，确实不太记得从前；二来重逢是好事，不想哭哭啼啼这么伤感。总体感觉是，那时候一起玩的伙伴里，我最小，但最照顾大家，反而像大姐头。四年未见，我们还是一开口就能无话不谈。他说在文和友等我的时候，忽然想起过去的事。时间已经过去很久，但又好像只是在教室门口等了几分钟。

后来我在老家治疗，其他人也结伴来看我。当时我打完十四天针，代谢不佳，脸肿得像刚打了八支玻尿酸，他们只嘻嘻哈哈笑，说我当时为他们每一个人做的事情多么令人难忘。我自己是真的都不记得了，但被他们讲述的故事里的热血和稚气逗得大笑。那天我们一起重游校园，边逛边讲高中时彼此做过的傻事，后来干脆在操场上坐下来闲聊，我看着脚上那双以为再没机会穿上的新平底鞋，看着朋友们大笑的脸，心里的喜悦满溢，心想："一切还有机会，我有此刻，真好啊真好！"饭后遇到暴雨，街上人群慌乱奔跑，但我一点也不怕，反而有种画面静止的安宁感。在那个雨夜，朋友们开车送我回去，车上我不太说话，并不是担心行车安全，而是觉得，我好像坐上了时光机，从青春期到现在，时间自然地无缝衔接上了，我们都似乎还是没有被生活染色过的纯真少年。

没有到永远也没关系啊，当年和此刻的真心，我都真切地感受到了。这些无形但肯定存在着的东西，沁入我的内心。他们在跟我分别后，也一直各自热烈、平安、幸福就好了。无论是以什么身份跟我亲密地同行过一段路的人，我所执着的都不是永远和他们在一起，而是每个人都要比从前幸福、平安。

成年后的我对任何好意都很谨慎，先假设对方是不是有所企图。生病后，我觉得自己已无法提供社会价值，任何人都完全不用煞费苦心地关心我。因此收到密集的、超量的关心时，我才惭愧地看到，这些爱此刻是不功利的，是不图回报的。也正因为如此，此时关爱带来的力量反而是巨大的。

有位初中的同桌，急急地加了我微信，上来就生气地问："张夸夸你为什么一直不通过我的好友申请，不通过我的QQ申请？"隔着屏幕，我都能感受到他的愤恨。我猜他也是准备来同情我的，只好示弱："我生病了，你就不能讲话温柔点吗？这么凶是要干吗？"他果然提出要来看我，我委婉拒绝了。又过去了一年，这位害羞的男生才坦白："我打算结婚了。我青春期喜欢的人一直是你，现在觉得有必要告诉你一下。当年你成绩好、漂亮、朋友多，我觉得你眼里看不到我。你生病时我很担心，想来看你，一直联系不上，后来也确实被你拒绝，一年了我们还没见到面。但是，你当时真的耀眼到让人无法直视。请你以后都要好好的。"我被他迟到的告白感动之余，更大的感受是震惊。

还有位男生在我化疗时寄来一本书，他写道："你是我这么多年按下又不断浮起的梦。"在我最糟糕、最丧气、最看不到前路的时候，他们温柔地抚慰了我，那些隐藏多年的爱意，在最不可能的时候反而可以直接讲出来，告诉我不管过去、现在还是未来，我都同样珍贵。

当年男生们说："夸夸，你是我们的沈佳宜！"我从没当真。青春期的我不太自信，根本不知道自己会被人默默关注很多年。成年后感情又一直不顺，遇到的男生最后都没有坚定地选择我，让我觉得专一的爱很稀缺。再听到这样的故事，我觉得太不可思议了。终于，我从他人的回忆里慢慢拼凑出了我已经遗忘的自己。原来在别人眼里，张夸夸真是很棒、很耀眼的存在。

当然，我不会不知道我没有他们描述的那么美好，只不过是他们加了怜爱的滤镜，我才变得闪亮。我原本以为自己已经失去了一切，但现在又能微笑着抬起头来去拥抱他人了。爱是无形却无穷的力量，我因此变得不那么刚硬，而是试着变柔软，努力去贴近他们口中那个美好的夸夸。

这一路以来，我好像一艘轻易就沉没的纸船，受到水流冲击，遇到漩涡，碰到礁石，但都没有被打翻，还在向前。两岸都是为我加油的人："我们在前面等你靠岸啊！""你一定可以的。"我想，如果这艘船真能顺利地停靠到港湾，帮我压舱稳住的一定是神的旨意，是人们爱意的合力。

除了近处的朋友和同事，我还感受到了陌生人的关爱。2017年圣诞节，《请回答1988》的剧友们玩起了"守护者游戏"，他们素未谋面，分布在天南海北。按照规则，参与者们要匿名彼此交错守护，但他们一致选择了共同守护我。游戏本身很幼稚，收到第一个匿名包裹时，我一头雾水，在朋友圈问是谁送来的，没有人承认。接着又来了更多的匿名包裹，从月初开始连续不断，几乎覆盖了整个12月。

我每天都会收到一个新的惊喜，拆开大小不一的包裹，读各种字迹的手写信，内心充满了震撼和疑问："我何德何能呢？"同时又被陌生人们感动得又哭又笑。我不再是一个缩在自己的洞穴里的受伤的小动物，我是被牵挂着的。

始终没见过面的邻居送来了他亲手做的圣诞花环和手写信，放在我的门口；网友 Wendy 说要参加"给夸夸送礼物大赛"，于是把我的头像打印出来，做成剪贴画的相框寄给我；下雪前，素未谋面的外地网友，在雪地上写下我的名字，拍了照片发给我，又拍大雪纷飞的视频给我。人们用他们五花八门的方式来鼓励我积极面对病魔。

亲友们甚至为我描绘他们"看到的"我的未来。虽然很难实现，但这样的白日梦依然让我心生向往，心情激动。

同事张帆说："我梦见你去参加了'微博之夜'的红毯，穿着蓝色长礼服，像某年舒淇在戛纳穿的那件，好为你高兴哦！"大家一副当真的样子，我就配合地追问细节："那我是颁奖人还是领奖嘉宾？颁奖人成就比较高，领奖嘉宾比较容易出彩。"

高中和大学的同学自发组织了捐款，我很惊讶，那些毕业后从未联系的同学，竟然这样牵挂我。同学们加上我的微信，也不会多问，只发来简单的祝福。和我一样喜欢周杰伦的同学黎佳说："《迷迭香》里的那支伦巴舞你已经学会了吧？我梦见周杰伦请你做演唱会的开场表演，我坐在前排为你鼓掌。"我乐到合不拢嘴。

自知承受痛苦的能力远大于承受快乐的能力，痛苦很少让我哭，但是快乐会。时间一久，我就败下阵来。我不想一直酷酷的了。生病八个月后，某个冬日早上，许萌主再打电话来关心我时，我脱口而出："我舍不得死了，我很想活下来。"我有未完成的愿望，也对这个混乱又残酷的世界有了依恋，那些表达欲又蓬勃地旺盛起来了。

一句造就人的话，力量的确无穷大，可以撼动一个生命。每每考古朋友圈的有限记录，看到大家长长短短的留言，依然会让我眼眶湿润。真不是我天性乐观，所以渐渐振作起来，而是面对这么多关切，我如果不努力活下去，都有点儿不好意思了。他们夸赞我、鼓励我、关爱我，让我有了更多的盼望，让我对这个混乱又残酷的世界有了依恋。

我过去经常看不清自己。我不知道自己作为女儿，作为员工，作为团队 leader，作为朋友，作为恋人，这些角色到底做得怎么样。生病后，我陆续得到了一些答案："夸夸你很不错啊，我记得！"原来，哪怕我总是张牙舞爪，总是任性直接，但我的真心、我的付出，对方是知道的。他们记住了那些微不足道的片刻，现在用还原过去的方式来认可我，帮我校准自己的价值。

如果不是超大剂量的远超我预期的爱，也许我还是无法看到自己是被爱着的，我会依然不自信。而我们在寻常生活中，通常没有习惯去开口表达想念和喜爱。也许每个人身边都有这些人、这些爱意存在着，没到特殊的时候，大家就羞涩不言。

朋友的示范教会了冷酷挑剔的我如何看到别人的需要，也让我学习关心、肯定、安慰他人。我由此从一个批评挑剔型的人，学着成为一个及时表达感谢的人。

等到所有治疗全部结束后，我请 Sam 帮忙设计了致谢卡片，给一百多位亲友寄出了我的感恩礼。自己还能付出的感觉真的太棒了。当我把这些接收到的爱意都反射回去，我才觉得我真的真的活过来了。

原定疗程结束，又再延长九个月

每次进入新一轮治疗前，都要进行一次骨髓检查和其他检查，确认无复发、副作用对内脏的影响可控后，疗程才可以继续推进。第五轮维持治疗前，我又来到医院，上午排队心脏检查时，楼上喊做骨髓穿刺，等到了楼上，不是因为别的病人插队床位没了，就是医生临时有事被叫走，或是手术操作包还没到，再下去排队做心电图时，又被叫上来先做骨髓穿刺，反反复复。

耗到快中午，骨髓穿刺室依然没有床位。眼见时间来不及，医生建议在走廊的简易床上操作。这意味着要在开放空间裸露，还有冷风，爸爸和老徐有些犹豫，而我的耐心已经见底。我不想等到下午再跑一趟医院，也不允许老徐和爸爸在场，怕他们担心，要他们回避。就在走廊进行穿刺吧。

我的规矩是，任何血腥骇人的场面都不要被亲友看到，怕他们在我之前情绪崩溃，也怕他们的旁观会给医生额外的心理压力。

这次穿刺偏偏非常不顺利,针刺进去后总取不到骨髓。每一次针用力穿透骨膜时,我总能听到一声独特的闷响。两次定位都不够准确。即使打了麻药,还是有清晰的刺痛感,我的腿不自主地弹动。我在医生办公室门口的走廊忍不住叫喊大哭,声音甚至传到了电梯间。爸爸和老徐没法在电梯间继续安心等待,慢慢向我的手术床方向靠近,一个在护士站那边僵硬得不敢动,另一个缩在临近的走廊转弯处。

他们后来目睹了医生扎针的过程,每一次进针我都有清晰的感知,我克制住抽泣时身体的颤动,但完全没法忍住眼泪。检查过程的痛,是不建议忍的,反应要如实告知医生,帮助他们判断情况。结束后,爸爸和老徐走过来时,眼眶已红,许久说不出话。等我崩溃的情绪渐渐平复后,我想立刻回家。爸爸连续说了十多个"不急":"不急不急,不急不急……宝宝你再躺一躺。"

后来我听过一个医疗播客,说每个年轻的医生都有"第一次",实习生需要练习和尝试,但病人呢,往往希望医生是神,希望每一次有失败概率的尝试都不要发生在自己身上。这怎么可能呢?我于是释怀。

做完检查,我站在医院门口,看着满脸忧虑和被痛苦折磨到麻木的匆匆行人,却莫名能哼出歌来,仿佛忘记了十五分钟前抽骨髓时的暴风哭泣和痛楚了。我渐渐练成了发泄完糟糕的情绪就立刻翻篇的新技能。我有点担心会冒犯别的病友,生死和大病这样沉重的事情,我总是表现得太轻松,对魔幻人生有一种置身事外的跳脱感。但我只是知道,一直哭脸并不能帮我们解决问题本身。

我爹有自己的行程,档期很满,只能提前一天坐夜间的高铁赶来长沙陪我。原定的五个疗程马上要完结了。这次他来,是要跟新的主治医生(医生要在住院部和门诊轮岗,所以几年间医生并不固定)面谈我的后续治疗方案。帮他订车票时,我又想起他突然被通知女儿病危的那天,一切还不明朗,他深夜只身匆匆赶来长沙,途中的惶恐与担忧,我当时无法体会,醒来时还嘲笑他怎么眼袋那么大。

当时我病危被宣告无治,只剩几个小时,高大威严的他突然哽咽。我尽量避免让他回想这些情景。但是,今天他又一次经历了女儿痛苦的时刻。我哭完后平静下来,而他则因无法帮我减少痛苦久久自责。

新的主治医生建议我改成吃口服药,她头也没抬地说:"国家新的治疗指导手册上今年修改方案了,必须得增加三个疗程,何况你是高危类型。你都打了十五个月了,早该习惯了,怕什么呀,活下来就很幸运了。九个月而已,方案变化的事别想太多。如果要复发,吃药或者打针都有概率复发,副作用也差不多,所以要充分休息。"

务实的燕子姐得知我治疗延期,第一个问题是:"费用会增加很多吗?"药物自费是会贵一些,但可以换来自由,爸爸和我都选择为此付出额外的尚可负担的代价。我和爸爸达成一致:延长治疗会更稳妥,可以降低复发风险,那就继续保持耐心。

朋友们担忧地问:"为什么延长治疗九个月?"我明白她们不敢说出口的担忧是:"是不是情况有变?"我简单地释疑:"为了防止复发,也许可以增加长期存活率。延长治疗,也并不会很痛苦,没关系的。"语气淡到她们没法继续这个话题,好像我只是在评论哪个型号的保鲜袋好用,因为促销所以多囤了一些。

我甚至来不及请我爹吃顿晚饭。在我午睡之前,他就坐高铁匆匆赶回老家了。午睡醒来,接到湘雅某医学项目的电话,问我是否愿意接受数据采集:已有资料显示 M3 类型的患者注射砷剂和维 A 酸治疗的方案,对儿童颅脑有一定程度损伤,现在想了解成人治疗后的颅脑变化情况。我有疑似颅内出血的记录,存在颅脑浸润的风险,因此我接受了这个项目的数据采集。也许我身上的数据变化,能给后来者提供一些治疗的参考呢。

那天傍晚，我背对着书桌，一转身，陪了我三年的那只红色茶杯摔碎了。我怔怔地看着地上的一摊碎片，连去捡的冲动都没有，关于过去的记忆和物证慢慢减少。我也没想再去买一只新的替代它，身体的软弱有时候让我提不起劲，生不起对未来的憧憬。命运曾经差点把我的一切通通拿走，连我本身也差点失去。所以我不看重或留恋任何东西，以免将来心理上产生落差。

回到老家，惯例是要先去看望奶奶。哥哥曾在奶奶的陪伴下读过一年书，我没有。我和奶奶相处的时间很短。她年事已高，患了阿尔茨海默病。2018年春节，亲友们一边烤火，一边细细问我的病情，我回答他们时，奶奶坐在旁边似乎听懂了一些。现在她依然不太认得我，但拉着我的手问："苑子在长沙还好吧？不知道有没有人照顾她。身体好了吗？"我只好安慰她："她很好。你别担心。"我就这样陪她坐在风里发呆，找不到现实世界的真实感。

我的狗狗小虎虎，之前健康活泼又黏人，我很少回老家，有一次回家，我扑倒在床上，心情低落，它居然自己跑上楼来找我，在我脚边哼哼唧唧地安慰我。某个我离开家的早晨，邻居家的狗被车轧伤，躲到我家花园，小虎虎看到了，跑过去安慰它，很有爱心。我这次回家，它自己也被车轧成重伤，无法进食和排便，虚弱得无法走路，日日发出痛苦的喊叫，我十分害怕它会死掉，心里的忐忑甚过面对自己的死亡。我无比担心它，却帮不到它。它坚强地撑了三个月，最终还是在饥饿和病痛中死去了。

我后来总是想起它，又哭过很多次，自责我那时也在接受治疗，免疫力很差，不能抱抱生病的它，没有尽全力给它最好的医治，减轻它的痛苦。很多事猝不及防，很多事难以割舍，很多事必须接受。我会有一只新的狗，我会慢慢忘掉它。在那之前我难以释怀：它做错了什么呢？为什么突然意外来临，生命急转直下，命就这样没了，再也不能可爱地来回踱步，跟我撒娇？

如今换了旁观者的角度，我才渐渐体会那些在医院目睹我昏迷的人们的心痛。好笑吧，因为一条狗，我才能明白关心我的人的感受。我当然要好好活下去。

回家打针的第九天，心绞痛、皮肤瘙痒、肚子痛、口腔溃疡、胃口全无、牙齿松动、肾痛，这些都还在可以承受的范围内，所幸没有天翻地覆地呕吐。长时间的打针，打完针后睡觉，几乎就是日常的全部，其他的无暇顾及。

我对命运愤恨不平，但也无法完全咬牙切齿。大胆拍了她大着肚子的照片给我，一个可爱的新生命就要降临。我生病之前，我俩都是单身工作狂，怀疑爱情是否会人人有份，计划干脆一起养老。后来她遇到真爱火速结婚，搬去了美国，下个月就要做妈妈了。好友222被求婚，领证结婚。我还见到了我哥的女朋友，是个很可爱的姑娘，第一眼就觉得会成为一家人。

时间有魔法，把一个性格急躁的人变得很有耐心。谢谢上帝丰盛的美意，我想对这个世界诚诚恳恳地说声谢谢，谢谢人们给我的反馈和执着的沟通，谢谢亲友身上发生的好事和幸福的事，是这些让时常忧愁的我，一次次看到人间如此值得。

九个月而已，我还会继续往前去看看到底还有什么等着我。只要活下去，总会有好事发生。

治疗漫长，但有光折射出去

因为上次骨髓检查的过程过于骇人，第六轮维持治疗时，主治医生主动建议我往后的检查不一定要在住院部，去门诊更方便。这样就不用被动等待住院通知，可以灵活安排自己的就诊时间，而且门诊接诊数量大，操作更熟练，失误率低。不过这些都要自费。我爹不想我多受苦，要求我下次去门诊，这样虽然费钱但是省时，更重要的是，可以减少一点痛苦。

这个建议后来真的帮我节约了很多时间，而且进针的准确率也有了明显提升。老徐早就变成熟手，我们分工明确。我早起找医生开检查单，然后去排队抽血，她去拿麻醉药，预约肺片、心电图、骨髓检查。我等血常规结果出来，再去排队拍肺片、做心电图、抽骨髓。顺利的话，一个上午能全部完成。

尽管吃药是我的常态，但我时常忘记自己经历过什么，正在遭受什么。是生活里一些突然跳出来的细节，在提醒我过去发生的一切。春节后，我开始慢慢调整小公寓的布局，每天找时间整理一点点。我翻到了化疗时期各种尺寸的止汗巾、吃流食的吸管、帮助血管恢复弹性的药膏、爸爸给我带早饭的饭盒……才又记起，原来我是这样走过那段路的。

第六轮维持治疗是状况最多的三个月。有一天，我半夜起来，身体没有知觉而摔倒在家里，又因为手背和腿上的淤青心里惊慌，临时去医院抽血检查，血常规没问题才安心下来。之后我又感冒发烧数日，迟迟不见好转，整夜咳嗽，完全睡不着，各种药物要交错服用，非常疲乏烦躁。

每当实在受够了这些麻烦事，我的信心已经燃尽，想要放弃时，乌云又被渐渐吹散，阳光洒了下来。

我妈总是塞很多东西给我，给我寄来大包小包的食材、药材，这样超量的补给让我更加悲伤：她是趁我还在所以对我好一点吗？她打电话频频叮嘱我，连环炮似的讲："你要早睡，你要吃这个补药，你要如何如何……"要做的事情好像有101件。我回答说："我照做了。"她说："我不信。"我说："我真的做了。"她又讲："你做了是很好，但你要坚持久一点，一直这样才行的。"好像只要这样，我就会平平安安，不会被意外和变化击中，就能躲过命运的未知突袭了。好吧，如果这样会让她不那么焦虑，那就这样吧。

我面前的世界也显露出有趣又荒谬的部分,陆续发生了一些"活久见"的剧情。那时突然风靡全国的"夸夸群"总是提示到我,而一部 Netflix 出品的名作——高分动画《希尔达》的主角是一个爱冒险的勇敢姑娘——嗯,Hilda 是我的英文名。在我十四岁时,那位来自尼日利亚的外教 Sunny 第一次见我就脱口而出:"Hilda!"别人都是 Lily、Lucy 这种甜心名字,我当时不解地问他,为什么我的英文名这么奇怪冷门,他看着我认真解释说,希腊语里 Hilda 是位勇敢的女战士。我欣然接受——正是我啊!后来这个发音疑似家乡方言里的"黑哦哒"(天黑了)的奇怪的名字让我被同学嘲笑过很多次,我也懒得解释。现在,我自作多情地想,"夸夸群""爱夸矿泉水""动画片 Hilda"都是这个世界对活下来的我预埋的小惊喜。朋友们制作一些"梗图"发给我,让我哭笑不得。

第七轮维持治疗期间,身边有两个癌症病人手术后复查时,发现肿瘤转移到了肺部。我不知道怎么去安慰他们,语言苍白无力,只能做安静的旁观者和祷告者。我一次次觉得,即使我失去了很多,我痛苦不堪,我经常软弱,但我已经很幸运了。朋友们提前问我:夸夸二十九岁生日想要什么礼物啊?我买给你。

老实讲,我想要的,是活下去,活久一点。这个可以去哪里买呢?

生日后,恰逢老友蔡玲来长沙进修,短暂借住在我家。睡前她总要谈起发生在那段青葱岁月里的夏日故事,当时根本没看到这个世界的全貌,所以大家都拥有难得的纯真感情。隔天清晨醒来,我看到很久没有联系的大学室友发来的微信留言:"我早上梦见你,你依然很匆忙,戴着漂亮的耳环。"然后她直接打了电话过来,她还是轻易就被我逗笑。最后她说:"如果夸夸你能彻底好起来,无论多远我都要来祝贺你。"

去医院复查的前一晚,我又很焦虑,完全睡不着,害怕骨髓穿刺的疼痛,担忧不确定的结果,半夜起来量体温,以为自己发烧了,自己吓自己。

除了骨髓检查,医生还建议这次要增加一个腰椎穿刺,预防疾病转移到脑部。于是我又从门诊来到住院部。住院部的电梯永远都在限流,要眼疾手快才能勉强挤进电梯。刚进血液科,王牌护工吴姐就来迎我,笑容满面地跟我打招呼,让我的心情也跟着亮起来。那天在护士台等待办理住院手续时,我数了数这轮住院的总人数,是六十位,三十岁以下的年轻白血病病人就有二十位,占总人数的三分之一,高于我的想象太多。医学期刊《柳叶刀·肿瘤学》

中的一篇研究指出，2019年在15—39岁人群中，新发癌症119万例，其中前五大癌就有白血病；另外跟韩剧、日剧带来的"年轻人尤其小孩患病多"的刻板印象不同，事实上白血病的发病率是随着年纪增长而增加的。

我刚填完入院手续的资料，旁边一个姑娘焦急地前来护士台咨询："怎么办？我弟弟得了M3，情况很危险，他才那么小，还太年轻哪！"护士、医生安慰了半天，家属还是哭起来。我忍不住插话，装出轻松的样子说："我就是M3，两年了，你看我恢复得多好！别太担心了，M3已经很幸运啦。我不说你看不出来吧。要有信心哦，信心很重要！"听完，家属才收住情绪，转身去拿住院所需的各种生活用品，正式投入治疗的准备工作中。

我想起两年前我确诊M3时，我爹也是轻松地跟我讲："刚才我去办住院，刚好碰到一位江西的妇女，她也是M3，现在恢复得很好，在办出院啦，我留了她的联系方式，你们可以保持联系，你要有信心。"

光束就这样折射出去，照亮别处。

床位不够，五个病人抢一个，主治医生命我早早占住床位，谁来求情都别让。腰椎穿刺跟骨髓穿刺的作用和方式不同，按手术要求，我要抱住大腿，头贴近膝盖，整个人蜷成虾仁状，医生才能定位和施力。两位医生一边手术一边聊天："我这里收了个M3复发的病人，发现了脑部白血病，而且这个人只是中危。"我很想提醒他们："我只是打了麻药，并不是完全昏迷，我一个高危型的病人听这些，内心实在忐忑，能不能别说了……"我喊痛，另一个医生说："取脑脊液不可能不受罪，得了这个病当然要受罪，十万分之一的概率你们都碰到了，只能认命。但是你们又不用移植，也算是坏命运里的好运了。"

术后必须平躺六个小时，不能抬头不能翻身，否则颅内压的波动带来的头痛会很难受。我只能再次在床上用尿盆排尿。血压偏低，只有45/90，陈护士长走进来握住我的手鼓励道："夸夸你恢复得很好啊，脸胖一点没关系，饱满是福。你今天要大量喝水，保持颅内压的稳定性，放心，你肯定会彻底好起来的！头痛就要注意休息，别晕倒了。充分休息总是没错的。"

早上六点半我就醒来，再也睡不着，城中大片的建筑十分静默，我站在住院部的阳台看晨曦破晓，也像在等未知命运来临。上午，医生说我的各项检查结果都不错，又打赢了一个阶段性的小胜仗。命运又馈赠了我一段更长的年岁。

因为一个急症的未成年人要收进来，我提前办了出院，腾出床位给他。希望他也能有复原的好运气。

两年治疗结束，恐惧仍未走远

·

第八轮维持治疗是最后一轮治疗，我喜滋滋以为胜利在望：已经治疗了两年多，现在对我而言根本没困难吧。结果才第三天，我就全身肿得很明显，醒来感觉眼睛没法完全睁开，脸上的皮肤被撑得紧绷，表情都被放大了。代谢变得极差，晚上屡次肾痛、腹胀醒来，我甚至不敢喝太多水。那段时间，我每天还是硬着头皮出门上班。有时前一秒还恶心想吐，没有食欲，下一秒又因为饥饿而胃痛。

除此之外，这轮治疗的第一周我就密集地受到各种讯息的冲击。周二早上醒来，看到 Sam 深夜的留言："在吗？"我懒懒地回复他，却得知他父亲前一天晚上因意外烧伤住院，他自己人在外地，收到信息的朋友们都立刻赶往医院帮忙。在医院挤电梯、护士站的铃声响起时，我都有些恍惚。

周三中午，最爱说笑的凌姐来到公司时，眼睛红肿，只说家里人过世了，要早点下班。我走过去拍了拍她的肩膀，也没能说出一句安慰的话。后来我才反应过来，心里冒出一个念头："过世的是不是她那位得了白血病的叔叔？"那天我就猜到是，但我不敢确认。凌姐也担心影响我的情绪，没有主动讲过细节。

中间我给妈妈打了一次电话问安，她情绪也不高，说了几句就匆匆挂断我的电话："我在参加我表哥的葬礼，他还很年轻就脑出血去世了。最近家附近还有个十九岁的男孩儿车祸去世，你要照顾好自己，按时吃药。"我只能"嗯嗯嗯"地快速应承，没能抱抱我娘，安抚她的难过。

本来我和朋友计划下午要去医院探访一位新朋友的母亲，中午就收到消息，阿姨上午已经过世。我一下收了声，不知道要说什么。

病友群的林大哥复发，他是中危类型，在第九个疗程结束后复发了。复发意味着治疗难度加大，身体要承受更大的挑战。他在更大强度的治疗之后依然没有好转，增加了脑部白血病。他的儿子只有十一岁，体重还不达标，但还是决定自己来做供体，帮助爸爸完成骨髓移植。他们都不想失去彼此，父子勇气惊人。

跟他聊天时，我还是笨嘴拙舌，不知道怎么安慰。我无法不负责任地轻易说出"一切都会好起来的"。很多时候，即使很关心一个人，我们也只能坐在各自的愁云里，知道对方的悲观、愤怒、不安，却无能为力。

我变得越来越严肃，脑子里时常思索：为什么是我活下来了？接下来要如何做才能对得起这份幸运？不松懈的生活方式是不是浪费生命？我还能走多远呢？我还有很多地方没有去，很多朋友没有见。这些遭遇搁浅的事情，是否真有来日方长？

这一轮服药过程的艰辛比以前更甚，除了时常恶心想吐，还有腹痛、腹泻一直缠绕着我，有时半夜疼痛持续几个小时，早上醒来接电话时的声音已经微弱到自己都听不到了。敲电脑写一份文件的中途，我去厕所拉了五次肚子。反应最剧烈的那天，睁开眼的十四个小时肚子痛了十个小时，好几个小时无法站直身体，在银行办理业务时，直接痛到蹲在大堂哭，在电梯间蹲着起不来。邻居们好奇，以为是痛经。晚上医生要求我去急诊检查，最后判定是药物副作用引起的，建议我减少剂量。

最终我没有减量或停药，而是咬牙坚持吃完了这个疗程。我心里着急，我太想获得自由，太想过正常人的生活了，即使痛苦，我也不愿意停下来，我迫不及待地想挨完这最后一哆嗦。

也许是身体的痛苦过于困扰我，也许是记忆力真的变差了，在饭桌上被人问起过去那段漫长的痴缠恋情时，曾经的崩溃大哭变成淡然平静，那跌宕曲折的过程变得模糊，需要很久才能回想起。甚至在骨髓检查的前一晚，我才想起隔天一大早要去医院报到。以前我会提前一周就感觉到骨头有隐隐的刺痛感。现在不过三个月，我就忘记了上一次抽骨髓是在左边髋骨还是右边髋骨。

第八轮治疗全部结束时，我很幸运，提前挂到祝医生的号，由她再给我开出检查单。还好她在，这件事变得有始有终。祝医生是在中心 ICU 住院医生宣布我只剩几小时，在无力回天的情况出现前，已为我使用最高配抗生素的那位良医，她对形势的正确预判是我免于化疗前期死亡的重要原因。她跟我长辈面谈我的至暗时刻，她帮我快速对接了中心 ICU，她是温柔又严厉、耐心又果决的医生。根据医院的轮岗制度，她在住院部和门诊两边切换。再见面时，大家都很欢喜，她逗我："你如今还喝酒吗？会不会有时忍不住？"

这段时间我还翻到过去的聊天记录。我在 2017 年 4 月初发病。2 月的一天，大学好友凯胖胖总是担心我的身体，劝我悠着点儿，我没听。于是他又发来不解和批评："大学时总以为你会一直文艺下去，谁知道你进了职场，拼命要成为女强人。"艾也发了一堆关于身体的提醒过来，我觉得他们是老生常谈，太过唠叨，没放心上。这天点开那篇标题唬人的文章《为什么得癌症的是我》，我才发现内容讲的正是甲醛引发白血病，他们当然不知道这会成为预言。当时在我看来，这只是一堆"怒其不争"的责怪，没有重视。

后来我读到这段话时，格外触动：

> 生有时，死有时，
> 栽种有时，拔出栽种的也有时，
> 哭有时，笑有时，
> 哀恸有时，跳舞有时，
> 怀抱有时，不怀抱也有时……
> 神造万物，各按其时成为美好，然后他自始至终的作为，人不能参透。

是，我忽略了正确的提醒。但重来一次，我可能也无法做得更对。我选择坦然接受，积极面对；忘记过去，努力向前。

我有什么好抱怨的呢？我没有很快死掉，非常幸运地赚到了很多新的时间。大胆和我都是超级工作狂且多年单身，我们惺惺相惜。我生病时她闪婚搬去硅谷，如今我的病初愈，她返长沙。她已是妈妈，我还是工作狂。她在长沙IFS等了我两个小时，分开时我坚持要送她回家。途中，我们回顾这几年，恍若一梦。

2019年10月5日停药后，我再一次拿到骨髓缓解的好结果。但有时半夜拿起水杯，还会心里一惊：啊，我今天是不是忘记吃药了？想了想然后又松口气，我已经自由了呀！

治疗白血病前后花费了两年半的时间，长征总算结束。只是，还有三年的观察随访期，其间要定时做骨髓复查，前路依然漫漫。这几年盘旋在我头顶的死亡恐惧，还未真正飞走不见。

写专栏,没这个必要吧

2018年秋天,我就回公司全职上班了,新同事热情地递给我槟榔,我推托几次:"不了不了,我牙口不好,谢谢啊!"紧接着,团队聚会他邀我喝一杯,我也笑笑说:"谢谢,我喝不了哦。"从泄气的表情上不难看出他内心的想法:一个难搞的女同事,很不友好,也不合群。

我犹豫了几秒,只好老实跟他解释:"其实我身体不好,生了病,不是针对你呢。"

我不好意思说我得了白血病。换位思考,如果一个姑娘跟我说她得了白血病,那个出现在诈捐案例里的病,出现在热门电影、电视剧里的病,我会在心里翻十个白眼:"少来,这么老套!"

《潇湘晨报》的公众号"××玩乐团"主编大叶糖见我定期在朋友圈更新自己的情况,索性建议我写成一个专栏。可我怀疑这些有什么看头——有时我自己也忘记了生病这件事,我已经回公司上班了,一切看起来都跟别人没差。很长时间以来,我都对生病这件事闭口不谈,觉得生死是很私人的事情。如果因此被特殊对待,会让我更加不适和尴尬。我也怕影响对方的情绪:别人好好地过着正常的生活,我干吗讲出个惊悚骇人的意外让人不安?

因此后面大半年时间我都婉拒。不愿意写的原因有两个:一是年轻人生大病是小概率事件,对大众没啥参考价值;二是大部分的人疲于自身生活,对别人的遭遇没有精力去关心。总之,没有太大的意义。隐藏的原因是,那时的我觉得自己还未真正胜利。万一写到一半我就死了呢?没有真正胜利就来讲这些,未免过早。她温和又真诚地劝我:"至少我身边的人都被你鼓励到了,不如我们试试看,看更多的人究竟会如何看待这件事。"

突然生病消失了一阵,好像又突然好起来出现在大家面前,中间的那段经历如何艰难挣扎,我不愿回首,也来不及细细翻开重看。直到2019年的某天,我收到一条留言:"我妈妈肺癌晚期,过世前她常看你的朋友圈。"原来,我的感受和情绪也代表了一部分重疾病友们难以开口的想法。我想,这个被我刻意忽略的历程、我认为的多愁善感,也许也是人生的真实面貌,哪怕既戏剧又残酷。

2018年冬天就收到专栏邀约,但直到2019年夏天我才终于写下了第一篇。在第八轮维持治疗的第一个月,我开始写专栏。正是在这个专栏里，我收到了更多人的反馈和祝福，看到了一些分享的意义和价值。

名为"安"的读者说："读了张夸夸的专栏，突然很难受，想到我妈妈。张夸夸读过书，会表达，把病中的难受和感受都记录下来，让我更理解病人是什么心态。妈妈没有说过，我们只能自己去猜。她说得最多的是丧气话，这也只对爸爸说，不在我们面前说。什么都闷在心里，她一定也是难受和绝望的，想来就很悲伤。最后那次手术后，我和大姨都大意了，让她自己在厕所，结果摔倒。如果没有这一次，妈妈是不是能走得晚一点？自责，心痛。最后的时光，妈妈一直发烧，那是怎样的难受！我却很少和她交谈，我只是沉默地照顾，却忘了要跟她说些什么，再多了解一点她，多陪伴她。我没有意识到，那就是我们最后的相处时光，我以为还有以后。很想妈妈，还是会想到哭。"

我回复："其实无论做了多少事，我们都永远不可能真正准备好了。子女离开，父母永远不会准备好，而对于父母的消逝，子女也不会准备好。我们能确信的是——你的陪伴和照顾对她来说就是爱和珍惜，而她的沉默也一定是因为爱你，不想给你增加心理负担。我们带着爱和回忆往前走吧，那些先离开的人一定希望我们这些留下来的人可以快乐。"

这几年,当人们讨论起生死和意外时,总有人说到我:"看,张夸夸就是死里逃生的呀。她的故事太精彩了!"我听到最多的惊呼是:"啊,夸夸,原来你生过这么严重的病啊?你看起来比我健康多了,脸色红润又有活力,你说话快,走路也快,工作起来又超长续航,真的看不出来哦。"

每当如此,我就知道聊天可能不会很快结束了。人们总是一个问题接着另一个问题:

"你怎么生病的呀?"(担心自己也遇到不幸。)

"那没有征兆吗?"(是不是可以避开呢?)

"你怎么治好的呢?"(运气真好,取取经。)

"你讲的这些事情好好笑,尤其是药物副作用产生幻觉——批评奥巴马和哆啦A梦太闲,根本工作不饱和,哈哈哈哈哈哈哈……虽然你很乐观,但你肯定也痛苦过吧,生病还是挺难受的,我肠胃炎和感冒都觉得天要塌了,可能要完蛋。"

"那你现在要复查吗?已经完全好了吗?"

最后投来怜爱的眼光:"(你能活到现在)太不容易了!你还是要好好睡觉,每天戴口罩哦,别太累了,开心就好。"

我于是被迫讲起故事的起因,然后对方好奇细节时,我就一键转发专栏的链接给他们，省去不少心力。

写作过程中，我忍不住跟主编讨论，我避讳那些曲折离奇的情节，也没有能力杜撰和猜想未来，我不愿预设。所以我只能记录命运已经带给我们的故事。写已经发生的真实的事情，如此简单，没有门槛，但我竟然也做不好。只是如实地还原过去，对我来说也非常困难，这件事比我想的难太多了。

治疗中被背叛的经历要不要写呢？我认为自己没有写出全部的事实是不够真诚、有所隐藏的。但又因为一些原因，我不能全部展现。主编耐心地安慰我："那是你的人生、你的分享，你选择怎么表达都是可以的。那些你不愿提及的部分，可以选择粗略地带过，真有人特别问起的时候，你可以酌情选择是否告知细节。"我听后才安心下来。

本来是单周更新，后来自己事务繁多，又变成双周周末更新，八个月更新了二十一篇。我曾不得不在滴滴车上匆忙改稿，及时反馈排版和内容的问题给编辑，焦躁，疲惫不堪。工作、私人生活、学习课程都需要时间，单休的周末我即使完全不休息，也实在分不出更多的精力了，就跟主编提出了停更，放自己一马。

又三年后的夏天，编辑大叶糖才第一次跟我在私下场合见面。她坦诚道："夸夸在我这里更新专栏八个月，我都没有约她线下见面，我一直关注她，时不时去翻她的朋友圈，远远地看她，但我就是不敢跟她见面聊天。我怕见了就有更深的感情。万一她哪天真的没了，我会很难过。"

其间还发生了一件有趣的小事。当时我所在的公司，颇受媒体关注，为了避免蹭公司热度，我从未在专栏提及过公司名称，只做个人角度的分享。停更后不久，在一个新项目的会议中，我正在阐述项目需求、时间节点，然后发现合作方注意力好像不太集中，他们彼此窃窃私语。我不明所以。

很久之后，他们告诉我，当时他们在会议室看到我，有人在小群里问："这是那个张夸夸吗？她没死？专栏不是停更很久了吗，她还活着？！"后来我打电话再次跟他们确认需求是否清楚明白时，车上的人纷纷围过来："开外音！我要听张夸夸的声音！"

2021年，我喜欢的一家私房餐厅，年轻美丽的女主厨也生了病，在放疗期间她留言说道："我最难熬的那段时间，也常常想起你，看你之前发的专栏，你真的好了不起啊。看你越来越好，真的鼓励到了我，我一直默默地把你作为精神支柱。"还有生病的朋友讲道："我遇到这样的事，会想起你的专栏，我想我也该像你一样乐观和勇敢。继续写吧，你让我觉得，这样的处境既不孤独也不可耻。"

这个专栏的力量原来可以穿透几年的时间，这是我没有想到的。

从此有人称呼我为专栏作家，我非常羞愧。所幸，没有太多人质疑和嘲笑我："啊，你吗？你在写作？你不是都在吃喝玩乐吗？你不是只会工作吗？"大学时我沉迷于组织活动、读闲书、谈论时事，我不好意思说自己读过中文系，经典文学也没读几本，很怕给中文系丢脸。写作课还成为唯一不及格的学科，因为周杰伦（那道题目实在老土——"我的偶像"）。我写周杰伦的才华和创造力，洋洋洒洒刹不住车，写了太多，还没写完交卷铃声就响起了，因此要补考。

我不再怀疑写专栏是否有意义。我不需要所有人都认同，能帮到一小部分人，哦不，哪怕只能帮到一个人也是有意义的。

重返职场，我不再只想证明自己

刚抢救回来的时候，我收到一条原团队集体录制的祝福视频，因为不喜欢任何煽情的东西，我没有认真看，但心意都明白。后来无数次路过那间市中心的办公室，我也从未多看一眼或者进去过。过去的事情就让它过去吧，我已经负担不了他人的未来，只能放下。

生病半年后，我的职位依然保留着。除了不允许长时间使用电脑和手机，医生和亲人还反复提醒我，在治疗结束之前别想任何其他事，先确保安全地活下来。之前的工作更别想了，熬夜和压力会诱发不好的情况。我也不敢再拿命去冒险，下决心放下其实还不成气候的"事业"，完全把野心收起来，于是发信息跟老板讲："谢谢你这一路的照顾，我要辞职。我那间超大的独立办公室空着很可惜，把该升的人都升上来吧，别等我了。我不会再回来啦。"

老板思路清奇，专门跑来见我，一脸认真地问："为什么你要辞职呢？是不是有人挖你啊？"我觉得匪夷所思，甚至忍不住笑场，问他："你觉得呢？谁会费力去挖一个患了重病，化疗没结束，肌肉没恢复，连站着都感觉吃力的人呢？"发现他不是开玩笑或者客套的挽留，我就耐心跟他解释："大化疗刚结束，现在进入维持治疗了，这个过程估计还有两年，中间未必一定是平安的。而且我是高危类型，有高复发风险，身体状况不适宜过去的工作模式了。如果复发，就要加大化疗的强度，我的身体条件未必吃得消。"他想了一下，说："那你可以换岗呀，不要再做业务第一负责人嘛，可以换个轻松一点的岗位，作为过渡。"我很犹豫，他又补充道："只要你还活着，公司就不会丢下你。"

我完全没想过这一幕，愣住了，说要再考虑一下，跟家人商量。后来我就远程办公，负责用户体验。于是，生病二百三十五天后，11月，我就重新开始了工作。一周只要远程汇报一次工作就好，工作量不算太大，我也不会太吃力。所幸是我比较熟悉的板块，没有拖大家后腿。

又过了十个月，人资负责人鑫哥问我："夸夸你考虑一下，回来给老板做秘书？"远在老家每天因打针而浮肿、呕吐、头晕的我，觉得这个提议过于荒谬，就毫不犹豫地拒绝了。再回长沙时，老板又问我："为什么不呢？这个工作算后勤岗，不是一线业务，不会太累。"唉，旁人总是搞不清我的状况，我又再次解释："我还在维持治疗，每个月有十五天是整天都要打针的，这样一来，我就无法及时跟进工作，会误了公司的事。另外，我没有做过秘书，脾气又差，不知道这个岗位的工作要如何开展，我恐怕无法胜任。"

老板继续说服我："可以先试试看嘛，你要对我们（相处跟磨合）有信心。"我出现在公司会议上的时候，大家除了为我恢复得不错而高兴以外，也有一些担忧。有人提醒老板："她还没完全结束治疗，你有没有想过，她要是在这期间复发或者出事死掉了，公司是要负责的?"

于是出于安全的考虑，在人资同事的见证下，我们约法三章：长时段的打针治疗期间，可以不在岗，工作可以暂时移交；可以自由选择办公时间，在身体允许的情况下工作，不用打卡上下班；不让我加班和熬夜，以及不让我单独待着（怕再次晕倒或摔倒，我后来确实摔倒过两次）。简单地说就是：不加班，不独自待着，身体不适可以不来。

当时我分不清这是老板对我的怜悯，还是我从前表现出来的责任感让他信任我，或者是他看到了我自己都没意识到的迫切想要回到群体中的心情。很多年后，他跟我讲他愿意一再用我，屡屡调去新业务岗位或者一线岗位，是因为看到我对公司的认同，看到了我在各个岗位上的敬业、好学，知道我会不负期望。

从前在另一个地点独立办公的我，现在回到公司大本营，近距离跟老板相处，才明白电影和小说里都是骗人的！创业公司的老板并不是只需要在宽敞气派的办公室里发号施令就行，老板才是最累的呀！调策略、找人才、想产品、做规模、自我学习……哪个都不敢松懈，永远超长待机。我时常被他的学习能力震撼到，被他的奇思妙想惊艳到，也被他只过滚烫的人生的激情感染。

我自此跟着老板一边从零开始搭建新业务板块，一边想着如何让核心业务焕发新面貌，不断求新求变。为了避免一起出门时他太像我的司机，我很快就放弃了衬衫和高跟鞋，去适应老板的着装风格，开始穿起平底鞋和牛仔裤。虽然没有做过助理，但我知道，要在老板上班前准备好他需要的所有事项的资料，等他决策，提醒他各个事项的时间点，帮他跟进项目进度，更多地去了解梗阻症结在哪儿，总之帮他更高效地处理堆积如山的工作，在他需要的时候提供足够的参考信息。

不用打针的日子，我每天早出晚归，跳下车，转身就隐入一座没落的旧货市场（公司所在地）。很多时候我都怀疑自己其实是个特工，工作地点隐秘，行踪还毫无规律。我们配合的一年多还算默契，直到2020年年底的一个晚上，病友群里有一个小姑娘毫无预兆地复发了，她妈妈已经心力交瘁地照顾了她两年，正在求助。这次她主动跟妈妈讲："别挣扎了，你尽力了，放弃我吧。你应该开始自己的新生活。"我心疼她的懂事，担忧她的未来，当晚我的心态也受到了影响。

我无法不担忧自己：小姑娘只是中危，而我是高危，复发风险更高。当时我正坐在深夜的会议室，又疲倦又冷，瑟瑟发抖，恐惧包裹了我，我害怕这样的事情发生在自己身上。谁知道意外会不会再次袭击我呢？我第二次决定要辞职。

辞职前我哭了一天，以为情绪已经平稳下来，就正式跟老板说了，毕竟那是一个不得不做的决定。结果一开口就哭到表情失控。我被恐惧吞噬，又非常不舍，而且在生自己的气：我得承认我不能像从前一样，我连"拼"的资格都没有，身体条件根本达不到。

老板思考了几天后，再次挽留，并建议我再次调岗，任我选一个业务板块，不用那么辛苦地围着他打转。在我们协商好分开之后，他仍然把当年的年度优秀员工奖颁给了我。当时我并不知情，只埋怨他开奖前没告诉主持人获奖名单，效率太低。最后他讲："是你啊，当然是你，你比我想的还要好。"

他对我要求非常严格，很少肯定。我无数次被他感动，也从未正式致谢。后来我决定离开内勤岗，又回到项目一线，负责最初的业务板块。过了一年，又因为公司需求，我被调任至其他岗位甚至外地项目。不再直接向他汇报工作之后，我们几乎没有联系。他只在我两次非常瞩目地超预期完成工作时，远远地给我发了信息："干得漂亮，为你自豪。"

"生病后还回职场工作"——这个决定始终有争议，人们的反应往往是："张夸夸疯了，她老板也疯了吗？"非常感谢我的前老板，从急诊到坚持抢救都不肯放弃我，后来又接纳我回来工作，帮助我回归社会，给了我非常多的支持和鼓励。在面对着不小的舆论压力的情况下，他坚持伸出一只手带我。他从不要我出席应酬饭局，偶尔出现别人要跟我喝酒的情况时，他也会主动帮我挡掉。他甚至带头号召在会议室全面禁烟。顺服和温柔我都欠缺，总是坚持"是非黑白"的原则去沟通，他因此受了我不少气。我生病的五年间，公司从未因我身体不佳而对我有异议。遇到这样的好雇主，是很多职场人求之不得的幸运。

每一年都想辞职的我，终于在工作快满七年的时候才正式离职，调慢节奏去等待生病第五年最后一次的复查。

回头看，刚回到集体生活的我有一段适应期。最开始被人提到我生病这件事时，我十分想跳过话题：一方面，希望他们不要因为我生病了而看低我的工作能力；另一方面，也希望他们不要因为这个小奇迹而把我看成穿戴红披风、紧身衣的神奇女侠，对我有过高的期待。我不希望大家因此给我许多特权，好像我是弱智，但又觉得，我毕竟病了，多替我考虑一下也是应该的吧。左右摇摆，很是矛盾。

维持治疗进行到一年半时，因为高频又超长时间的输液，我的双手布满针孔，而且血管变得僵硬，医生建议从打针改成口服药。不用每天被输液管困住，自由度提高，我在家闲不住，就回公司全职上班了。（不太建议病友这样做。生病时不要逞强，要尊重身体的感受。大家要先评估自己的身体状况和工作强度，遵医嘱。）

初见我的同事总说："啊，你就是夸夸！久仰大名！"我觉得是客套。有些同事对我格外温柔，给了我很多"优待"。我以为是当时自己所在岗位特殊，对方才来"讨好"，因此非常谨慎，与之保持距离。

后来一同在门店加班时，同事泫希才告诉我，她的前同事——一个很有才华、正在事业上升期的姑娘，就是因白血病离世的。一起出差时，同事冉冉才告诉我，她的发小闺密，非常漂亮，很优秀，而且是运动健将，却因为白血病离世。同事Jerry的叔叔也是白血病复发过世的。大家都暗自为我捏了一把汗。

我为误会别人抱歉，同时也心惊："原来这么多人都被疾病带走了，那我呢？我会不会复发，还可以活多久？"很多同事都像天使：财务总监敏姐备着被子，常借沙发给我午睡；"下河街刘昊然"经常无条件表扬并提醒我，不要太累，早点下班；Jerry更是经常敏锐地在会议中察觉我的疲倦，坚持要送我回家，不让我独自回去。一边长时间吃药，一边在工作中假装无事，但眼睛时不时肿成"一线天"（药物副作用），暴露了脆弱，同事们会忍不住主动来关心："夸夸你有什么事可以交给我们分担的，吩咐就是啦。"

长期治疗后，跟着记忆力一起衰退的还有体力，我就是王小波笔下的那只牛，他写道："在我一生的黄金时代，我有好多奢望。我想爱，想吃，还想在一瞬间变成天上半明半暗的云。后来我才知道，生活就是个缓慢受捶的过程，人一天天老下去，奢望也一天天消失，最后变得像挨了捶的牛一样。我觉得自己会永远生猛下去，什么也捶不了我。"我不敢像从前一样发狠熬夜，药物副作用容易导致心悸、呕吐、疲劳，雄心壮志都被身体的现状困住，不得不收起来。

因为话太多才取名"夸夸"的我，再次回到社会生活中时，最初有些不适应，大部分时候都蛮安静。两个年轻的女同事不解地问我："夸夸你怎么这么温柔啊？别人提这种要求你都不发火，你脾气好好哦！"我大笑着恭喜她们："我吗？是你们幸运，躲过了我凶神恶煞火力全开的时期。"刚回公司时，人资总监鑫哥偶然提起我以前的杀气腾腾时说："夸夸我第一次认识你，是之前你在群里教训一个市场部的男同事，指出他没按时交付你物料，是偷懒和不尽责，反驳他的每一句狡辩。你的不留余地、直接、严格让我印象深刻。"我感到错愕，费力地去辨认在别人记忆里那个尚且清晰的形象。

我工作狂的本性在回去一年后才渐渐彻底恢复。朋友们在节日聚会时，常常要等加班而晚到的我。我到了之后，还拎着电脑在沙发上继续处理文件，吃饭时开电话会议，他们忍不住吐槽道："公司才是你的家，家只是你的旅馆，你除了睡觉的时间都在工作，这正常吗？"我哈哈大笑，求饶道："不止我是如此，很多同事都这样呀，他们有闪耀的才华，还非常勤奋。我也不敢懈怠，怕拖团队后腿。"

妈妈做肠镜检查后，身体非常不适，我在公司开会未归；当朋友发来"急诊四周年了，愿你一直平安"的祝福和提醒时，我正在为深圳项目的亮相加班；朋友不解地问"你太荒唐了，你以为你能一直好运吗"时，我已经到了疫情暴发的广州；我还曾躺在骨髓穿刺的手术床上，坚持要先解答完医生关于病人资料里公司名称的疑问："为什么是文化产业集团，不是餐饮吗？"至今，各路朋友还是会在聚餐后习惯性地补上一问："夸夸，你等下要回去加班，还是可以跟我们去下一摊？"

但从前强势的工作狂，对职场的理解渐渐发生了变化。原来工作中遇到的不喜欢的人，不过是大家立场不同、角度不同罢了。换个角度，会发现对方的强势是尽责，挑剔是注重细节，要求多是慎重，不戳破是为了体面，就对他人多了一些宽容。

在外地做项目时，我跟其他部门的同事挤在一间简陋的办公室，日日加班应对密集的突发状况，彼此发展出一些革命情谊。同事邹芳说："为什么你每天都有这么多梗？跟你在一起太快乐了。你知道吗？虽然遇到这些糟心事，但是你连说不开心的时候都是带着笑声的。"

再次带领不同团队时，不变的部分是，我还是会像以前面对每个新团队那样，先沟通工作思路和态度：出来上班，成事应该是第一位的。我不强求团队加班，只要把该做的事情在时间节点内按质按量完成，就可以出去玩。我也鼓励团队多出去玩，对这个世界保持好奇，毕竟无趣的人是创造不出有趣的作品的。我还提醒他们：敬业之外，要热爱生活，自己没有生活的人，很难打动别人去热爱生活。我鼓励他们去爱，去观察他人，去体验不同的人生。

我在职场的运气一直很好，在不同岗位上都遇到了好的团队，基本都能按以上原则来互相配合。下班后我继续在群里提工作要求，他们也能立刻放下游戏和酒，拿出电脑来改方案。我着急的时候，年轻人反而会提醒我保持耐心，健康第一。

有一段时间，项目推进受阻，我再次变回那个语速飞快、情绪波动巨大的人。会后，团队的小伙伴们很严肃地把我留在会议室，认真地找我谈话。他们让我别太较真，尽责就好，我试图解释，他们说了三句话噎住我："你上午一直胸口痛你记得吗？我们希望你快乐。""你的生活已经失衡了，You have no life！你自己说要我们热爱生活的呀！""你这么努力这么激烈，但请问，你有个很好的身体吗？你这样能扛多久？"我立刻收了声，开始反思。看着他们，我觉得自己特别幸运，要好好珍惜。

带领团队时，我也有了新的风格和态度。最重要的改变是，我明白了 leader 不能是一个只顾着证明自己的人，而应该是一个帮助者，帮每个团队成员交出他们的好作品。我学会观察每个人的优点，欣赏他们的价值，鼓励他们去突破现状，给他们试错的机会和发挥的空间，这会让他们变得更有活力，而不是沉闷、机械地执行，如此形成良好的循环。而这也让我自己受益匪浅。

前期建立好工作机制和协作框架后，我偶尔休假离开，他们也能够自己运转，往前推进，我不用时时担忧。他们试着主动帮我分担，而不是被迫接收指令。我这样一个如此焦虑、如此操心的人，渐渐放下心来，不再所有事都亲力亲为。我成了最省心的 leader，有时他们比我更晚收工，要我早点回去休息。到了周末，反而是我被团队伙伴喊回去加班——快点检查和反馈他们的作业，直到不断优化出一个满意的作品。虽然工作任务繁重，挑战巨大，但工作过程是愉快且高效的。跨部门的同事后来给出极高的评价："夸夸去外地仓促地组建了一个那样的团队，在有限条件下居然交出了一个个意料之外的惊艳作业。"帮助伙伴，就是帮助自己。我学到了！

从未想过生病之后，我还能回到原来的轨道之中。重回职场的这段时间，我转换了七个工作岗位，弥补了过去的遗憾，甚至做出了一个个更惊艳的成绩，交出了更有意思的作业，带出了更好的团队伙伴，有了更多思考和成长。

庆祝治疗结束，立刻履约

维持治疗正式结束后，老板批了我十天长假。治疗的两年半里，我总是蠢蠢欲动，想出去玩。等到柳暗花明，就兴冲冲地要出去看看这个差点失去的世界。

原计划和朋友小喻去探访在德国的朋友伊榴，后来签证意外被拒，我就意兴阑珊，不想动了，赌气地想：干脆在家睡觉好了，也是充分休息啊。临休假前一周，我还是忍不住想出去转转，好不容易约到一位刚辞职的旅伴，定下行程。出发前一天晚上十点，我还没有签证，没有收拾行李，我在会议结束后打电话给学姐 Sherry："我们明天在廊曼机场会合？"

最初我在急诊室被宣布病危时，各项指标都不正常，且数据下降速度很快。医生们一边给我注射帮助凝血的药物，一边要在多种可能里找到准确的病因。有可能是血液病，也有可能是我治疗胃病吃的中药的毒副作用，还有可能是去泰国感染了什么可怕的病毒。

在发病前去泰国的旅行中，其实已经有了明显的征兆，但我没注意，通通忽略了。在别人下车去景点拍照时，我非常不合群地在车上睡觉，感到很疲惫。我突然发烧，眼睛也发炎得通红，一向量不多的月经也莫名变得汹涌。在回程的飞机上，旁边的小婴儿一直哭闹，我也没法睁开眼睛哄一哄。如果晚回国几天，有一种可能是我在泰国玩耍时，就会血小板过低导致大出血暴毙。

听说我这次还要去曼谷，大家都摇头："发病地哦，不吉利吧？你们上次去完泰国，回来就死了两个，病了一个。你不怕吗？""换个地方不好吗？非得去那里？""你会平安回来吧？注意安全啊！"我并不怕。我就是想去那个差点死掉的地方，活着回去，高高兴兴地回去一次。

抛开这些因素，我也是喜欢曼谷的。那里天气暖和宜人，植物茂盛，民众随和，不管是米其林餐厅还是街头美食都好吃，交通往返方便。我真的故地重游，逛了每次必去的百货公司，吃了传奇的米其林餐厅。我们一同惊叹痣姐已经超过六十岁了，还有如此蓬勃的生命力，又如此敬业。我们在一个社区的冰淇淋店，静静地享受了黄昏的美好，看着那些小朋友在打球时奔跑尖叫，恍惚间好像回到了我们自己的童年。从店里出来，我们偶遇了一场很壮观的火烧云，我追着那片云跑了好几条街，最后因为跑得太远，不得不坐 tutu 车才能绕回来。我们跟着泰国土著去找一个历史悠久的华人餐厅，看侨民们如何常年保持他们的生活习惯。参观金汤普森故居时，我被他最后失踪的故事吸引，猜测他到底是遭遇了暗杀，还是主动隐匿。人们到底如何面对自己的命运，外界又如何去评价他的一生呢？

离开曼谷的前夜，Sherry 陪我到了热门餐厅 Roast。比起美味的食物，我更喜欢她在临别时分享的一个个生活中的故事。听着她的分享，我对着一桌子喜欢的甜品，两次猝然落泪。虽然我们五年没见，但从机场碰面开始，我们就叽叽喳喳不停地说话，说了三天。到了这里，她才缓缓地认真讲起自己毕业后的生活："当初我生下可乐崽的时候，希望他这一生健康和快乐，只有这两个愿望。后来小孩子不听话，我发脾气想打他时，就劝自己，我当初的愿望是他健康、快乐就好，没有其他的，是不是有出息都不重要，就心平气和下来。人生是他自己的，我不管那么多了。回到初心吧。"这让她决定不要去做时时焦虑、紧张的母亲，主动走出"鸡娃"的内卷风潮。

听完她讲述自己如何面对婚姻里一段暗流涌动的心路历程，我还来不及擦干眼泪，反而是她鼓励我："虽然我经历了这样的事情，但我还是建议你要去恋爱啊，不要怕。

在开始之前表现出真实的自己，告诉对方你的恐惧、担忧和不能接受的底线，然后去爱，不管结果会怎样。你不开始，永远不知道结果会怎样，不要给自己设置限制。"

"我也常常嘴上说爱自己，但如果我邋遢、放弃了自己的爱好，那么这个爱自己就是假的。"

"我已经工作了这么多年，还是想停下来，转换跑道，努力去实现理想中的自我，做真正有兴趣的事。"人到中年的她，真正尝遍人生况味后，去打破自己设置的限制，重拾已经忘却的兴趣，这样的勇气让我心生敬意。

原以为自己在生病这几年，已经有意识地在练习变得柔软和顺服，努力让自己更温和。但短短几天的经历，让我看到，温柔体贴这件事我还差得太远。原本粗线条、大大咧咧的 Sherry 耐心地说服我别住酒店，她仔细选了一间让我很惊喜的公寓。她时时帮我拿各种购物袋，替我修杂乱无章的眉毛，陪我吃一家家莫名其妙的餐厅，她不爱酸也不爱甜，却接受我点冬阴功汤和奶油松饼。她还在我睡眠不好时买牛奶回来，在我扁桃体痛到睡不着时为我煮热茶……

这趟旅行，大部分时候都是 Sherry 迁就我的感受，细致地照顾我。她依然乐观洒脱，永不止息地追逐理想中的自己，在生活的各种经历中思考和成长。她从来不当我是学妹，而是很平等的朋友，总是夸我美丽又有才华。我真想为有她这样的女性榜样和同伴鼓掌。

分别后，她去读了戏剧硕士，还想把我的故事拍成电影。生活在不同城市、情感状态不同的女生要保持友谊并不容易，几年过去，我们还会不断想起这次特别的旅行，欢乐的回忆从未褪色。

成年后，我不再按照父母的意愿生活。一直野蛮生长的女孩没有被束缚和胁迫，主要是因为有幺叔撑腰。从前我爹总在家族聚会时，吩咐我负责给大家拍照、照顾小朋友，忙前忙后，这时幺叔和大哥就会制止他："哎呀别搞这些，能不能让她好好坐下来吃个饭？"因此我才可以放轻松，不用那么贤淑懂事。

我大学开始给幺叔写邮件，如今回头看那些我们的通信，写的大部分都是莫名其妙的小事。感情的纠结、家庭的困扰这些偶尔的忧愁居然通通被我郑重地拿出来，丢给公事繁忙的幺叔。幺叔非常耐心细致，回信比我的来信更长。他抽丝剥茧，娓娓道来，不疾不徐，我感觉自己的处境被理解、被认真对待了……我当时正处于世界观、人生观急剧变化、趋于成型的时期，幺叔没有硬塞给我任何道理，但又确实给了我很好的建议和引导，我被当成一个成年人来尊重了。

刚确诊的时候，我的头发剃光了，手臂上全是大块青紫色的淤血，颅内出血导致见不得光、听不得声音，而且脾气非常暴躁，不想见任何人。他带着亲人们从深圳赶来长沙，给我安排了最好的医生，为我前后打点，安慰我父母，然后在病床前温柔地跟我商量："将来你结婚我给你做证婚人，好不好？"

治疗中，幺叔也来看过我几次，还提了要求："你可要努力好起来啊，等我老了你还要养我的。"其实他哪里需要我照顾，他只是盼我如常，有足够长的完整一生罢了。

在我被其他人"催婚催育"时，他都笑呵呵的，让我别放心上，这未必是不期待我获得幸福，而是他更鼓励我去成为自己。无论我做什么决定，幺叔总是说："宝贝，我一直为你骄傲。"他是要求甚高的人，但他永远鼓励我，肯定我，支持我。他让我知道自己永远有后盾。

第二站飞回深圳跟亲人见面时，大家都很高兴，特意聚在一起。八年前，恋爱大过天的我为了一段感情离开深圳去了长沙，再也没回来。哥哥专程来接我，他也瘦了，坚持帮我背包，在车上给我讲些人生道理和处世技巧。在他那里，我永远都是需要操心的小女生，好像还在高中校门口，他帮我拉好校服的衣领，叮嘱我不要继续胡混了。

这次见面前本来内心很淡定，结果饭桌上我一举杯，刚开口眼泪就簌簌地掉下来。我不常回复群信息，一个人生活忙碌且自由，对长辈的关心有些疏离。但亲人们一直在远远地关注我和支持我，等待我玩累了回来。化疗刚开始时，饭桌上的大部分人都曾赶去长沙探望在病床上脑子已经不清醒的我。他们一直盼我回深圳，都说："回来吧，这里天气更好、更暖和，适合你恢复身体。我们都在，可以照顾彼此，会放心点。"

生病前后，我都很少公开感谢家人、亲人。其实我记得，都记得。我不是家族里长辈期盼的那种乖小孩，但他们给了我足够的生长空间，任我自由发挥。小姑这两年给我最多的留言是："宝贝，你要早点睡啊！不要熬夜啦！"我大姐得知我顺利结束治疗时，冲去她的办公大楼顶楼大哭了一场。

幺叔听说我这趟行程安排了三个目的地，非常生气："你当自己是国家元首吗？行程那么紧是要干吗？你不知道会累吗？"他的司机告诉我，幺叔得知我生病后非常着急，他的朋友推荐了最合适的医生来负责我的治疗，后来这位朋友（伯伯）过世了。我一下子不知道说什么才好，再次沉默。

我的生命是很多人努力托起的。从前觉得死亡是件很私人的事，后来明白人活着就在各种社会关系之中，生命的去留，不管本人愿不愿意，都会影响别人。因为身边的人为我痛哭不止、为照顾我费心、为我的未来细心打算，我才对"活着于他人的意义"有了新的理解。

幺叔又帮我预约了医生，在路上他反复叮嘱我："我希望你从此节奏慢下来，不要把自己逼得太紧。"老中医开完药也打哈哈："你会好起来，将来你还要生几个胖小子的！"幺叔、幺妈陪我聊了一整晚，耐心听我讲述近况，又给我关于未来的建议。

隔天返程前，我站在阳台上看着深圳这座城，眼前翠绿的山、盘山的道路和充沛的阳光，让我很是感慨。才几年而已，这座城市就不一样了，我也不再是那个忐忑不安的年轻人了，变得平静从容。

此行中间还见了几个特别的朋友。许萌主已经从大理搬来深圳，她一直想说服我也赶快搬来，这样我们又能快乐地一起玩耍。老友带了台湾女友来陪我逛诚品书店，她居然一点也不嗲，坚定又准确地表达自己的生活态度："家人才是第一位的，工作只是帮助生活的工具，不是生活本身。工作只是一阵子的事，家人才是永远的。""很多人都是先肆意妄为，然后道歉，可是伤害已经造成了啊，不是一句话就能装作什么都没发生。"她说的既有智慧又勇敢。

大学最要好的学姐蒙蒙、何毅夫妇也在下班后赶来和我相聚。他们向我提了很多问题。跟以前一样，无论我讲什么，他俩都能被逗到哈哈笑。那个拉黑了我五年的家伙，在饭桌上终于和我和解，硬要跟我拍一张合影，他说："你眼睛里还是有闪烁的光，我依然被你的故事吸引。"

真好啊，好像我什么都没错过。这场病帮我在浩渺的大海里，把曾经渐渐消失的友谊又迅速打捞起来了。我们有机会郑重地约着相见，彼此内心的悸动和感情都还真切，未曾真的远离彼此。起初我并不喜欢我的大学生活，只想早点离开，但在毕业三年后，梦见离校分别的场景还会很难过。现在我明白了，我舍不得的是那帮知道我的毛病、坏脾气，无论我的人生在高峰还是低谷都始终赞美我、支持我的朋友。我明白了，那是让我相信自己真是一颗耀眼的星星，是我被包容、被肯定、感觉很快乐的四年。后来的经历都不如那时候愉快，所以我才常常怀念。

原本完整的旅行计划，是曼谷—深圳—华容，对应的是发病地—家族亲人—爸妈。在这个巡回里，我想告诉他们，我完好地活过来了。

第一晚在曼谷我睡不好，屡屡醒来，即使睡着了也还是双手攒成拳头，身体紧绷；后来又扁桃体发炎，声音哑了，夜咳不止。回程时航班大晚点，半夜折腾很久才顺利回国。但这一趟旅行于我意义非凡，我从这一趟曲折的旅程里，从他人身上，反观了平时没注意到的自己——纠结、要强、总是不服输、始终生机勃勃。

结束旅行，我又蓄满了新的能量，带着满满的祝福，继续往前走。

遥远的三十岁，我真的活到啦

以前风光正好的时候，我总是有莫名的预感，觉得自己活不了太久。每次快要过生日时就想躲起来，托词道："等将来能活到三十岁再说吧，三十岁时我一定办个大派对，今年……就先算了吧。"

哪知道，厄运比我预计的还要早来，二十七岁生日是在中心 ICU 抢救中度过的。医生跟我爸讲："她的情况应该撑不过今晚，准备后事吧。"治疗的那几年，内心总在隐隐担忧明天会不会有新状况，三十岁看起来遥遥无期。

2020 年刚过完春节，朋友们就开始张罗给我的生日礼物，问我三十岁的生日会打算怎么操办。我拖着拖着还是放了大家鸽子，最后没办。

办生日会太耗体力了，我随便数了下，来往多的同事十多个，长沙的亲人十多个，亲密的朋友十多个，定名单需要智慧，如果都请，我的体力恐怕支撑不了。干脆算了，清清静静地下班后回家休息就好。尊重身体的感受、不再非得"说到做到"、允许"不勉强自己",对我这种"执行狂魔"来说,也是一种成长吧。

而且我也并没有觉得三十岁生日这天、这个时刻能有魔法,使我有清晰可见的变化。我并不会因为在年龄上进入了"三"字头,就突然变得成熟、有智慧,我依然有很多困惑,依然软弱。近段时间遇到了很多麻烦事,很忙但是很恍惚,没有真实感,这让我在这个特殊的时间点停下来,又一次次问自己:你是谁?你在做什么?你究竟想成为什么样的人?你想如何度过自己的一生?

春节时我听到了一个家族故事,终于得知了自己本名的由来。时至今日,我是大家族里最不愿意按部就班的小孩。大家族里规矩多,好处是小孩会相对得体,言行不容易出错,坏处是比较谨慎,很难放松。我现在也渐渐释怀了,这个世界上,根本没有完美的原生家庭,也不会有完美的父母。给了经济条件就不会有细致的陪伴,父母要忙事业;给了良好的家教就很难有随意发挥的自由,于是小孩的创造力就会差一点,好胜心、征服欲也会少一点。家长既陪伴又不操控,既教小孩体面又允许他们跳脱,几乎不可能。

如今我用惯了新名字,也不再过农历生日,而是把这个日子定在了具有双重意义的4月10日。我一直在变。但不管年轻还是老去，那些亲密的人总能轻易分辨出，我依然是我。

在曼谷旅行时，我和Sherry在Terminal21（曼谷的时尚百货商店之一）门口一边等车来接，一边看着街上来来往往的可爱少女们，忍不住发出阵阵惊呼。Sherry看向我说："没什么好羡慕的，你年轻时比她们美多了，而她们将来未必能活出你现在的样子。"

同事安妮从年前就开始筹划，要帮我拍一组照片。她认真地跟我约时间，催我定主题，仔细准备方案，在拍摄时安抚我的紧张和不耐烦。于是朋友们看到了三组不同面貌的我，不是假扮年轻女生，也不是硬拗成熟女人，就是此刻真实的我，好像也还不错。

关于年龄这件事，我最受冲击的一次是，有一天婉妹在我家看电视，我鼓动这位我心中最漂亮的女朋友去参加"星姐"选拔，在我眼里她完全不输那些选秀综艺的参与者。她撇嘴看向我说："夸夸，我超龄了！"我当时吃惊的表情收不住：啊！她比我年轻太多，这么富有活力的美少女，她都已经超龄了呀！

十几年前，时尚杂志就一直在提醒女性年龄数字背后的时光流逝：女生过了二十五岁就要开始抗衰老，眼霜则是最好十八岁就要用起来，不然要后悔的……我很喜欢女演员周迅，人们不断拿她饰演太平公主时的灵气和饰演《如懿传》时难掩的衰老来作比较，批评她的迟暮，又怪她不该医美，让容貌变僵。我不愿意苛责她，即使往昔的面容不再，她饰演的每一个角色还是如此细腻生动，扣人心弦。所有人都想留住年轻的皮囊，却忘记了年龄其实是功勋，代表我们战胜过更多挫折与挑战，经历过更多欢喜与幸福。这怎么会是坏事呢？

长辈或媒体常常发表年龄恐吓：年龄变大，就是老了，价值变低。所幸我身边的女性们渐渐跳出了这种观念，而是看到它有益也有趣的部分。敏姐讲："三十岁太好了呀，比二十多岁时经济条件更好，可以有更多自主选择了，比从前更了解自己，更知道自己要什么，也负担得起自己的爱好。三十岁的女性经历过许多事，变得不再慌张了，多好。"贝贝讲："年轻人漂亮是漂亮，可是没阅历，很容易让人感到乏味，而我们就可以讲出一些不错的故事啦。"

她们说的太有道理，我狠狠点头。比如我，一路跌跌撞撞，但确实也获赠了一大堆奇妙的经历。我更能承认年轻的优势，也更明白了岁月的益处；我能更快识别和过滤无用信息，变得更专注；我更好学、更坚强，也更勇于承认自己的脆弱和有限。我渐渐试着接受自己，对过去恋爱长跑花费的时间、生病花费的金钱和时间，我也不再生气了。那些经历，即使有重新来的机会，我也未必能躲过。我坦然于自己确实没法选中浩大人生中全部的正确答案。即使过去很糟糕、很曲折，但这就是我的人生啊，是区分我与他人的珍贵的差异。

3月底，我就开始预约骨髓检查，受疫情影响，医生去外地支援，入院流程变得烦琐，线上预约变得很困难。辗转多次之后，我又遇到三年前等待确诊时的处境：想抽骨髓，但得等到清明节后医院才能安排。现在的我依然没什么可以失去的，但对未知的恐惧已经变小了一些。我依然会偶尔低落失望，会不想撑下去，但等天一放晴，我又继续兴致盎然地往前走，笑得甚至比别人更多。

现在我也不再纠结这个问题："一切真的都会好起来吗？"就算不会好起来了也没关系。我会在泥泞里画出一朵花来，让每个当下都有意义。

我蛮高兴的。三十岁啊，我真的活到啦。

年度回顾、生日总结，我往往都会提前准备。早早写完了三十岁的回顾，我以为心情的激荡早就过去了，但这一天真的到来时，感受还是蛮不一样的。大家借着不同的纪念日和生日，把庆祝变成一场马拉松。

农历生日时，我保持平常心，照常处理工作。中午，同事狗砸看我毫无反应，根本不打算过生日，只好闷闷地点了她最爱的"一块美味"蛋糕来公司，装作是自己想吃甜点，顺便多点了两块递给我，说："这两个口味是我最喜欢的，你一定要试试！"

快下班时，他们又对我撒娇："夸夸，我们部门还没有一起聚过餐，不如晚上一起吃个饭吧。"大家都欢欣鼓舞，我不好扫兴。一起去吃烤肉时，他们无语于我中途接了个电话，又拿出电脑来发送资料。我想起从前的我，在韩式部队锅旁边开电脑回复工作，统计资料。一晃就过去五年了啊。

那天天气很好，是最最美好的四月天，温度正好，春风宜人。我生怕他们还准备了别的环节，从餐厅出来就立刻打车回家，上车前我回头一看，三个小小的身影站在路边笑嘻嘻地望着我挥手，我的心一下子变得好柔软：这是什么日剧场景啊，《四重奏》吗？！

虽然项目推进非常不顺利，但我确实每天都被团队成员（自称"下河街low4"）的互动逗笑。一个是一边抽烟，一边有许多保温杯喝养生茶、戴着护颈的姑娘；一个年轻实习生则每天早晚在群里发"心灵老鸡汤"；还有一个看起来不好惹，但是心思超级细腻。

那天睡前，我坐在床上嘴角是上扬的，觉得自己被这个世界温柔地对待过，眼前的阴霾都被驱散了，我笑到发酸的脸颊就是证明啊。当晚的梦里,我在一条长长的道路上一边飞奔一边大笑,非常快乐(现实中我是完全的跑步白痴)。

等到三十岁的阳历生日,也是我被送去抢救的三周年。中午,同事们又找了由头一起聚餐,饭桌上大家猛烈吐槽我不回信息,总是约不到我,每个人的"委屈"都引起其他人的强烈共鸣,他们组成了"受害者同盟"。他们因为发现自己"不是唯一被张夸夸放鸽子的人"而获得安慰,赌气要我再请一次饭。我不好意思地捂住脸,又被他们的欢乐吐槽惹笑,一度笑到肚子痛。

这顿饭看起来已经不是为了过生日,而是为了赔礼道歉求原谅,接受朋友们的批评。吃完饭,恩仇一笔抹掉,大家嘻嘻哈哈地一边声称"我再也不会等张夸夸下班了",一边继续问我"明天早上要不要帮你带早餐"。

这个春天真美好啊,连雨天都变得不那么讨厌了。

在那之前,我还去完成了骨髓复查,兜兜转转跑了一上午,不太顺利。等号时,我又回到了医院停机坪那里闲坐,这里仍有三三两两的家属们,愁容满面。人类的悲喜真的很难相通,我自己都已快忘记当初的心境。

也许是医生们去武汉支援,返回后都在隔离期,门诊还未完全恢复排班,提前了十天预约,都排不上号,号一出来立刻约满。我在二楼看住院部大厅熙熙攘攘的人潮，感叹不已：我就在本地，而且非常熟悉门诊和住院部的流程，有熟人相助，都需要来回反复折腾，何况那些拖着行李箱、不熟悉就诊流程的人呢？他们更加艰难。

我们从门诊转去住院部，等电梯到达二十楼，还没进入30病室（血液科的编号），我就被保安大姐认出来，紧接着被护士长认出，大家欢欢喜喜打招呼："你恢复得真好呀，已经完全看不出来了。"后来勉强抽了血，而骨髓穿刺已经排到了第二天。看到走道转运床上的孱弱病人，我想起从前的自己，现在我已经可以若无其事地旁观，心生侥幸。原本来回折腾了好几天而耐心殆尽的我，一下子又变得知足。

隔天，我成为上午最后一个做骨髓检查的人。我知道下一个是我，但这个时刻一直没有真实发生，忐忑了一个小时后，还没等到叫我的名字。病房里焦虑的家属太多，我只好走出去缓解情绪，太多次骨髓穿刺不顺利的回忆让我紧张心慌。走到门外时，我才看到原来门诊的骨髓检查室就在住院部大厅的斜上方，我正对着住院部的电梯间，排队等候住院部电梯的人站了两列，大约有三十多个。

我想起两年前老徐和我爹也像他们这样，眉头紧锁、忧心忡忡地在这里排队，着急去住院部楼上血液科病室找我。他们往返于楼上、楼下预约检查、办各项手续、缴费结账、小步快走带饭给我,我也曾多次坐轮椅从这里出来。还好还好,一切都过去了。我能这样站立,是当时想都不敢想的,那时我无法走路,牙齿连面条都咬不动了啊。

想到这里,我立刻不害怕了:嘿,张夸夸,最糟糕的时刻早就过去了!我正在往光明的地方走呀!我深信我已经被彻底医治,获得了新生命。这个检查,只是为了帮我再次确认这个事实,告知我该通往更自由、更健康的生活了!

我一下子变得很轻松,心理负担全无!真轮到我时,骨髓穿刺的操作人员安慰我:"已经三年啦,(骨髓检查的结果)应该没事的,别紧张,如果穿刺过程太痛,你就告诉我们,不要忍。"她们非常温柔自信,我也真的安心。

老友蔡玲在我抽完骨髓后发信息问:"害你跑了两天才检查完,不会怪我没把事情办好吧?真的抱歉。"我回复她:"当然不会。我知道你尽力了,这已经是最快的方式了,我超感动的!"我扪心自问,她们为了我,不停地跟各种人说好话,让我非常愧疚。我是多么要面子的人,但她们为了我可以放下自己,是她们代替我处理了许多麻烦事。我习惯了照顾别人,现在她们来照顾我,这让我不太适应又非常感激。

当天下午，黄昏的阳光照进房间，房子变成金黄色，很漂亮。即使傍晚麻药渐退，痛感阵阵，我也觉得这样的时刻很幸福。

三十岁最大的礼物，是我终于不再害怕骨髓穿刺的痛，也不再担心那个未知的结果。三年来，悬在我头顶的对复发和死亡的恐惧才第一次不见了，我不知道它还会不会突然蹦出来。但此刻的我确信，我会活下去，还有新的事情等着我去做。

活下来是更勇敢的事

生病的时候，我正在高速运转的人生节奏里，看似闪耀热烈，其实精神紧绷、焦虑又悲伤无力。化疗的抑制期总是凶险，我常常暗自泄气：算了算了，就这样吧。死了挺好，一了百了，可以彻底躺平了。

活下来反而比较麻烦，生活里没解决的层层叠叠的问题就像暂时退潮的海水，时间一久，又不知不觉地漫上来了，需要硬着头皮再次面对。

维持治疗期间，每天打针要至少持续六个小时以上，有时因为血管弹性降低，输液滴速快不起来，时间延长很久。我只能看书、看剧，转移注意力。我看《抗癌的我》《翻滚吧！肿瘤君》《我不是药神》，看角色不同的人在一场场类似的意外里如何应对，结局如何。

"物理白痴"如我，终于第一百次翻开了《三体》，我试图搞清楚自己是谁，自己跟这个世界的关系，自己对命运的疑惑。看完《三体》，我已经不去想年纪轻轻得了重病这件事公不公平的问题了。我知道一切都会结束。在那之前，也许我还可以做些事情。比起去死，活下来是更难的。

我陆续看了很多书，除了死亡，我还渴望更多地理解生命的意义。我们所在的世界变化迅猛，近来发生的事常常出人意料。失控和魔幻都变成现实，这正是我们需要静静思考人生、思考何为解决方法的时刻。

我听了很多遍中岛美嘉的《曾经我也想过一了百了》，每次听都觉得自己被深深地理解和鼓励到了。她作为歌手，被耳咽管开放症困扰，耳疾不仅影响发声，也让她在表演时听不清自己的声音，导致她的表演屡屡遭到质疑。她没有被打倒，而是重新站起来了。

> 曾经我也想过一了百了，因为有人说我是冷漠的人。想要被爱而哭泣，因为终于尝到人间的温暖。
>
> 曾经我也想过一了百了，因为你美丽的笑容。满脑子想着自我了结，终究是因为太过认真地活着。
>
> 曾经我也想过一了百了，因为我还没遇见你。因为有你这样的人存在，我稍稍喜欢上这个世界了。因为有你这样的人存在，我对这世界稍稍有了期待。

这首歌在网易云的高赞评论写道："两年前跟男友分

手,自己失业,加上重病,死亡率高。我就想,算了不治了,死了算了。可后来看到爸妈那么苍老,我还是选择好好活着。很庆幸我没有死,没有放弃。谢谢美嘉,你看,其实没什么。谢谢!"

我这样一个绝不跟陌生人,尤其是网友聊天的人,开始积极交友。我留言给他,试图互相取暖。他安慰我:"很高兴遇到你啊,张夸夸小公主。"隔一阵他又留言:"张夸夸小朋友,我在等你啊。等你好起来了,来上海见我,我要去车站大声叫你的名字,去接你,欢迎你,抱你。"虽然六年过去了,我们还是没有见面,但过去这几年我们成了在对方情绪不佳时,互相鼓励的朋友。

因为某个职场专栏,我还认识了长我十岁以上的萨默,我从没想过会拥有年龄差这么大的朋友。当时萨默带着先生第一次来长沙,我们在君悦酒店的大堂碰面,她快步走过来一把抱住我说:"你是夸夸对不对?我知道肯定是你,你跟别人气质不一样的。"她先生见我走路飞快,悄悄跟她分享了一个有趣的观点:"也许在大自然的优胜劣汰中,她意外胜出了,完成了迭代,升级成了生命力更强的2.0版本。"我们之间的故事就这样开始,我们经常谈天说地,无话不谈,后来还结伴旅行。五年过去了,我们依然可以坦诚地诉说彼此的至暗时刻,从对方身上看到很多身为女性的精彩之处。我想正是因为前辈们示范了平等友善的相处，我才开始不怵跟任何人聊天，也开始认真对待起那些我从前不愿理会的"95后""00后"后辈。

我非常喜欢韩剧《请回答1988》里的温情与欢乐，我第一次加入了剧迷群，认识了来自天南海北的剧友们，大家一起讨论剧集带给我们的力量。后来就有了圣诞节的"匿名守护者游戏"，游戏中原本彼此守护的设定，变成了人人都选择守护生病中的我。持续收到各种各样来自四面八方的圣诞礼物和祝福，让我欢喜不断。

人们给我的反馈，让我又对生活兴致盎然。那我自己还能做什么呢？我还有力量吗？还在谷底的我，被身边人的力量牵引着。我开始写自己的公众号，去上了戏剧工坊的课程；我去参加了几场话剧演读，也参加了喜爱的作家的见面会；我一个人回长沙住，每天做各式各样的早餐，让爸妈安心；我按照预约名单，跟久别的朋友吃了一圈饭；我把没来得及拆吊牌的新裙子一一穿起来；我还组织了一个病友群，把想咨询治疗方案的人聚集起来，彼此互助，分享治疗方案、注意事项、复查流程、买药渠道、日常保养等医疗信息。

回过头看，这些尝试就是我主动发射的信号。我要去跟我以为已经抛弃我的世界进行联结，它也让我接收到了很多温暖的讯息，让我变得越来越有信心。Selina 的《重作一个梦》的歌词也非常贴近我的心情：

> 没人喜欢红灯，最好可以超车，我们都好像参赛者，奔跑过，当然拥有过快乐，但灵魂也会饿，停下听肚子唱歌，我想暂时先躺一下，想跟大家请个假，让花随风改变吧，不一定要狂奔，不一定要计分，暂停人生换一个吻，就算是风吹乱我的梦，再不能触摸，就算方向变不同，重作一个梦，天使会再降临，阴霾终会过，我经历了沉淀过，再作梦。

几年前，我力排众议买了一套市中心的小公寓，再也不用搬家。有了房子之后，漂泊感减少一大半，在这座城市里有了归属感：深夜下班回家时，有一盏灯是为我留着的。疫情刚起，一切充满未知和不确定，人人都变得没有安全感。失业和经济萧条，让人开始有意识地克制大笔支出。我想了很久，还是决定不等了，立刻着手把房子重新装修一下。房子原本的黑色看起来高雅，但太暗，所以我全部改成了白色，并且不要任何风格的约束。我还在三平方米的厕所里塞进了一个可以缓解疲惫的浴缸，在客厅加了一张大餐桌，可以让朋友来家里吃饭。阳台可以俯瞰城中夜景，是女朋友们最爱的部分，还养了不少植物，充满自然的生命力。

房子重新装修的事情交给了朋友丹丹后，我自己再没操过心，邻居帮我把旧家具全部搬走了，让我非常省心。原来很多麻烦事，其实不用我参与，也能顺利解决的。不要把所有压力和事务都攥在自己手里，试着交托出去，放轻松就好。我终于放下了"凡事靠自己，不愿意麻烦别人"的执念，体会到了人们就是在互相帮助、互相信赖中建立更深的联结的。

大家都不是很理解为什么我要花这么一大笔钱重新装修，只有我自己知道，这很重要。一个人住在窗明几净的房子里，就会自然而然地想要把日子重新过得敞亮。

后来的几年，我在这个新装修的房子里学习做饭、专心写作、招待朋友、安静看书，更好地容纳了生活的喜悦，以及时不时冒出来的孤独。直到今天，我还是很庆幸拥有了这个可以完全放松做自己的空间。

那些决定和探索并不是一开始就计划好的，变化是慢慢发生，一个接着另一个的。只要活下去，就总会有新念头蹦出来。我也重做了一个梦，缓慢地一点点重建新生活。

爸爸也生病了，我们角色互换

5月的一个周四，下班时接到我妈的电话："你爸病了。"他们自己是医生，一般的情况会自己处理，不会惊动我。他们这样的父母，从来都体谅儿女以工作为重。她特意打电话来讲，我就预感到可能不寻常。

我又打给我爸，他精神不太好，声音虚弱，我才得知他瘦了快二十斤。我一下子汗毛竖立，看来情况比我预计的还要严重。原来他曾独自去住院检查，出院回家后还是腹痛不止，这两天渐渐痛到无法入睡，无法正常进食。我脑中警铃大响，立刻劝他来长沙跟我碰面。

爸爸对我意义重大。当初是他深夜接到我病危的电话通知，立刻从老家赶来急诊陪我，一刻都没犹豫和耽误；是他在我抢救被宣告无治时，调用了各种资源进入中心ICU鼓励我，始终陪伴我，没有放弃我。这次，无论结果如何，我都会照顾他，不计代价。

隔天是周五，我一大早去接他。他站在路边等我，高大威猛的他已经瘦到单薄，因为进食少，皮肤也失去了光泽。我收住惊讶和心疼的眼神，笑嘻嘻地握住他的手。在去湘雅附二的路上，也许是因为没有睡好太疲乏、没有进食没力气、腹痛或是对未知的担忧，他不太说话。我们匆匆赶往医院。如果当天见不到医生，就得忍受两天的疼痛，再等周一的机会。即使受疫情影响，安检非常严格，限流措施很繁复，湘雅附二还是有川流不息的人。这里的每一位，也许都跟我们父女一样，有着对身体健康的急切需求。

候诊区坐着的、站着的人，黑压压一片。在这里，时间格外慢，度秒如年。眼看就快到中午了，还没轮到我们。一向不知道怎么安慰人的我，还是只能握住他的手，不知道说些什么才合适。终于轮到我们，医生看完过往病历，只说有很多种可能，暂时没有办法给出准确的结论，这说明问题并不简单。他建议立刻住院，说需要做各项检查，并开出一罐肠道营养粉，用以补充体能。后来我们才知道，同一时刻，有三百多个病人在等消化内科的床位。

在从医院出来的路上，爸爸遗失了手机。我又带他去补电话卡，因为折腾太久，我们很疲惫，都舍不得对方再多走两百米，绕到马路对面的营业厅。于是我喊了"摩的"送他，结果送我爹回来时，摩的师傅的语气和眼神非常不礼貌，而且坐地起价，他的腔调让我非常不爽，我们两个人互不相让，在路边对峙。多年来，我爸有非常凶悍的外表，从前整条街的小朋友都不敢去我家找我玩。他只要一瞪眼睛，无须说话，旁人就瑟瑟发抖，胆战心惊。按他以往的脾气，肯定不会放过这个欺负他女儿的人。现在，他看着同样暴躁的女儿没有说话，非常平和，杀气完全没了。我也特别怕他这个时候消耗心力，跟人较真发怒，所以最后退了一步作罢。

周末两天，我们在家等床位。周五当晚，他的痛感好像缓和了一些，周六便嘱咐我照常上班去，我也就心大去加班了。结果，等我下班回家，发现他躺在床上，无力跟我说话，更不用说陪我下楼散步。整晚我都悬着一颗心，却又无能为力。周日他早起，慢慢走去楼下早餐店，买早饭给我，喊我起床。父女俩就宅在家里聊天，到了这个时候，我壮起胆子，问他那些从前想问但不敢问的爸爸的过去。他也没有因为到了这个时候，就逼迫我正视婚恋和生育问题，而是任凭我在家不停地在电脑和手机之间打转，一心扑在工作上。

在我爹住院前，我带他去看了我工作的公司，想让他知道他女儿这几年将全部精力扑在工作上，到底是在服务怎样的一家公司，好让他安心。正如我当初进入抢救室前，跟囧囧约定如果我能活着出来就跟他结婚，这些话其实都是说给老爸听的。如果我过得很好，他就不用一直牵挂和忧心我。如果我一直被人爱着，不那么孤单，那么他会欣慰一点。

没找到明确的病因，他痛得厉害，连粥都不能吃了，每天只能喝纯汤。对于一个快一米八的爷们儿来说，挨饿很煎熬。我们决定周一一大早去试试运气，结果真的有床位空出来。办好住院时，护士过来强调：因为疫情，只允许一个家属陪护，而且医院无法提供陪护证，家属也不允许随意出入住院部。我爹怕影响我工作，催我回公司："我跟你当时情况不同的，我不会随时有生命危险，我能自理，能走路，我也没那么多检查要做，精神也好。你别担心我了，你回去上班吧。"大雨天，我从家里给他配齐住院的被子、行李箱、桶盆送来医院，预约好当天的拍片检查和第二天一大早的肠镜检查，就真的丢他一个人在医院。他频频赶我回公司："我不孤单啊，我不需要陪，我不会怪你没良心的。放心吧。"晚上我如期组织公司的产品测评活动，回家时司机导航错误，一抬头我就从河东到了河西，车窗外大雨不止，让人心生暴躁，但我实在太累了，没力气去争吵。

爸爸第二天的肠镜检查有一定危险，家属必须到场。我一大早去看他，才知道他前一晚痛得厉害，又因为长时间打针没法下床,是病友们在照顾他。右边的大叔帮他买了晚餐的汤,左边病友的女儿帮他买药、取检查的片子和检查结果。我为自己的缺席感到非常愧疚,只好连连道谢。等他进去做肠镜检查时,我忐忑不安,希望这次能准确找到病因,又希望他安然无事,最好肠道里不要发现什么东西,左右矛盾。等啊等,他是那一个批次里最晚出来的。

不到半个小时,就出了结果。画面显示,肠道有明显的肿块,结论的指向也不太好。我知道无法隐瞒,把结果递给他,他并非没有心理准备,但看到清晰的肿块还是沉默了。我匆匆下楼去,拿结果给住院部的医生。医生说这次六块肠道息肉的性质要以活检病理结果为准,预计要等七天至十天,同时建议增加一项CT增强,判断肿块的具体部位和尺寸,还要看其他内脏的情况。我丢下手里的饭盒,赶紧挤电梯去楼下预约CT增强。排队预约时,我打电话给老徐,一开口就哽咽了:"你多安慰他吧。"

那天从医院离开时,我撑着伞在路边等车来接。雨天堵车,等待变得非常煎熬,大雨砸向地面,不免回溅到衣服上,我像蔡明亮导演《郊游》里的李康生——不只是在雨中被虐,而且同样是被命运按在地上摩擦的人。当然,路边跟我一样情况的人还有三四拨,他们个个愁容满面。我回家后静坐了一会儿,才去公司。我需要一个中转站,让自己清空情绪。"世界上遭遇不幸的人很多，没有人有义务为你的私事买单。处理好个人事务，再回到你的另一个社会角色里去。"我在心里对自己说。下午回公司时，刚进电梯，相熟的同事跟我打招呼，我想如常回答，却一下子哑了嗓子，偏过头去的瞬间眼泪汪汪。出了电梯后，我又去洗手间哭了一场，冷静下来后才回到工位。

CT增强的准备工作也很复杂，要做肠道准备、提前打针、喝特别的药水，我爹还是拒绝我来，但知道了肿块存在的我不免紧张，坚决要陪同。时间才是最厉害的魔法，在门口等爸爸出来时，我已经不太记得自己躺着被推去做检查的时刻和体验。那几天雨水特别多，天气很糟糕。检查完我陪他走出楼外，蹚过积水的路面去食堂吃饭，他只能喝汤，不能吃任何实质性的食物，我匆匆吃完饭又被赶回公司。从住院部下楼时，我在电梯里遇到一位老爷爷推着轮椅上的老婆婆，帮他们按了电梯。爷爷有点不好意思："我看不清数字，谢谢你啊。老了老了，看也看不清，听也听不清。真没用啊！"我不知道怎么接话，怎么去安慰他。三个人安静沉默着到了一楼。

隔天我忙完立刻下班，打电话给我爹时，他声音微弱："我刚自己下楼，去取了CT增强的结果。"

"怎么样啊结果？"

"也是指向恶性肿瘤。"

我意识到自己又犯了大错,不该大意到让他自己去取结果。情况不妙,我立刻打车去医院,他阻止我:"你不用来,我在花园里坐一会儿就好。你刚下班,也很累了,别来了,我没关系。我刚还去给自己续了住院费用。"我更加着急了,这个时候的解放西路堵车堵得厉害,三十年来我第一次明白了什么是热锅上的蚂蚁,焦躁不安。见到面的时候,老爹眼眶红红的。我看完他取到的结果,明知情况不妙,却非常冷静且笃定地讲:"我把资料送去医生办公室,这不是最终结论,我们还是耐心地等活检结果,那个才是最准确的依据。"

那个阳光明媚的普通夏日,在我打电话给老爹之前,在我急急忙忙赶去医院之前,我猜他已经哭了一会儿,孤独地想了远方的儿子、未竟的梦想、舍不得的女儿,还有很多我无从知晓的念头。

像他曾经在我病床边陪我聊天、给我鼓励一样,如今我们调换了位置。我跟他说:"爸爸以后戒烟吧,也要戒酒啦。想想等你好了,做完手术了,想要吃什么,去哪里玩啊。"他还是心情低落,说:"如果结论是很麻烦、很严重的,就算了,别费功夫。我不想给你们添麻烦。"他懒懒地打发我回去:"你明天还要上班,早点回去休息吧,你自己身体也不好，早点睡觉，照顾好自己，别太累了。下班了不用过来看我，如果需要家属谈话了，我再打电话给你。"

每天晚上我从医院出来，都要分别打电话给妈妈和哥哥。我们的共识是，在最后的结论出来之前，不需要他们奔波来此。我能做的就是及时和他们同步信息，他们等爸爸可以手术了、有明确的治疗方案了再来。那才是保卫战的开端，现在还只是预备役。

在早晚一趟趟去医院的车上，我想了很多。我回想起，其实上一年11月他就不太舒服，已经六个月过去了，情况变严重了。11月时，我究竟在忙什么鬼？就那么重要吗？为什么会疏忽？我在曼谷旅行，庆祝自己结疗，自私到没有回去看爸妈。我又想起，2018年骨髓复查前，爸爸来长沙陪我，当时我在外面吃饭，喊他他不肯来，等回家一开门我就骇到了，他在沙发上大哭——幺妈生病了，在手术，也是肠道问题。现在怎么好像往事重来？我又想，我跟爸爸都面临道德困境：作为女儿，忙于工作丢他一个人在医院面对未知的恐惧和诸多身体痛苦，实在不知轻重也不孝；但是作为父亲，让身体也不好的女儿很累，也会被指责。所以当幺叔打电话来说："虽然你没说，但我知道你这段时间肯定辛苦啦。"我则坦言："不麻烦，我正常上班，常常丢他一个人在医院，并没有照顾好他。"

因为疫情的管控，禁止亲友探视可以理解，但唯一陪护的家属们也没有陪护证，保安常常不让病人之外的人进入住院部，每天门口都有冲突发生。为了避免这些，我常常不上楼，只在花园里跟爸爸坐一坐，散散步、聊聊天就分别。我回家，他一个人忍着腹痛慢慢走上楼回病房。周六我已经因此被保安拦过一次，即使病人亲自下楼来接，也不许进。我当天特别害怕爸爸在冲突里暴躁起来，他的身体状况肯定不允许他再费神。看到女儿的狠劲，他只是说："我累了，不想跟人争吵。"我笃定地看着他："爸爸，这种事不需要你来。"为了他，我不害怕冲突。后来看到身边人特别害怕冲突而回避时，我决定打破一切，无所顾忌。

作为病人家属，我非常困惑：住院楼的进出规定只有两种情况能符合：一是家属完全放弃工作来长住陪护；二是病人有体力完全自理，自己买饭，自己穿梭在不同的楼里预约各种复杂的检查。即使有人愿意搭把手，其实也没法进来帮忙。能符合这两项之一的病人和家属有多少呢？

周日我忙完工作，下午打算去看他，他拒绝道："我太乏了，只想睡觉，你来了我也没法跟你说话和散步。"他建议我周一早上再去，周一的医生查房往往最为郑重，我可以去问问是否有了活检结果。周一到了楼下，爸爸下楼来接我，结果门卫又粗鲁地抓住我的胳膊拦下了我，说没有证明不许进去，护士站则说他们无法发放证明，于是就这样陷入怪圈。在我准备打架之前，我爸虚弱地使上全部力气硬拉着我进去了，保安再也不敢拦。我看着一个月没怎么吃饭、还在腹痛的老爹为了我怒发冲冠，好像又回到年轻气盛的样子，我一下子很心疼。

当天我们总算提前得知了活检结果不支持恶性的结论，非常高兴。内科医生陈教授主动联系了外科医生段教授，评估的结果是转科时间最快需要两天，转到外科后安排手术的时间最快也是两天，于是就变成了下下周才能进行手术。最终爸爸决定回老家做手术，这样可以尽快手术，不用等待，也能跳出附二家属陪护的相关规则，更利于术后康复。

他看我带了电脑，一直坐在病床对面的椅子上，回复工作信息过于频繁，就说："你回公司吧，你先处理事情。"我知道没有切除之前，那个肿块依然具有危险性，于是快速收好电脑，把住院物资送回家里，再来医院接他。那天乌云压城，我们匆忙赶在晚高峰来临前出发，我送他回岳阳老家。他连连说："宝宝，这段时间我来这里，真的辛苦你啦！"我否认道："如果不是我，那有谁比我更合适呢？你来我这里，是我的福气，我不用牵肠挂肚却什么也做不了，见不到面只能远远地打一个电话问候你。至少这段时间，我可以真实地做些什么，哪怕真的只有一点点。"

我没来得及抱他一下，他就转身进了闸门，我在地面目送他上等待层。等到他的高铁班次出发了，我才回去。等他到家后，我发微信给他："爸爸是最懂我的人，能迅速察觉我情绪变化的人；是我可以无话不谈的朋友；是我学习生活仪式感的榜样；是给我最多鼓励的人；是我过去几十年最大的安全感来源；请你好好的啊，加油哦。"

第二天我去办出院手续。有个老爷爷排了很久的队，最后因为不知道要拿收据才能结算而被拒绝办理，只能回去再找单据。我想，身边这些跟我一样在住院楼、门诊、结算中心穿梭、挤电梯、处理各种手续的人，精神压力得多大啊！我一个年轻人尚且如此，更何况子女不在身边的长辈们呢？这不是单单我一个人在面临的问题，太多这样的家庭，这样有心无力的儿女，这样体谅晚辈又很孤单无助、只能低效地反复摸索的父母都在面临。

这十几天里，我只哭了一次，后来每一次出结论我都没哭，我时常怀疑自己是不是运转失灵，坏掉了。我像个面瘫，对所有事情都失去兴趣。不小心听到煽情的苦情歌，我也无法被触动。我没怎么更新朋友圈，也拒绝了所有约会。遇到的几位滴滴司机看到我的目的地，总要关怀地问些什么，而我却在后座木然失语，没有倾诉欲。

爸爸生病的时候，我才知道自己多么有限，对生活无力反抗。我自己生病时，反而有种解脱感，因为再也不用为世界里的事情担忧了，一秒清空了所有的未来计划。现在在医院，总会看到很多面无表情的人、急匆匆的人、呆坐着的人。我也是其中一员，在拥挤难等的医院电梯间里按下上楼、下楼，排各种缴费和预约的队伍，努力维持着"一切如常"的秩序，暗示自己"我可以搞定这一切"，一刻也不敢松懈。我更加严厉地对待团队，我担心因为自己的缺席导致团队短时间内的不稳定。有一次我因为不满意工作进度而骂了团队，受伤的他们反而鼓起勇气来劝我："夸夸你别那么紧绷、那么严肃，让我们靠近你吧！"我飞快地拒绝道："不，我不需要，我没有多余的心力来应付感情了。大家搞定自己分内的事情，这是第一要务，别的都不要谈。"

有几天我早上六点半起床，赶去医院，八点见医生，九点回公司，晚上七点下班，再去医院陪护一会儿，九点又回家去处理工作。为了能进入住院部，我每天早上都有跟保安干架的心理准备。十一天过去，总算有了结果，之前肠镜结果和CT结果都指向恶性肿瘤，还好活检结果推翻了这个说法。我欢天喜地地告诉每一个人，我爸爸没事了！

我自己终于不再那么紧绷，整个人缓和下来，想要对这个世界温柔一点，而不是恶狠狠地对抗。我一点也不想改变世界了，我不想做超人，我只想多陪伴我爸爸，做个小棉袄。

爸爸回老家后很快就做了手术，他叮嘱哥哥和我都不要请假回去。姑姑、伯伯、婶婶、妈妈轮流照顾他，哥哥和我就真的没回去陪护。我打电话过去，最开始好几天他都没精神。身为子女，除了电话里哄一哄，无法真切地为他做些什么，只能远远地干巴巴地问他："伤口还痛吗？能吃粥了吗？能吃多少量了？切片结果出来了吗？不舒服的话不要忍着，有事随时打电话给我呀。"

因为扁桃体常年发炎，我很容易喝水呛到，偶尔不自知地咳两声，我爹会立刻紧张起来："你怎么又开始咳嗽了？"虽然已经过去了三年，但我呼吸衰竭送去抢救的阴影恐怕往后都无法离开他。我总是让他放轻松，我说："就是呛到了，不是咳。没关系的。"过去十多年，我遇到扁桃体剧痛难忍时，都是他给我耳朵放血。如今我淋到雨而扁桃体肿大，却不敢告诉他，自己默默吃药，怕他担心和牵挂。

爸爸做手术那天，手术室外来了很多人。爸爸这些年脾气暴躁但非常有担当，亲戚有事他总爱出面帮忙，这次生病大家都来看望他，场面有些喜剧性的热闹。因为亲戚们轮番送饭、送汤，悉心照料，爸爸术后恢复得还不错，很快出院了。隔了一阵，我再打电话回家，妈妈讲，爸爸不常说话，一个人坐在院子里，好像有些抑郁。我打电话给他，他也只说没事，让我不要担心。我问，切除物的结果出来了吗？他就支支吾吾，顾左右而言他。

后来我才知道，爸爸的肠道切除物结果提示是淋巴癌。握着手机的我一下子跌坐在客厅的地毯上，催自己快速消化仿佛连续噩梦的事实。挂完电话才哭了几秒，我就惊觉时间紧迫，不能浪费在哭这件事上。切除只是治疗的第一步，我们又要开始做选择了。该如何做，才能让爸爸活得久一点呢？

大家七嘴八舌，提出各种建议："没事的，吃中药调理一下就好了。""我邻居的亲戚也是这个病，睡了一个很神奇的理疗床就慢慢好了，床不贵效果却很好，可以试试看！""年纪这么大了，化疗扛不扛得住，吃这么多苦有没有必要啊？反正有复发概率，折腾这么多干啥呢？"爸爸见识过我做化疗的痛苦，也担心化疗不会延长多久的生存期，而生活质量却会明显变差。

我留言给他："爸爸你走了谁给我遮风挡雨呢？你不能走，要积极治疗。"哥哥也劝他："治与不治，总要先搞清楚到了几期再做决定。"我找了资料，询问了医生建议，托朋友辗转把爸爸的切除物的病理切片运到湘雅附一做了二次结果确认，最终找到了主治医生。我跟他讲："你还没有看到我结婚生子，我还很需要你，你要活久一点。"他还是犹豫，我又讲："爸爸，当时你救我的心情跟我现在一样啊，你有没有想过我当时能活下来，活到现在，也是为了今天，为了你生病了还有女儿可以照顾你。这是上帝为你预备的美意。"

爸爸终于同意开始化疗。要抓紧时间给爸爸做PET/CT检查，前同事彭彭哥很热心，赶来帮我。两个人在路边等车时，他有点手足无措地看着我："你自己呢？你自己怎么样？总之，别太累了。"我笑嘻嘻故作轻松地说："我还好，但是我妈可能会觉得自己命不好，女儿这样，老公也这样。可是这些事情哪有道理可讲的？问题来了，我就面对，想办法解决。"

爸爸说会以我为榜样，乐观面对。有照顾我的经验在前，他对医院环境、治疗流程也熟门熟路，非常利索，只是在骨髓穿刺的环节差点吓跑，但后来还是决定配合治疗。

第一轮化疗开始，我早上六点半起床，送爸妈去医院办好手续就回了公司，晚上早点下班约他们吃饭。他说："你不加班吗？不约会吗？不累，不要睡觉吗？看看电视剧放松下也好啊,每天跑来跑去,不如休息下啊……其实我跟你妈晚上有安排了,你别来了。"他们非常体谅儿女,一个化疗,一个意外摔伤了手臂,两个人互相照顾,化疗只要我办出入院手续时各去一次,中间坚决不要我来。他们自己跟医生沟通,去各个科室做检查,自己吃饭,等等。怕麻烦我,影响我工作,他们要我找时间自己好好休息。爸妈吵了很多年,我一度劝他们离婚算了。我爸第一次化疗到凌晨四点才结束,平时凶老婆的他突然问:"讲真,你喜欢我吗?"我妈说:"喜欢啊,毕竟你病了,哄一下的事情我还是会做的。"老夫老妻在患难时刻反而变得亲密起来。

谁也没想到疫情会持续这么久,后来的化疗依然只允许一个家属陪同,且没有证件无法出入,除非完全脱产。爸爸比我坚强很多,没怎么呕吐,自己吃饭、运动,自己预约各项检查,我只需要去办出院单和下次住院的预约,偶尔带点吃的来看他。天气好的时候,我带他出去走走,吃附近的餐厅,讲讲生活近况、发生的趣事,努力调节情绪,让气氛轻松一些。

每一轮开始化疗前都要等待住院通知(医院未必能准时给出床位),这期间爸爸会亲自下厨做饭,不管我多晚回家,都有饭菜在桌上等着我。上一次做这么幸福的女儿,已经是十几年前。目睹了女儿的忙碌和疲惫，协调能力也很好的他从未将对我的担忧说出口：是不是她沟通能力不好啊？是不是她的体力已经不适合上班了？会不会丢掉工作啊？他也没有开口指点我，只是宽容地跟我讲："你还是回公司吧，爸爸没事，或者你还是回家休息吧，爸爸没事。"我知道他有时候打针超时，自己一个人很不方便，饭也是病友帮他买回来的，于是又拿了礼物送去隔壁床，聊表谢意。

端午节，哥哥回来探望爸爸之前，体力不太好的他提前一天晚上让我带着去熟悉接站的路线，预演了一遍。哥哥来的每一天，他都情绪高涨，非常高兴，完全不像个病人，还是那个照顾小孩的大家长。晚上会起来给哥哥盖被子，每天早起下楼买早饭回来，喊我们起床，白天他们出去活动，他亲自买菜做饭，晚饭后一起散步。哥哥假期结束，爸爸又坚持去送哥哥，很老派地在车站拍了许多照片留念。我不嫉妒，而是很感动，威严了很多年的老爹，在生病后终于露出了一心挂念远在外地的儿子的心迹，这才是坚硬外壳之下真实的他。

休假期间，我有一个重要合作要上线，遇到一些突发问题，时间紧迫，要多方协调推进，饭菜已经在桌上了，我还在一边敲键盘一边接电话，催促内部沟通，对外部解释现状，努力寻求解决方法，直到饭菜凉掉。爸爸和哥哥吃完饭先出门之后，我才回过神。拖着虚弱的身体做了一桌菜的爸爸、远道而来的哥哥，因为他们的体谅，我更加愧疚：为什么我不能和他们一起好好地吃顿饭呢？

那天还是好朋友任涛夫妇的婚礼。这对夫妻是我 2015 年重回职场后写的第一篇稿子的原型，那时还素未谋面，后来成为朋友。他们邀我去家里吃饭，给我介绍新朋友，帮我顺利度过回到职场的适应期，还在半夜特地开车来给无法下班的我送月饼，聚餐时迁就疲倦的我，选择来我家楼下吃火锅，允许我穿着睡衣、打着瞌睡跟他们吃饭。他们对我意义重大。

合作项目可能流产，没能在节日里吃上爸爸做的饭安慰他，也没能参加好朋友的婚礼，工作、亲情、友情三方都没顾好，我内疚又疲倦，最后崩溃得大哭一场。

爸爸做完化疗，回去度过他的第一个抑制期的时候，我一个人做完了自己的骨髓复查，抽血，做心电图，做骨髓穿刺，非常考验体能，但我变得更坚强了，一边回复亲友的询问，一边处理工作事务。

经历了爸爸生病，我决定更好地照顾自己，活得久一点。感恩命运对我的承让和恩赐，让我还有机会继续称呼他爸爸。

谢谢帮忙挂号的兰哥，谢谢联系床位的小米，谢谢爸爸病房的两位病友，谢谢帮我分担了工作的同事、为我加油打气的朋友们。

让哥哥拥有自己的时刻

Sam生日在我后面十天，2017年他生日时，我生死难测，他在朋友面前哭得稀里哗啦。久未碰面的朋友们来看我，我最怕大家哭哭啼啼，同情我，觉得我可怜。还好大家总是先关切地问我现状，然后表达他们对自身的担忧："夸夸，你说会不会我也有一种隐而未现的病？"那段时间，朋友们都格外敏感又惊恐。几位朋友很快决定跟伴侣结婚，不再在人生的时间节点上拖沓。咳嗽、肚子痛的朋友立刻去做体检、去排查。还有一些人开始了运动锻炼，购买商业保险，提高探望父母的频率。

朋友尚且如此，那我哥哥呢，他会受到多大的冲击？他从来不讲，我也就忘了。

我被送去抢救的前一天，是哥哥的生日，所有人都围在我的病床边。那时候哥哥一边刚读完研究生要求职，一边担心我的安危，不得不匆匆来一趟医院看我就奔赴远方，我永远无法想象当时他究竟是怎么样的心情。

几年后我才终于郑重地问他：哥哥是怎么看待我生病这件事的呢？

他说了很多以前从未说出口的话。从初中开始家道中落，好不容易生活快要有起色却出了这样的事，我们内心多少有些不甘。爸妈送我们读书，我们俩一个快毕业了，一个上班表现不错，父母总算是快熬出来了。那段时间，我们都不知道什么时候是个头，现在想起来心里仍然感到压抑，大脑中只有一片灰蒙蒙的背景。

在我生病之前，哥哥和我都是过农历生日，我的生日在他后面一天紧挨着。因为总是读一所学校，我拎着生日礼物送去教室给他，他的同学就起哄："你们俩真的好假哦，这袋生日礼物今天你拎过来，明天他又要还给你吧！"我的同学则问："咦，你哥哥只比你大一天？你们是双胞胎？"

哈哈，哥哥大我两岁零一天。

我跟哥哥小时候就有很明显的差异。我是小女儿，比较受宠，把任性、傲娇、自私当成个性。他的耐心、细腻、顺服，被我当成无聊乏味。哥哥比较文静，一直以来读书都比我厉害太多，比我能吃苦。我经常顶撞他、反驳他，直呼其名，直到生病后这两年，我才渐渐改掉这些坏毛病。

他皮肤白皙，身材瘦高，斯斯文文，读书好又礼貌周到,是大家口中"别人家的小孩"。自从有了我这个妹妹起,他就一直在照顾我。我小时候总是很快把自己的零食吃光,再去他那里拿走属于他的一半。"你是哥哥,要让着妹妹。"他一直都是这样做的,即使长大后没有人再这样叮嘱他。某次生日,我们突然聊到他记忆里的美食,他说:"有个伯伯做的洋鸭很美味,我一直记得。"我问:"记得味道?"他答:"除了味道还有回忆,伯伯问我,爸爸喜欢我多一点,还是喜欢妹妹多一点。我说,喜欢妹儿多一点吧,毕竟我大一点,懂事一些,爸爸不需要花很多心思在我身上了。"

小时候,我早上不起床,他就会来摸摸我的手心大喊:"妈妈你快来,蠢妹儿又发烧了,手心好烫!"刚上初一,我被一堆情书搞得不知所措,逃避甚至攻击对方,他批评我的不礼貌:"别人喜欢你,是他瞎了眼。你即使要拒绝对方,也请尊重对方,他没有低你一等。"高中时,我在读书上花的心思很少,每天跟朋友们腻在一起。他会在从学校生活区进入学习区的大门口等我,当众帮我把外套整理好,提醒我好好读书,当时我只觉得窘迫,没有听进去。老师们看我们这么亲昵,还怀疑他是不是我男朋友。

哥哥带我听朴树、那英、张楚这些歌手不同风格的音乐,看周星驰的电影和台湾综艺。那些冷门的摇滚乐、流行乐、民谣都是小时候他带我听的，周杰伦也是他告诉我的！杜琪峰的黑帮片也是他带我看的。所以我虽然读书早，但跟班上其他年龄大一些的同学之间并无代沟，他们看过的、听过的，我都知道。青春期结束以前，他都很愿意跟我分享他的心情，笑谈他对生活的观察和思考。

后来很多年，我们在不同的城市生活，交流变少。2021年因为来深圳项目出差四个月，我们难得又有机会近距离相处。他每个周末都会从很远的地方坐车来看我，帮我做好早饭，看着我吃完，才允许我出门工作。如果是他先出门了，他也会不放心地打电话来确认我的情况。春节一起去长辈家拜年，他会先来接我。得知我开始了第二次恋爱，在我出门约会前，他认真指导我穿搭，并叮嘱我："你不要恃宠而骄，不要一味地享受对方的付出。关系的维护需要双方都付出努力。"等到深圳项目终于开业，别人都在问能不能来找我玩，他则非常体谅我，只留言说："我知道你这几天都要在现场，你安心工作，我就不来了。"

我第二次调去深圳工作时，赶上疫情，各区很难互通。天气也开始热起来，他过来看我时，说想带一瓶驱蚊水给我，我连连说不要。这时顽皮的妹妹才放弃了追逐宏大的东西，看到了生活的细节里镶嵌着的丝丝关心。后知后觉的我总是慢一拍才意识到，不管我需不需要，那都是他作为哥哥的呵护，用他的方式。

从 2017 年开始，我就只过 4 月 10 日的生日。一来，因为这个日子是我出生那年的阳历生日，也是我在中心 ICU 度过的生日，我的第二人生从那时开始。二来，我想跟哥哥的生日分开一点，彼此独立。过去的三十年，有意无意间，我抢占了太多本来属于他的时刻。深圳项目结束后，我又特意从长沙赶去深圳，跟哥哥一起庆祝他的生日。我非常庆幸，命运没有让我失去他，我们依然还有时间互相陪伴。

我再次失恋时，哥哥倒是没有责怪我的任性和冲动，只是在电话里平和地跟我说："人生不是计划得来的，不是所有事都会按我们的安排去发生。遇到什么意料之外的事，我们就勇敢地去面对吧。"

现在，我们各自被生活打脸，吃了些教训，我才学着尊敬他、理解他。我们没有再像从前一样亲密无间，但对彼此的关心和爱又慢慢多了起来。我重新看到他的优点，他比我好学、勤奋、能抗压、关心他人，是难得的体贴的男性。虽然我们仍然见解不同，但他依然是我学习的榜样。

这些年我心里牵挂的人不少，但最最害怕失去的是他。

朋友生日，我许下新的愿望

Sam常常说我是"作精"，我们从2016年认识到现在，他一直这样评价我。在我看来，他比我更"作"。以前最爱策划活动的我，渐渐因为忙碌和懒惰就收手了，他还孜孜不倦地攒一个又一个有仪式感的饭局，不管这个活动的前后两天是不是要通宵加班。

我们同月生日，他比我晚十天。有些博主去巴黎参加时装周也许都只需要提前两周准备，Sam这次提前了五十天定下生日活动的主题，然后催促我们准备好符合主题的服装。他郑重地制作了活动海报，还给我们发来在风格上可以参考的图片，提前检查成员的准备进度。"你打算衣服穿哪件？这件不行，跟主题不搭，我发几个链接给你，你再选选。"其实，他也不是单纯为了过个生日，只是想找个由头，让大家聚在一起。

晚上我有事，还是迟到了。出发前收到一个同事的微信消息，她表姐得了白血病，家人慌乱得不知所措，我回复她的时候，自己的思绪也一下子被带回从前，有些失落。恰逢电闪雷鸣，大雨倾盆，我犹豫还要不要出门。我知道如果说"我今天有点累不想动了"，他也不会真的怪我。我刚准备开口，就看到群里的消息："都在等你呢。"我重新穿好衣服，在大雨的夜晚再次出门。

每次去见 Sam，我都会想起《欲望都市》里的圣诞夜，Carrie 穿过街区去找女友，给她一个拥抱。这不是没原因的。Sam 第一次见我，就极力夸赞我。原以为他是出于职业习惯的客套，哪知他后来一直很认真地跟我聊天，耐心回应我的观点，我们在短时间内迅速成了好朋友。

有一次深夜下班回家，我才发现早上出门忘带钥匙了，联系的换锁师傅也要第二天才能来，于是去找 Sam，他就把客房让出来，说："以后你随时都可以来住。"后来我换了密码锁，不再怕忘带钥匙，也还是会在情绪上有结解不开时去 Sam 那里吃饭，和他聊天，聊得太晚就干脆睡在客房。我那时有很多感情上的困惑和犹豫，半夜跟他打电话，他没有一丝不耐烦，而是说："你做什么我都支持，去试吧。不要怕做错，错了没关系的。不管你会遇到什么挫折，我都在这里等着给你拥抱。"

后来我有个不错的工作机会，想跳槽去北京，那时正值他遇到低谷，却没有跟我多说什么。等我后来临时改变主意，决定留下来继续在长沙生活时，他才回复："谢谢你留下来，谢谢你继续爱我，这对我很重要。"这样的话也出现在我被抢救回来的时候，他说："谢谢你活下来！"真的太奇怪了，我明明什么都没做，我只是没有死掉，他才是那个值得感谢的人啊。我根本不知道，对于另一个人来说，我是如此重要。他坦诚地告诉我他的不舍，却从未在道德上胁迫过我，总是让我自由选择，支持我的决定。

他已经习惯了我聚会迟到，习惯了我在跟他们玩耍时随时掏出电脑处理工作。中秋节，我带电脑去他家餐桌上加班。冬至，他包了饺子等我。圣诞节、元旦，他总要等我到了才开始做全年总结回顾。在别人要他做选择时，他骄傲地说："我不选 A，也不选 B，我选夸夸选的那个。"

我突然生病之前，本来计划了 5 月要去切除扁桃体，Sam 主动提出术后那几天他来照顾我。4 月我住进急诊的第一晚，他是第一个赶到医院的朋友。当时他要在万达广场通宵搭建活动场地，但还是先赶来看我，推着床车送我去做检查。第二天，他又顶着疲惫的脸，煲了大盒的粥和汤送来医院，假装乐观地冲我笑。

在我维持治疗期间，他主动介绍了很多朋友给我。那时我刚恢复正常的群体生活，对人群依然有些恐惧，一帮朋友见了匆匆赶到的迟到的我说："Hi，夸夸，虽然你不认识我们，但我们对你很熟啦，Sam总是提起你。"每个人见到我都好像见到老朋友，后来他们也成了我的朋友。病后很长时间，我几乎都是一个人待着，不愿意说话。Sam攒的一个个活动，以及他对我的一次次包容，让我无法继续缩在自己的房间里，不得不出门。他是那支锚，是我生病后没彻底脱离群体生活的第二个主要原因。

到达约定的地点时，我又收到了另一个同事的消息："我该怎么办呢？"她是担心第一位同事，不知道如何安慰她。我一下子怔住了：他们善良温暖，关心着身边人的感受，为他们的悲伤而悲伤。人啊，一环扣着一环。

按照惯例，聚会最后会有真心话分享环节。这次有人讨论了分手原因，有人讨论了原生家庭。温玉婷说："我们总是对事情有一个结论，'他出轨，他很坏'或者'他是糟糕的父亲'，但如果我们能多角度地听取信息，就会发现事实有时从A版本变成了B版本，这样就更有可能看到事情的全貌。因为信息的增加，我们原本的认知会发生翻转。大家可以从别人的故事里获得重新审视自己的机会。"

轮到导演老蔺提问，这段时间沉迷于游戏的他冷不丁地问："最近你们有对死亡产生过恐惧吗？你们有没有想过自己死了以后的事？"有人讲述春节差点遇到车祸，有人讲述新冠的影响，而我不想反复讲述过去，加上被两位同事的消息影响了情绪,所以没有发言。有人说:"我们只要保持想活的想法比想死的冲动要更强烈一点就好了。"我这才觉得,死只是一个时刻,活下去才是件更艰难、更勇敢的事。

但是 Sam 突然哽咽地说:"2017 年我过生日时,张夸夸化疗后情况很不好,在抢救。那天我当众哭得厉害,很害怕又很自责,给她安排床位时我没帮上忙,查了一下自己的存款,也不够给她治病,从前觉得日子混得过去的我,一下子就有了很强的无力感,觉得自己很没用。"温玉婷又补充道:"Sam 在你面前笑嘻嘻的,但他打电话给我时,每次都哭得很伤心。"Sam 转过头对我说:"我会担心,万一你过得不开心时我却不在了。后来我爸烧伤时,我都没这么慌乱。"他断断续续地讲:"你们不要担心我,除了公司提供的保险之外,我还给自己买了很好的商业险。如果将来真的有事,我也不会有太大的经济压力。"

这个总要坚持等我到了再开始话题的人,把身边的座位留给我的人,帮我设计结束治疗时的感恩卡片的人……我被眼前这个流着眼泪的家伙一下子惹得眼眶发红。我知道自己突然生病这件事影响了身边的人,爱我的人们因此发生了变化:他们更珍惜我了,甚至对我有点宠溺,他们还有些后怕,会盯着我复查。但是我并不知道,这件事具体是如何影响了他们。现在我更加清楚地知道，他们的心理状态有点像"创伤性后遗症"。他们跟我一样害怕意外来临，会有很强的危机感。他们时刻小心，对待生死更加严肃。

包场的餐厅有些偏僻，聚会结束后，大雨依然没停，Shuy送我们上车，她最后一个离开。老蔺夫妇不放心，几次邀请她一起坐车回去，她因为怕麻烦对方而婉拒。反复说服和劝解无果，老蔺夫妇只好假装先走，其实把车停在院子外的路边等待，等Shuy的车开出后，快速跟在她后面，一路护送她回家。前后两辆车，在大雨中闪着尾灯，经过一个个路口。他们还开着电话聊天，防止Shuy犯困而出现安全问题。我猜到Shuy会有愧疚感，装作睡着了，果然她真的在那头问："我们这样打电话聊天，会不会影响夸夸睡觉啊？"我偷偷地笑，总牵挂着别人的Shuy，曾在雨夜驱车三百公里送我回老家处理急事，现在离她家不过几公里，她却在担心影响我睡觉。

这个下着倾盆大雨的夜晚，有太多信息涌进我的脑子里。我们在别人生命里的角色到底是什么？那个看起来张牙舞爪、不好相处的人，那个在旁人眼里虚伪、没出息的人，那个哭哭啼啼、不知所措的人，其实也能做一个天使，哪怕只有十分钟。这些人彼此之间的默默守护，让我明白自己也该尽一份绵薄之力去关心和支持他人，提供"别怕，有我在"的情绪价值，哪怕我的力量也很微小。

今晚，我不再想改变世界，也不求闪亮到世人皆知，只要能照亮身边的这个人就好了。

"如果我是男人，我也不选你呀"

小时候看《蓝色生死恋》哭到头晕，很多年后听到配乐响起都还会伤感，但从来都觉得白血病是一种距离自己很遥远的病。突然被这个过于"浪漫"的病砸中时，至死不渝的爱情并没有同步到来，我独自度过了接近三年的药物治疗期。

朋友夫妇热情邀我去家里吃饭，他们家长辈也在。并无恶意的阿姨一边唏嘘我的病情，一边说："你的年纪已经摆在这里，还生过这样的病，加上不够温柔，在婚恋市场的劣势你应该清楚。"朋友很想阻止她妈妈说下去，但拦不住，阿姨继续说："如果我是男人，我也不会选你呀。年龄大，又不够健康，又工作狂不顾家，还不一定能生育，年轻又健康的姑娘到处都有，男人为什么要选你呢？"

我笑了笑。我想，她不是有意批评我、打击我，而是长辈们觉得，社会标准的时钟已指向我该进入婚姻了，就如实分析我的状况，建议我降低自己的标准，才有可能组建一个家庭。我也很清楚这就是大部分人的态度。以前总开玩笑要介绍对象给我的人，现在绝口不提——现在这个情况介绍给谁，被介绍的对象都可能觉得晦气。[1]

有时去做骨髓复查，医生开检查单时也会问："有病友后来结婚生子啦，夸夸你也要加油哦，最近有没有什么好消息呀？"重新返回职场后，我才恍然大悟为什么初恋失败后就很难再次恋爱——因为我把恋爱、把建立一段稳定的亲密关系当作工作项目了，在没有做好万全准备、没有想好解决各种矛盾冲突的方案之前，绝不轻易开始。我在项目启动之前想得太多，还只允许自己成功，不允许失败，这不仅让自己负担很重，也给了对方很大的压力。即使在我生病以后，在我很孤独时，难得有位年轻帅气的男生跟我表白，我也丧心病狂到先给对方发了一份《交往前十问十答》，来完成意向和需求的初筛，确保信息对称。

看着迟迟没有进入婚姻的我，从青春期就认识的老朋友至今愤愤不平："你的初恋男友到底是上辈子积了什么德，你们这样的结局，你一点都不恨他、不怪他，现在还替他讲话？"

---

[1] 白血病并不遗传，不影响后代，对生育功能也许有影响但不是绝对的，对生育有影响的是化疗这件事。已婚女性，在时间和身体条件允许的情况下，可在化疗前进行生殖能力保存——冻卵／冻胚胎。具体流程可咨询医生。

在我的视角里，即使结局不好，他依然是那个全然接受我（包括总是生病），专一地欣赏我，让我能无话不谈、安心做自己的人，这就是很多人都没能做到的部分啊。他做到了，我看到了；我经历过，我记得。

初恋的男孩子在我十八岁生日时认认真真寄来一封承诺信和一枚钻戒，他的郑重严肃，让我惊骇不已。他曾在火车事故之后在出口焦急地找我；他为了我离开父母，搬来长沙工作；他为我们的未来付出了这么多努力。无论如何，我都感谢他给了我一段轰轰烈烈的青春岁月。我说什么笑话他都觉得好笑，我做什么决定他都支持。哪怕需要踮起脚去够，他也要尽量满足我的每一个愿望。得知他后来获得了幸福，我也很为他高兴，高兴远远多过了我自己的人生遗憾。

与初恋男友长跑多年却分开，朋友们都觉得我很难再对谁心动，默认我会独身下去。生病后被大家超大剂量的善意融化了心里的坚冰，我才看到了自己的可贵之处，又生起一些勇气，想打开门，试着允许别人进入我的生活，去探寻更多的人生可能性。终于，我又想再恋爱了。

后来，朋友茜茜介绍了一位男生给我，他特别美好，超出了我的想象。这位细腻腼腆的男生陪我吃了很多顿饭，有一晚送我回家，在楼下分别时，他快速抱了我一下，我生硬又警惕地问:"拥抱是什么意思?你对我是喜欢吗?要跟我恋爱吗?还是打算模糊不清地暧昧?"

他被我的直接惊到。原来他看到了我的各种顾虑,以为要等我好一阵才能开口表白。我也惊讶于他的耐心和勇敢,他不介意我生过病,不介意我是工作狂,选择跟我在一起。两个人郑重地确定恋爱关系后,我立刻去外地工作。回头看,我选择去外地,并不是因为事业大于爱情,反而是因为对我们的感情过于自信,而且有了被偏爱的底气,所以能更勇敢地去挑战原本会害怕的事。我心想,反正会有人接着我,万一打了败仗还可以回到港湾停泊。他也确实陪我度过了两次换城市工作时的不适应,抚慰我的情绪,让我没有太孤独。在我遇到难题时,他鼓励我:"工作就是会辛苦的,如果想要的结果很难,那么就耐心一些,绕远一点的路去争取。"

萨默屡屡称赞他很棒,她明明还没见过男生本人,却给出这么高的评价。她叹口气解释:"因为夸夸你一直是很难取悦的人啊,他能突破你的阈值真的不容易。"是啊,这位让我毫不犹豫就一头坠入爱河的恋人,做了了不起的事情。在我当众哭得停不下来的时候,他宽容地任凭我失态,没有特意安慰我,这让我不用担心处境的尴尬和难堪,让我有足够的时间自在地做自己,直到最后冷静下来。当我忐忑地主动暴露一个难以启齿的巨大负担时,他也没有退缩,而是安慰我:"夸夸你太不容易了,我要管好我自己,不让你再经历同样的事情!"

男生的爸爸、妈妈也是很温暖的人。其间我短暂回到长沙工作,他们让常年父母不在身边的我仿佛有了亲人的陪伴。两位长辈从不问我每天瞎忙活是不是真的有意义,只是在发现我没有按时吃饭时,喊"跑腿"送自己做的便当给我。阿姨对我生不生小孩没要求,也不催促我相夫教子,反而从来都只叮嘱我两点:一是保持健康,注意休息;二是女性事业也重要,实现自我追求可以大过家庭。叔叔话很少,偶尔开口,也是笑眯眯地看着我说:"夸夸你要快乐一点,要开开心心的!"我听后差点流泪。这句话跟我亲爹的原话一模一样!我感叹自己运气太好了。他妹妹明明跟我同龄,却有大姐的气势,某次雨天傍晚帮我叫车,送我出门,安排得非常周到妥帖,这让我非常不好意思:她恐怕是没见过我凶悍的样子。

隔年夏末,我们还是分开了。虽然大部分时间都是远距离恋爱,但那八个月的"粉色泡泡"有超长的效力:"夸夸,你看,你是值得被很好地对待的。"这位恋人让我可以心平气和地去面对生活中其他的不愉快,遇事我会想:"没关系没关系,这都不是什么重要的事。我已经很幸福了!"

他让我又变回了撒娇的小女生。分手后对这段感情念念不忘的是我,这让我分辨出原来自己才是这段关系里被照顾得更多的那一个。我们分开后,他还主动提议陪我去做骨髓检查。他的家人也从未因此苛责我,至今保持着善意和鼓励。这种难得的理性,让我感动不已。

跟他人相处的过程,也是学习的过程。"你们都敏感细腻,都有旺盛的好奇心,都不服输,都很自律,共性很多。"这是朋友介绍我们认识的前提。后来我在他那里看到了更多优秀的品质:善于赞美他人、温柔浪漫、勤勉敬业、重视家人。我不自觉地把这些积极的影响也融入自己往后的人生。当时那个版本的双方,都认真地全情投入了,经此一役,我们都有了很多思考和成长。即使分开了,他和他的家人也始终是我尊重的人。

相比其他人的试探和摇摆,两位前任的真诚和坚定都难能可贵。因为他们,我得到了很多美好的回忆,也学着成为更好的人。回头看这两段感情,我只有对对方的感谢,以及自己没能更好地对待他人的羞愧。我在无心中做了一些没考虑对方感受的事,总把别人的宠溺当成理所当然,情绪又往往过于饱满,事无巨细,时时和他们分享。他们是不容易的。我真心希望我爱过的人都能获得幸福,哪怕这个幸福不是由我提供,也不是与我共享的。我也会好好照顾自己，就像过去这么多年我都坚持做的那样。

每段感情结束，朋友们都担心我过久地停留在原地。其实我选择休整比较长的时间，是想要留下充足的时间去思考和调整，这样就不至于莽撞地进入下一段关系，在同样的问题上反复跌倒。当我越来越有能力去思考，越来越柔软地去调整自己，越来越有耐心去解决分歧，就有了可以开始新的关系的基础。我不是停滞不前，我只是反应比较慢，想在旧问题里把自己的状况搞清楚。

生命里的一切，都不是白白经历，虽然可能要很久以后才知道那段经历的意义。恋爱顺利也好，曲折也好，都能变为成长的养分，帮我站在下一段更幸福的生活的起点上。

两个表弟曾分别留言给我："姐姐，我不希望你因为年龄大了、因为别人结婚了也跟着将就，你值得很好的人。如果你因为着急而跟别人结婚，那我宁愿你继续做老姑娘。"我哈哈大笑，说："当然不会啊，现在来之不易的一切，我都不会随意处置了。"

我开始明白，一个人的自我成长、生活质量跟婚姻并没有必然关系，有些人独身也快乐满足，有些人的婚姻鸡飞狗跳。我对自己讲，进入婚姻的前提，是你爱另一个人，你愿意为此承担责任，愿意包容对方的无心之失，安慰对方偶尔的软弱，会在近距离的摩擦中自愿做出调整。你不能只片面地看到婚姻带来的利益，就草率结婚，也不能因为看到婚姻带来的麻烦甚至伤害，就恐惧它，远离它。

爱和其衍生的痛苦是必然共同存在的，爱的含义如此丰富，并不是只有激情和欢娱，还有责任、付出、忍让、牺牲、担忧等，要学会放下自己的利益，把他人放在自己之前。这当然是不容易的，所以谨慎地进入一段感情也是更负责的选择。

提摩太·凯勒有个观点我非常赞同：婚姻才是最伟大、最重要也最难的人际关系，需要勇敢袒露"真实"的自己，需要练习接纳"奇怪"的他人，需要重新调整自我和他人的序列。经营婚姻比取得运动/艺术成就更难。不经过大量的专门的训练，与生俱来的才能也无法让人变成职业运动员。

总之，还没进入婚姻这件事，并不是生病带来的副作用。跟他人建立深层的稳定的联结，需要运气，需要智慧，这对所有人来说都是难题，无一例外。这两段感情让我越来越清晰地明白了自己内心的需要——我和伴侣必须知道对方究竟是谁，我们要清楚眼前的个体有着怎样区别于他人的属性，不美化彼此，不粉饰自己；我们爱的不是光环和标签，而是完整的"这个人"，包括他/她的过去和现在，优点和缺点；我们要坦诚地说出自己真实的需求和想法，可能会因此大吵一架，但随后要有重回和平的勇气；我们是最亲密的朋友，坚持分享人生中的快乐、失落、悲伤和梦想，一起探索前路，让生活历久弥新。

所幸我没有因为两次无果的恋情而退缩，如今我不再去怀疑自己是不是不值得被爱，也不再问我的状况是不是更难遇到对的人了。我不对自己失望，也不会对爱失望。逐渐振作的胆小鬼，愿意再学习、再挑战、再试一次。在那之前，我继续待在爱的幼儿园里，学习勇敢、学习相信、学习包容、学习耐心、学习接纳他人与自我的差异的能力、学习处理可能遭受伤害的恐惧，迎接下一次成为更好一点的恋人的自己。

第三章

旧问题有了新答案

我依然还有很多问题没有解决。

突发意外、亲友离世、

自我接纳、跟原生家庭和解……

但面对这些问题时我的心态不同了。

我不再自认为是受害者。

五年治疗周期结束，

我已焕然一新。

不止疫情，黑天鹅已经来过很多次

2020年刚过春节，正月十三的晚饭后，我被急促地喊下楼，我爹因为给发热病人（后来确诊新冠）量过体温，要被医学隔离。爸爸递给我们兄妹红包说："崽崽，我怕你们离家返城时我不在家，先把红包给你们。"看着红包上他写下的祝福，我的眼眶一下子红了。

紧接着，我得知接我去中心ICU抢救的老赵也剃了光头，要去支援武汉。我整个人顿时汗毛竖立，那时疫情才刚起，是什么性质、怎么抗感染都还不明确。老爹和老赵此去，还能回来吗？

自己经历了意外之后，我警觉地看到一场可能浩大的未知意外已经无法抵御地到来了。春节前，坐高铁回老家时，没有防护镜的我就选择戴着泳镜坐车，夸张到看上去像是早年的蔡康永，引起路人侧目。只是没想到老家临近武汉的我，这么快就被卷入其中。更没想到的是，这场疫情会持续三年之久，改变了许多人的人生。

我想起获得"雨果奖"的《三体》，故事刚开头就戳中了我。常伟思说："汪教授，你的人生中有重大的变故吗？这变故完全改变了你的生活，对你来说，世界在一夜之间变得完全不同。"

"没有。"

"那你的生活是一种偶然，世界有这么多变幻莫测的因素，你的人生却没什么变故。"

汪淼想了半天还是不明白，他说："大部分人都是这样。"

"那大部分人的人生都是偶然。"

"可……多少代人都是这么平淡地过来的。"

"都是偶然。"

"整个人类历史都是偶然，从石器时代到今天都没什么重大变故，真幸运。但既然是幸运，总有结束的一天，现在我告诉你，结束了，做好思想准备吧。"

宇宙里没有绝对的公平，谁该死，谁该活，谁该富有，谁该穷，谁获得爱情，谁该孤独终老……我们的期盼和评价往往基于自己的利益，很不客观。命运不听我们的判断和计划，它有它的规则，这个规则可能在我们的有限认知里就是"随机"。我去急诊那天，情况很危险，分分钟有可能大出血死掉，但我自己感觉并没太大异常，医生说我病危，我以为他是开玩笑。在一个普通春日住进急诊，被宣布病危后，我才知道日常有无常。

我不再问："为什么上天没给我那三十分钟，去开新品牌的讨论会呢？为什么就差临门一脚，戛然而止？只差三十分钟而已啊！"我也不再问："如果不被生病打乱节奏，我原本可以是个怎样的人？"我知道，黑天鹅其实来过很多次了，远超过我们的想象。未来根本无法预测，现实根本不会按照计划徐徐展开。

袁隆平、金斯伯格大法官、金庸先生等名人离世，人们才短暂地看到残酷的事实——其实生命的逝去一直都在发生，而且从未因为人们的不舍和呼喊就暂停。但当看到高以翔猝死、科比离世、战争爆发、空难发生、地震出现的新闻时，我会内心咯噔一下："意外又砸中了人。"

同时我也知道，人们并不会因为自己的偶像离开，自己的同龄人走了，就真的更加珍惜自己的可用时间，时间一久就会又回到生活的巨大惯性中去。人们对死亡的态度非常好玩，都知道自己肯定会死，但没有人相信自己立刻会死，往往以为日子还远着呢，时间还多着呢。我自己从前也不信的。朋友阿扛的妈妈是慢性白血病，几年前我还尝试帮她找过印度药，当时从旁人的角度来看，觉得这样的事情太不幸。后来阿扛来看望生病的我时，两个人都觉得命运好戏谑。

人生的道理并不通用，因为每个人的功课都如此不同，我大呼小叫、摇晃肩膀也是无用。当朋友听到我对地震、空难、战争、火灾、疾病、车祸的信息敏感时，他忍不住跟我讲："你知道吗？别人不会像你这样极端地看待问题！哪有那么多不好的事情发生呢？！"但当健康的人也要戴上口罩，也要居家尽量不接触人，也要把多年前我生病的生活经历一遍时，我觉得荒诞感过于强烈。当工作被打断、生活被搅乱、对所在环境的判断完全失效时，他们自然而然地理解了我的提醒。

疫情三年多，影响了所有人的生活。而我提前了三年，明白我们习以为常甚至觉得无聊的生活秩序，是不堪一击的；我因此放下自己的骄傲，去承认人的有限，很多时候结果并非牢牢攥在我自己手中。

工作中带到第五个团队时，我遇到一个酷酷的伙伴，他常年熬夜，从不喝水，咖啡不离手，烟瘾大，手明显抖得很严重。我不知道是脱发、抑郁、肠胃疾病还是肺病会先找到他，有点担心就忍不住主动加了他的微信。我跟他讲："别仗着自己年轻，就放肆折腾自己的身体，健康很重要哦。"他不理我。我继续说："不要觉得我这个开场白很土，很像妈妈。"他还是不理我。我只好说："我生过病，年轻人不一定就不会生病。"他跟我继续聊工作，始终没有接健康的话题，跳过了这部分。年轻人明显对这类说教很反感。

我没能继续跟他讲："别以为年轻人就不会生病哦，我就是突然得了白血病。"毕竟这听起来太像是诅咒，他可能会想："你这话是什么意思？觉得我会撞大运，跟你一样突然倒下吗？"我又想转发我的专栏链接给他，告诉他我真的不是在编故事唬他。最后我忍住了，只能为他祷告，祝他有很棒的运气可以去实现未竟的梦想，有足够的健康支撑到他的才华被人看到。

持续提自己生病这件事，我自己都有点烦和厌倦了。之所以觉得烦还是坚持去讲述，是因为在某种意义上，我也是一个紧张兮兮的吹哨人，负责提醒。

提醒大家，年轻人也可能会死，一生并不是遥遥无（截止日）期的。

提醒大家，生活是很无聊，但当特别大的意外来临时，这些无聊会变得很珍贵。

提醒大家，珍惜父母、爱人、朋友和那些真正关心你的人，能和他们一起相处的时间也许并没有我们预想的那么多。

朋友指出："夸夸你太严肃了，按道理，你都经历过那样的事情了，难道不应该更洒脱吗？"但是，正因为我经历过那些，我才有一种敏感。我不知道黑天鹅什么时候会再来，我只能吹着哨子提醒：要小心啊，尽量避免意外和死亡偷袭时，还有未完成的遗憾；打着鼓催促：去爱啊，去珍惜啊，快去成为理想中的自己。

活着本身就是奇迹。此刻活着的人绕过了车祸、流弹、地震、空难、抢劫、火灾、绝症、瘟疫、各类传染病……每一天，每个月，每一年，直到三十年，八十年，这样的幸运不断发生，不断延续。我们是经历了多少看不见的神迹和幸运，才拥有了日常的百无聊赖呢？

黑天鹅的出现，让我被迫思考：在我们即将失去一切时，在我们束手无策时，在倒计时突然清零时，最重要的是什么？我们该如何去做？在大环境被搅动得晃荡时，我们是否真有稳定的内核可以稳住自己？

"咦，我看起来不快乐吗？"

我爹还有前任男友的爸爸，都曾在我笑着的时候，不约而同地对我叮嘱道："夸夸，你要快乐一点哦。"

每当听到这样的话，我就吃惊："咦，我看起来不快乐吗？"我正在笑，看起来积极努力，又热爱生活啊。奇怪！为什么要这样叮嘱我？

是，我不快乐。

得知可以活着从中心 ICU 出去时，躺在床上连接着许多仪器的我就问过医生老赵："为什么是我得病？是因为我不够快乐吗？"我内心早就觉知自己很长时间都不快乐。我自己是知道的。

只是在后来我嘻嘻哈哈的表象之下，两位爸爸居然还是看到了这个事实。

总有人问我："为什么大家都很喜欢你？"还有人说："夸夸漂亮又有才华，真是羡慕啊！"但我还是一直都不快乐。那些赞美和好评，在进入我的耳朵之前，就已经消散掉了。

以前我没细想过不快乐的原因，只模糊地觉得是恋情失败、亲子关系紧张、成就不高、身体不太健康这些小因素积累而成。后来我才看到更深的原因所在。

第一个原因是，过去的我根本不认识自己，也不相信自己。说来好笑，我是在大学毕业后，才知道自己不是超人，不是每个人成长到一定年龄就能拯救人类和地球，才知道原来自己不是世界的中心。要去接受自己不会成为一个伟大的人，要逐步接受自己的普通，并不容易。在现实中遭受了许多挫折后，我又走向另一个极端，一口咬定自己不够好：脾气不够好，耐心有限，腿粗，牙齿缺一颗，手脚太皱，眼球不对称（这样的缺陷我还能说出一堆，你看我的缺点还要再加上一个：很能挑刺），虽然有一叠成绩单了，但才华还不够突出，缺点多多。

生病后，朋友们花式夸我，有时候我自己都被这些热情惊到目瞪口呆。在两种不同评价的混乱中，我仔细对照后得出结论：我未必有他人说的那么好，也没有我自己认为的那么差。我渐渐知道我是被命运格外眷顾的幸运星，知道我有着什么样的品格，既不盲目自大，会承认时代和世界的宏大，也在别人打击我的时候，告诉自己其实你不差的。

而那些所谓的问题，可能只是一个人的特质，不是缺点和问题。比如曾有朋友建议我："作为企业高管，你不要在朋友圈分享那么多生活细节，还是保持点神秘吧。"建议和评论听多了，渐渐地我也会担心自己是不是表达过度。我会责怪自己的脆弱敏感、情绪饱满，认为这是影响我职业发展和亲密关系的不良因素。

好几年之后，我才看到，这些特质是中性的，从某些角度来看，这个特质带来了不好的影响，但从另外的角度来看，同样的特质会带来积极作用。它们可能是坏事，也可能是好事。比如有朋友提到我关于职场的分享、生活的思考，其实也帮她们厘清了思路。还有一位读者给我留言："夸夸，我看到你也害怕，你也哭，你也脆弱，我就松了一口气，我自己的这些反应是正常的！你没有完美无缺，没有始终精神振奋，这件事大大地宽慰了我。"

痛苦、要强、纠结、拧巴、多愁善感、表达过度，这些看似不够正面的情绪也帮了我。也正因为这些特质，我成为写出这个作品的人，才有更多的人从这个故事里得到力量。袒露自己、书写过去是一种疗愈，我选择不要变成自怜的孤岛，这样才让我有可能被他人读懂，被理解。

于是我就学着接纳自己的一切。生病到了第五年，我才看到我对朋友的态度跟对自己的态度完全不同了。我会安慰朋友："你很好，抱抱你。难过就哭一会儿吧。"我对自己则严厉冷酷，肯定的话说得太少。我问自己："你为什么要虐待、逼迫甚至恫吓自己呢？为什么不温柔和宽容地对待你自己？你才是你自己最好的朋友啊。"

现在每当做错事时，我都不再一味责怪自己，而是耐心地跟自己沟通："你这样做是什么原因呢？我不是要否定你整个人，只是针对这件事，下次是不是可以换个更好的处理方式？"我终于对自己友好了一点，像个朋友一样放过自己。遇到困难和挑战的时候，我不再对自己冷漠，也不再否定自己。我知道她也许有些缺陷，但不再一直打击她，不再制造对未来的焦虑；做得好就表扬和鼓掌，做得不如预期也没关系，鼓励她下次再战。

就像陶子姐的那首《没有你就没有我》的歌词里写的，我知道自己是由那些光鲜的、委屈的、骄傲的、羞愧的过去组成的，缺了哪一个片段都不能构成现在的我。现在我依然想修正自己，但我不再认为是因为缺点，而是因为不想固化自己的状态，我愿意继续去雕刻自己。

我终于把自己从高台上放下来了，我就是一个普通人，虽然在不断优化和迭代，但我依然是个普通人，而且永远都是普通人。我本就是有限的、脆弱的，但没关系，被爱的前提，其实并不是优秀，而是我的付出与善意，是陪伴，还有可能是无条件的。

第二个原因是,过去我总要求自己拿到预期的结果,不然就觉得自己失败了。

过去的我总想取悦父母,总想符合媒体定义的成功,总想拿到一个个好的结果,给自己贴上各样成功的标签。我想做一个好的恋人,想做一个健康的人,想要家人平安、生活顺遂,结果现实并非如此。我就生气和委屈——我明明很努力了却是这样的结果。

但我真的因此就失败了吗?现在我的答案是,没有失败。虽然我还没有很强,也许永远都不会很强了,但我依然是很棒的。即使我没有完全好起来,我也可以组织病友群,给他人提供咨询和帮助,可以照顾生病的爸爸,安慰患难中的哥哥,去跟妈妈和解,去成为更温暖的朋友,对自己更友好。当评价维度不那么单一时,结论就完全不一样了。

我不再追求所谓的成功,而是追求幸福。没有一帆风顺,没有事业有成,没有婚姻美满,但我依然可以是幸福的人。

第三个原因是,以前我常常只盯着痛苦和不顺,忽略了生活的美好。

皮克斯的动画电影《心灵奇旅》里,在寻常的一天,中学音乐教师开心地出门，然后跌入没了井盖的下水道，差点死掉。当他重新活下来，坐在街边的长椅上，感受风的吹拂时，他下定决心，要享受活着的每一天。

在大型情景体验游戏里，我本来应该死掉了，游戏理应结束了。但是我又幸运地获得了一张复活券，重来的日子因为珍惜而小心翼翼，但也应该尽兴和尽力，这个机会不是为了加重我的恐惧和担心，而是一个欢喜的奖赏。

我开始练习记录"今日快乐三件事"，来对抗自己不知道什么时候就会蹿出来的想法：为什么人生这么难？写记录的时候我才发现，原来难熬的生活里，也有一把把糖出现过。当我开始矫正自己的视角时，在我的"今日快乐三件事"的记录里，就变得远远不止三件事，而是每天都能写下一个长长的清单。意外的好天气、陌生人的善意、小小的进步、对他人的陪伴……原来幸福的事情很多，只是常常被忽略了。我们把苦情的滤镜拿掉，更客观地看待世界时，才能更乐观。

努力认识自己，不再追求成功，而是追求幸福，细数生活里的恩典，我终于比从前快乐了。

为什么你妈妈出现得这么少？

很多人好奇为什么爸爸出现得比较多，于是问："夸夸的妈妈呢，为什么出现得这么少？"在医院时，不同的病友们也是看着老徐好奇地问："所以，你……是夸夸的妈妈吗？"

嗯，我妈妈没有在我治疗期间全程来医院照顾我，几乎都是老徐代劳。

重病的姨父大寿那天，在我们陪表姐去餐厅的路上，大姨打电话来叮嘱女儿点餐要注意的事项，通话不到几分钟，表姐就委屈到眼泪迸出来。电话挂断后，她忍不住问："为什么点餐这样的事她也要管呢？细细叮嘱我，好像我是小孩子。这段时间，我生活的方方面面都被她指点，我已经四十多岁了啊！她把每一件事都牢牢掌控在手上。都到这个时候了，为什么不能和和气气地互相支持，还要争吵和翻旧账呢？为什么动不动就跟我赌气？"我妈连忙上去安慰她："妈妈们都是这样的呀，我跟张夸夸也经常吵一吵的。"

后来只有我和表姐两个人的时候，我抱抱她，说："真的不容易啊。我理解你跟强势妈妈相处的难处，也能理解爸爸重病后你的不舍和压力。"她终于有机会快速在我肩头哭了一下。

那时刚好看了热门电影《瞬息全宇宙》，因为代入感太强，我非常难受。我一会儿共情我妈妈的焦虑、强势、忙碌，以及想获得周遭认可的疲惫——明明她自己才是最大的情绪黑洞，却埋怨子女和丈夫给她带来无尽的麻烦；一会儿共情那位女儿因被过分管教而致的压抑、愤怒，以及积极沟通而无果，始终达不到母亲的期待，最后只想毁灭世界，放弃努力。

我没有跟我妈说过，大学时我曾经夜夜噩梦，梦见跟她吵架，沟通无果，最后愤怒到极点，在梦里自残，醒来还会哭泣不止。其实，妈妈并没有对我做什么过分的事，只是不理解、不认可我而已。很多翅膀硬了的小崽子跟父母沟通都会不顺畅，这是很普遍的事，但我格外放在心上。可能因为大学时，我在学校格外风光，而在家里却屡屡不被肯定，两者落差太大，造成了我内心深处的疑惑。

大学毕业时，班主任建议我考研，长辈们建议我考公务员，而看起来前途光明的我放出豪言壮语："不不不，我什么都不要,我的人生梦想就是结婚生子!"做出这样跌破大家眼镜的决定,除了因为初恋男友坚定地爱我、支持我,让我确信未来很美好之外,还有当时我自己都没能看清的原因——我想尽快脱离不愉快的原生家庭,建立一个新的秩序,一个属于我自己的秩序。

说起妈妈让我不舒服的事情,大概也有几百件吧。我后来甚至安慰自己,跟妈妈相处难,是大部分女性创作者的共同难题,太愉快的人是没有创作欲的,只剩下"幸福肥"。说起我让妈妈不爽的事情,大概不止几千件。不听她的话、不文静、爱顶嘴、没有早早结婚、不理解她的付出和好心……总之她也被我气哭了很多次。

多年前我也曾试过努力讨好她,送她礼物,多给她打电话,主动汇报近况,还试图通过努力工作获得一些社会标签,满足她的期待。我也试图说服自己:如果不是社会道德要求她必须做一个好母亲,如果她有的选,她也肯定不会选择我这种人来做女儿。要应付一个伶牙俐齿又不肯走寻常路的女儿,这样的母亲一定会辛苦很多,她也不容易。

一次次表达带来的更大的误解,让我曾经想要放弃努力:就这样吧,少见面、少沟通,维持体面就好。一个人单方面的努力是没有用的,那就算了吧(其实妈妈也努力过，但我当时没意识到）。

直到维持治疗期间，我独自回到长沙居住，有一天午睡前我突然被什么打通了任督二脉，突然意识到：她是第一次做妈妈啊，有做得不好的地方也是正常的呀。而且妈妈很小的时候，外婆就过世了，她没有习得母爱的机会。另外，强势、难以取悦、过分在乎外界评价，这些问题我自己也都有。人总会有过失，她有，我也有。为什么自己做错时可以原谅自己一万次，看见别人的问题时就觉得格外扎眼、不能释怀呢？这对她并不公平。

想明白这些事，我才真正得到了解放。总是抱怨他人的人是痛苦的，放弃抱怨反而得了自由。我大大地松了口气，心里感到前所未有的轻快。不过，我也只是不再怪妈妈了，但还是不知道要怎么样和她相处。我依然担心碰壁。我也明白，不是短时间内的努力就能打开彼此全部心结，瞬间见效。我们要真正地了解对方，如其所是地接纳对方，就要试着改变自己的某些行为模式。这段修复之旅注定会很漫长。

因此，我立刻提议妈妈陪我去北京散心。我先委托朋友邹明帮我挂了北京同仁医院眼科的号，想帮妈妈搞清楚视力减弱是否是白内障引起的。看完医生，我们就一起在北京游玩。我顶着烈日陪她去爬了长城，她则忍受我在三里屯转个不停。我早起陪她去看升旗,她也迁就我,陪我去见学长。果然,中途我们还是会因意见不合而争吵,她因为不善于表达愤怒着离开。中年妇女总是焦虑不安的,我总是一遍遍安慰她:"别着急,没问题的,放轻松,都能解决。"

后来的几年间也是如此,我们一边尽力关心对方,一边不断出现新的争吵。但我慢慢看到,我们只是在爱这件事上的需求不同。我想要她来长沙看我,她不来,怕打扰我;她想要母女一起睡,聊聊工作和情感,而我只想一个人安静睡觉,逃避她提出的那些直接的问题;我准备的礼物,她常常不愿接受,说我浪费钱,即使收了也闲置一旁,非得等一个可能永远不会出现的重要时刻来临才舍得用。原来在爱的五种语言里,我提供的是礼物和精心时刻,但她真正需要的是另外三种:肯定的语言、肢体的接触和为之服务。我需要的是精心时刻和肯定的语言,她提供的常常是为之服务。

我们不是不爱对方,只是在爱的表达方式上有明显差异,导致了双方发出的信号都没有被准确接收。

我妈说:"妈妈们都是这样的呀,我跟张夸夸也经常吵一吵的。"我心想,我们何止是吵一吵呢?后来我明白了,妈妈也很无奈,她无法让我成为她理想中的女儿,也不知道怎样的沟通才能避免争吵。我们的苦恼是相同的。

后来看另一部电影《青春变形记》，看自己姨妈和表姐的相处，跟有同样亲子关系困扰的朋友聊天，我才发现，原来中国妈妈们是有共性的：她们在压力和伤害的交错中长大，出于社会给"母亲"这个崇高身份提出的隐形要求，她们非常愿意付出，无论如何都要给子女留点钱、帮点忙，同时又非常要面子，对小孩期待非常高，爱插手，没什么边界感；她们常常不会正确表达情绪，而是向内压抑自己，变得愤怒，最后变成一颗硬邦邦的石头，伤害到周围人。她们是无意识的施暴者，但也是无助的受害者。

我的确曾经深深地困于紧张的母女关系中，但在千山万水之后，我总算已经不那么痛苦。我拿到了神奇的"翻译器"，搞清楚了难听的话背后，她真正要表达的意思是什么。

她在我维持治疗时说："如果当初你听了我的话，你就不会是如此下场！"我当时的感受是："我已经这么惨了，你还来翻旧账批评我、指责我，用言语在伤口上撒盐。"而她真正的意思是："我太想你跟别的小孩一样顺遂、平安。总以为选另一个答案就能避免这些艰难。"她实在难受且想不明白，以为我听话就可以扭转命运，可以不用像现在这样吃苦遭罪。

她在我第一次出院时跟邻居笃定地说:"放心,一年后她一定会好的!"我当时愤怒地理解成她根本无法共情我危险又痛苦的处境,一心只想顾她自己的面子。但其实那也是她在痛苦担忧之下的最直接的愿望——她希望女儿活下去,别死掉。这是她对我的美好祝愿和巨大信心,她只有抱着这样的期盼才能撑下去。

她还在我病危时问医生:"她如果活下来,还能不能生孩子?"这句话当时激怒了我,让我以为她把我的生命价值缩略成了生育,口吻太像婆婆而不是亲妈。但后来我明白了,其实这也是正常反应的一种,她认为我不会死,她要替我打算以后的人生。后来有个年轻女病友在确诊的第一时间也来咨询我:"我可不可以先去冻卵?我以后还想生孩子。"我听后才释然。作为妇科医生的妈妈,她比我见过更多因为不能生育而遗憾的女性。

她没有在我化疗期间来医院照顾我,也不是她想偷懒或者不关心,这是我们基于当时的情况共同默认的做法。她在老家一天也没踏实过,夜夜睡不着,哭到眼睛红肿。

哪怕她给我介绍的相亲对象让我愤怒,哪怕她对我的认同和肯定非常少,哪怕她的表达很多时候让我接受不了,她也是爱我的。妈妈虽然没在"第一战场"医院照顾我,但在"第二战场"老家进行维持治疗的漫长日子里,主要都是她在负责我的饮食起居。她怕我摔倒或者发生紧急状况，干脆搬了张竹床睡在我房间的门口，从未放松，不敢沉睡。

我后来也渐渐知道，伤害是亲密关系的天然副产品——我们的自我、我们的旧伤口都可能划痛跟我们亲密相处的人，父母如此，恋人如此，无法避免。只是很多年间，我们都不明白，以为自己才是关系里唯一的"受害者"，不晓得自己也可能是他人伤口的来源。

持续在反思的人，并不只有我一个。一直教导我要守规矩、怕人讲闲话、精神总是很紧绷的她，还发过几条信息给我，大意是："苑儿，你不要在乎别人的看法，你做好你分内的事就行，学会放下。你要放轻松点，找一份有规律、压力小的工作。身体健康和心情快乐最重要。"这个最在乎别人评价的人，现在开始劝自己的女儿不要被别人的看法左右，她主动往后退了一大步，率先接受女儿可能不会有出息了。

有一天她又留言道歉："我对你和哥哥要求太高，过于强势。"我也道歉："不不不，你已经做得够好了。"我后知后觉，真的认为在她有限的生活经验里，她真的已经尽力了。

我爸妈从外地搬来，落地生根不易，她努力工作，才在乡下挣下了一栋十里八乡都很羡慕的大房子,让我和哥哥有优渥的童年。妈妈既不跳广场舞、不打牌,也不是购物狂,而是全身心扑在家庭中,对小孩的教育非常严格。我才七个月就早产出生,她要把我这样一只小老鼠、一个卷毛洋娃娃,养成现在的壮硕青年,多少不易多少担忧,很难想象。而我后来成为别人口中的"优秀女性",那些被提及的品格,如勤奋、为他人着想、自尊、敬业,都是遗传自她。

写这本书的夏天,我又经历了一次药物副作用:肚子痛到蹲在电梯起不来,头晕恶心,口腔溃疡痛到龇牙咧嘴,皮肤过敏,晚上起夜时身体没有知觉站不稳,差点撞在墙上。这些被我抛在身后的感受,又莫名重来了一次。我立刻打电话给妈妈,她告诉我吃什么药能快速见效。这些年,都是如此。如果不是妈妈远程提供指导,我恐怕要一趟趟跑去医院,挂号、做检查、买药,多了无数麻烦和惶恐。

在她那里,我受的种种恩惠,远远多过了误伤。

我也重新学着充分表达自己的感受,不等别人来猜。每次不小心惹她流泪之后,我都会给她写一封长长的信,仔细告诉她我在那个当下是什么感受,要表达什么。我开始常常低头跟她道歉,不再为了赢而顶嘴。往往,她是不回信的,总是没有回应的爱,很难坚持。有一天,也困于母女关系的萨默提醒我：你妈偏执，看不到他人的变化，可能是因为她内心的伤口极深，从未真正愈合。

我一下子醒来，陷于深深的自责。妈妈是一个没有被世界好好对待的人，生活的剐蹭让她一身伤口，因而变得固执和警惕。她也是受害者，一位没有得到很好的照顾的小女孩。她比我更脆弱、更孤独，比我更不会表达自己的感受，比我付出得更多。而我本应该是这个世界上唯一可能理解她的人，但是我却没有。

她也会在我们吵架之后讲："我就是这样子的啊，你要接受我本来的样子。"看，原来这么多年，我也在反向期待她做出改变。但是对他人的期待，有时会变成牢笼和逼迫，更加破坏双方的关系。我希望妈妈全然接受我，我为什么不能全然接受她的样子呢？事实是，在关系紧张的两端里，相比于妈妈，我还有时间和精力去了解各种学习的渠道和方法，所以关系的松动更有可能从我的改变开始。

随着跟妈妈的关系渐渐缓和，我对婚姻和生育的态度也有了变化。初恋长跑失败后，我就一蹶不振，不再想结婚生育。不想结婚的原因是，在现实中没有见到过一个经得起细看的婚姻故事，总觉得大家纷纷结婚是随大溜的庸俗，而婚姻里包含的包容与责任都是一种麻烦，同时又恐慌自己会成为小孩在"父母皆祸害"小组的留言案例。现在我明白了，现实里没有好的婚姻样本并不应该成为限制我们认知的框架，我了解了更多爱的含义——不是以爱之名去控制，要求对方屈服，去索取，而是彼此顺服，彼此付出。我的确在成长过程中不太快乐，但那又怎样呢？我还是长大了，而且也没有太糟。小孩有自己的命运，父母无须把自己的影响看得太重要。这样想，我就又松了一口气。

回老家参加完大姨父的葬礼后，表弟认真地跟我讲："你已经回来三天了，还不回长沙吗？你还要住多久，等到'战争'爆发吗？听我的，你买票跟我一起走吧。"于是我顺着表弟递来的绳子，落荒而逃。逃回长沙后，我又写信给妈妈，跟她道歉——自己的耐心有限，陪伴有限。这一次她终于认真用 Word 文档回信给我，并且与我来来往往写了好几封。我依然说服不了她一起去家庭旅行，但这已经是一个好的开始——我们在情绪退却后，开始积极沟通，学习彼此尊重。

李宗盛到了六十岁才写下《新写的旧歌》，在来不及以后，才通过这种方式跟已逝的父亲讲和。姜文在《十三邀》里讲："我跟我妈关系不好，我很想处好。不知道怎么能让她看到我做的事，为我高兴。但是现在没机会了。"姜文考上中戏，电影拍得很成功，给母亲买了大房子，这一切都没能让他的母亲认可他。朋友犇哥几次提起作为家属照顾重病的父亲时,眼泪都迸出来:在父亲临终前,那些过往相处中的痛苦和隔阂才通通释怀。而我也每一次都为和解过程的艰辛与不易落泪,有万千情绪,难以名状。

我不认同妈妈全部的观点,我们依然会吵架。写完这篇文章时,怕我无意的措辞会伤害到她,先去询问了她本人的意见。前路漫漫,但是我们已经达成共识,要一起上路了。祝你我在来得及之前,释怀多过遗憾。

七年工作狂决定辞职

过去每一年都准时发布在朋友圈的元旦回顾、春节总结，在2021年的结尾、2022年的起头我没写，因为我还在思考2021年发生的种种事情，沸腾的复杂情绪还没有冷却下来，无法武断地给出一个清晰的结论。沉默不语的这段时间，正是我面对人生、面对自己、面对痛苦而成长起来的时候。

思考完，我就做了一些决定。

2022年年初，我辞职了，决定从一个巨大的惯性里彻底停下来。仿佛原来坐在一辆高速飞奔的豪华跑车上，现在我要下车，慢慢地走一走，去看看路边风景。亲友们忧心地劝我："疫情严重，大环境如此不好，此举风险高，何不再等等？这个时候，你停下来既不能去旅行也无法回去陪父母，何不再等等？公司前景广阔，认真挽留你很多次，你怎么不懂珍惜呢？还是别任性了。"爸爸说："你这种工作狂，我担心你离职手续都没办完就想回去上班。"

朋友们很贴心，帮我按每个月的支出情况，计算出现有积蓄大概可以支撑我休息几个月，叮嘱我万一挨饿，随时可以去他们那儿蹭饭。他们还说起自己因为各种压力不敢辞职的"怯懦"，我则自嘲："我的小公寓房贷额度设置得特别低，一开始就不想为了房贷而被迫工作，而是要因为热爱而工作。不过这也没什么参考价值，毕竟你们不用担心压力过大而癌症复发。"

我承认，工作曾带给我很多成就感，带给我经济上的好处，我通过工作看见了更多"高山高人"，知道了自己的渺小，决心拼命去追赶同龄人和前辈。当时觉得这是一个良性循环，因此我非常努力地往前奔跑。过去的几年里，我没有什么私人生活，不允许因个人原因导致项目延迟。我曾是老板们最爱的那一类员工：7×24小时超长待机，执行力强，业绩单漂亮。

公司曾有恩于我，我也尽力回馈。前公司这几年是一个讨论度过高的品牌。无论此前还是辞职后，看到关于它的不实报道，我还是很激动，想去各个评论区纠正他们的误解，做出解释。我曾一次次决心把自己的命运和公司编织在一起。起初公司并不大，但我始终秉持一种主人翁式的较真劲儿，会因为一个决策的正确与否，跟同事在会议室拍桌子，据理力争。回想那时候的幼稚和冲动，还蛮好笑：对工作不认真违背了我的本性，但太把自己当回事儿其实也是徒增烦恼。我在外地工作时非常焦虑，溃疡频发，同事忍不住在电话里劝我："张夸夸，其实你不必如此，公司不是你的。尽人事就好，别总想力挽狂澜。"

我后来才明白自己当时的问题，我没认识到人是有限的，我拍桌子也无法帮公司规避每一个错误。何况公司的内部架构有相互作用，会尽可能降低错误决策的概率。我的过分紧张是没必要的。据理力争，未必全是为了公司利益，也可能是为了每一次都做出更好的成绩，是为了保住自己"常胜将军"的名号，想要每一个新项目都有让人惊艳的成绩。但这是不现实的，想要一直得意，天选之子也做不到。成长，比成功更易得，也是更重要的。

我也一遍遍追问自己，化疗期间都在工作的人，你说了这么多次辞职，总有牵绊让你无法做出果断的决定，这次为什么真的做到了呢？

春节时，邻居伯伯突然车祸过世。回头看疫情三年的影响，加上去外地工作后，自己的身体小状况不断，我才看到人生的不确定性太多，根本不会按人们的期望和计划推进。既然如此，如果时间有限，我最应该做的事是什么？我最在乎的人又是谁？对方知道吗？我表达清楚了吗？我真的好好对待他们了吗？

我想起过度投入工作而不可避免产生的"负面产物":和朋友约会我永远是被等的一个;错过好朋友的婚礼;忽视了陪伴在医院的父母;没有足够的时间和伴侣相处、磨合。这一切让我充满愧疚。

我当时躺在病床上不知道未来如何时,曾许愿如果活下来就要去回馈他人,而不是为了自己争夺名利。现在却因为工作忽略了身边人的感受;亲友真需要帮助时,我却没有精力和时间给他们足够的关心,连自己原本休息的时间也被挤压。忙碌之中,只有一种麻木的踏实,这样真的对吗?我该做和想做的事,反而搁浅在架子上被无限延迟。

当时为庆祝治疗全部结束,我在深圳跟学姐蒙蒙夫妇吃饭,他们问我:"你生病后,爸妈对你没了从前的期待和要求,那么是什么限制了你去成为理想中的自己呢?为什么没有按自己的意愿做自己?"当时我沉默着跳过了话题。其实我知道答案,是我自己阻止了自己——我被外部的评价牵绊和左右,仍想成为一个足够"正常"和"上进"的人。是我自己不够勇敢,没能突破旧游戏的限制。

但现在我转换了思路,不再认为人生的意义如此单一。工作成绩这个单一维度不再能够指引我,更多元的评价标准才能让我真正成为理想中的自己。于我而言,能健康地活到下一年是成功;能陪伴父母、孩子是成功;能在他人有困难时提供帮助是成功；能提高自己的生活品质是成功；能见证朋友的重要时刻也是成功；能接受自己、让自己快乐了一点也是成功。

重新看到自己心里最深处的期待和需求后，我决定暂停工作，给自己一些时间回到我远离了但始终珍视的生活中去，试图探索出一种更健康、更可持续的生活方式。

在那之前，我更有信心了，不再因为某个所谓的决定性选择可能导致后半生崩塌而胆战心惊。人生就是不断做出选择——面对选择带来的结果，并为此负责。我不再迷恋华丽的宏大叙事，不再把时间塞得满满当当，而是留一些停顿时刻给自己，去享受当下的生活细节。我开始践行"断舍离"，有太多的信息、关系、物品遍布生活，其实真正重要的人和事寥寥无几。

辞职交接期，我从外地回长沙，先在酒店隔离了一周，不用熬夜加班，手机里也不再有接近10000条的未读信息，在变幻莫测的大环境里竟然建立起了自己相对稳定的小秩序。隔离对我来说，并没有什么不适应。维持治疗前后，我一个人在家生活时也是这样的作息，我本来就爱独处，也能给自己找乐子。所以现在反而有些雀跃，没有人会来打扰我，我可以尽情把时间用来做自己想做的事，看想看的书，保证充足的睡眠。做出决定以后，我没有再摇摆，心里只有轻松和释然，开始安心地规划接下来的生活。

隔离结束，各部门的同事纷纷约我吃饭，他们不约而同提起我过去做出的种种了不起的成绩——能短时间内完成超难的任务，工作思路非常有创造性，总是让人惊艳。他们一遍遍问我："你啊你，你怎么舍得辞职呢？前功尽弃哦。你不算一下因此而来的淹没成本有多高吗？"我对此已经淡然。那些拼搏时的韧性、这几年积攒的经验、团队协作的情谊，我都会记在心里，它们将伴随我一生，并不会因此断裂。

辞职手续办好的那个晚上去餐厅吃饭，本是要庆祝迈出了勇敢的一步，开餐前我却忍不住号啕大哭。结束了肯定会舍不得，但未必是坏事，我终于放下了原本就不属于我的重担。

用新的多元评价标准来指导新生活，感受完全不同了。

五年结束，生病不是一件绝对的坏事

本书初稿的写作接近尾声时，我约老徐吃饭，她问："你的第五年还没结束吗？"啊，连在医院吓哭很多次的老徐都记不清了，时间可真够久的。

五年的最后一次复查时，我独自去的医院，自己都差点忘记流程，除了挂号、开检查单，还要先去骨髓检查室交申请书预约排队，然后自己下楼去药房拿麻药。

开检查单的副主任看了一眼我的名字说："啊，是你啊。我记起来了，当时你的事情惊天动地，在血液科无人不知，送去抢救还能弄回来不容易啊！"她又赞许我另外付费使用新的针头是对的，说老病人抽取骨髓难度会更大，新针头可以提升采样效率。后来在真正穿刺的过程中，因为痛感非常明显，熟悉我状况的蒋医生中途又给我补了一次麻药，加到最大剂量，最后才相对顺利地完成了手术。

虽然结果要等一周，但我笃定自己没有问题。趁麻药还未退，我一个人穿过拥挤的人群，从门诊走到急诊，再走到住院楼，快走出医院时，我才哭了。我心想，五年啊，这五年我来了医院多少次，这条线路走了多少遍，排了多少次队，挤了多少回电梯，抽了多少次骨髓，惊动了多少人，听了多少个胆战心惊的消息，现在我一个人静静地走出了这里。

虽然我又回到了如此相似的处境——大龄未婚无业，听起来生活状态不太好，没有伴侣在旁，没有让人沉醉的工作，但我知道，一切已经完全不同了。如今我是平安的，内心是喜乐的。

老徐给我提供抢救时的写作素材时，还是不敢去翻照片，往事难以回首，她依然难以平静。爸爸在给我反馈初稿的修改意见时，也还是会大哭。但于我而言，生病的确痛苦，但已经不是一件绝对的坏事。

生病很痛苦，差点让我丢了性命，导致原本的人生计划暂停、延迟，还在很长的一段时间里，让我时刻紧绷，防备着意外突袭。我的下半场人生，被动失去了很多选择，烫染发、做美甲、喝酒、抽烟……我再也不囤纸巾和食物了。我记得第一次出院回家时，发现上一个"双十一"买的物品至少还要一年才能消耗完，而我未必能活那么久。

还有，每次不舒服去医院，在医生开药之前，我都得告知他们："我正在用别的（白血病的）药。"对方听完就会谨慎起来，担心一般抗生素对我无效。几年后我还是去拔了阻生智齿，可能是普通抗生素没什么用，后来伤口发炎引发了间隙感染，最后嘴巴完全张不开，夜夜痛醒。正逢疫情和出差，我辗转在门诊、住院部、急诊，跟各个医生见面，解释，独自一人在异地的医院里输液，非常疲惫和烦躁。

还有一次，送医保外的化疗药上门的工作人员，认真给我讲解药物的副作用："腹痛很正常，肝肾功能损害明显。"我觉得是老生常谈，想打发她走，她紧接着补了一句："雄黄你知道吧，别说你一个普通人，连白素贞都怕它！"还有一次，药物副作用加上感冒，发烧、夜里咳到呕吐、扁桃体痛醒睡不好，声音也哑了，经过半个月的折腾后，医生看我吃完了几盒抗生素，症状却无好转，怀疑已经耐药，建议我再换药。我在药房拿药时，店员每多问一句话，我就感到更深的委屈和难过，从沉默到哽咽，最后崩不住了放声大哭。"这样的人生剧本也太难太狗血了，我根本不想当什么狗屁韩剧女主角！"如果我没有白血病，事情会简单一些吧，恢复也会快很多吧。

不得不承认，这件事确实会影响我一生。看见很显白的流行色克莱因蓝，我会生理性头晕，因为这种颜色跟化疗药水接近；按摩和健身时小心叮嘱：不要碰我的腰（多次做骨髓穿刺，腰部变得脆弱）；不再频繁因为工作而熬夜，不能完全拿健康去拼搏，必须尊重自己的身体。

即使如此，生病也真不是百分百的坏事。

生活给了我好几记耳光，也给了我很多颗糖。以前我有很强的病耻感，为自己不如别人健康而羞愧，总想跟父母说对不起，对被这件事影响的团队、朋友说对不起。对不起，我不够强。但其实，我想躺平做废柴也不会被责怪，人们也降低了对我的期待，我是个人生输家也没关系。还特别容易收到过分的赞美，不时有人留言给我说："夸夸，看到你生活得特别快乐和热烈，真为你高兴，你太棒了。"我经常不知所以：我哪里棒了？我只不过是养花、喝咖啡、运动而已，并没有做出什么伟大的创举。

经过命运的多重碾压，行过崎岖蜿蜒的旅途，是这些痛苦中的思考和经验让我更快地成长了，一次比一次更经得起生活的击打，也对幸福和善意有了敏锐的感知。当有人用"除了生死，再无大事"的鸡汤来提醒自己不要在意细节时，我这个死里逃生的人就会站出来反对。我开始为小事触动，就好像重新体验了一遍生活，一切稀松平常的事物，热腾腾的粉面、变幻的云彩、轻拂的微风、植物新长出的枝叶都变得美妙，同样的生活如今看来却比从前美好了一百倍。

不只是亲友同事，连初见的陌生人也对我多了很多善意。有一次我去做定期的乳腺检查，年轻的女医生问完我病史，变得非常热心，主动帮我拿结果。我离开时她送我出门，跟我说："一切都会好起来，未来还很长，你会是幸运的。"医生额外的温柔鼓励，也是生病带给我的"福利"。还有一次，在深圳出差时因为内分泌紊乱去看病，主任医生是位老太太，她慈爱地伸手摸我的耳环说："小姑娘真可爱啊，还有俩大酒窝，现在这点小事儿跟你生过的病比，算不上什么，别太累了，多多休息，开心一点，安安心心地回吧。"

事实上，没有人想在"比惨大赛"里多年连任冠军。但生病这件事的确是一个我安慰他人百试百灵的神器，在朋友们崩溃时掏出来很管用。通过比惨来获得安慰是很奇怪的事，但大家确实能从我这个案例里看到，天大的问题也有可能被解决，我们面对困难还可以有更大的韧劲和耐心。

说来你肯定不信，我自己也不信——回望来时的路，很多惊人的痛苦其实我已经不记得了，但是当下遇到再痛苦、再难挨的时刻，我都会想，这也没啥，反正以后肯定会云淡风轻地笑着讲出来，甚至根本不记得这回事，黑暗是会过去的呀。于是，我又鼓起勇气继续前进。

穿过风暴后，我拥有了面对意外和灾难的能力，比常人更能适应和调节自己。后来遇到了很多其他困难，我还是下意识会慌乱、软弱，但很快就不再怨恨和焦虑。我更加镇静从容，没那么容易胆怯了。

陈冲说，定义一个人，除了看他（她）做成了什么，还要看他（她）是如何度过了自己的困难。现在的我，是打赢过一仗的。朋友萨默说我像郝思嘉——哭完后一次次燃起新的希望，生活击倒过我很多次，但是从未打败我。朋友后来讲："那天晚上我说了很多你对我的意义，这其实不是什么坚强不坚强，而是 inspiration，坚强的人有很多，但是有能力影响到周围人，乃至更远的人的，凤毛麟角，我觉得你有这样的力量。这于我而言，是超越了所谓美貌、才华、坚韧的另一种本领。"

现在人们还是经常忍不住问我：为什么会突然生这么一场大病？医生也说没有准确的病因，只有无法最终确认的一些可能性。我也答不上来，但我不再追问为什么了，我很确定的是，这不是命运对我的惩罚，而是一次深层的更新：看起来是灾难，其实是对身体和心理的医治，我因此变得更好了。

我获得了一个重新理解世界和生命的视角。原来我不是那个被厄运砸中的倒霉蛋，而是一颗死里逃生的幸运星。

没有这骇人的一击，我恐怕还在过去的怪圈里挣扎：总不确定自己是被爱的，更不确定自己是值得被爱的。坏的遭遇，更像是一次淘金。那些可贵的情谊，平时不易察觉，这时反而全都显现出来，闪亮夺目。经历过奇妙的生活历险之后，我开始对过去释怀，对原生家庭释怀，对爱的理解变得丰富，不再理所当然地对待别人的付出；我试着变得温柔和包容。我从一个自卑、紧绷、爱挑刺的女斗士，变成了一个相对自信、快乐、柔软的小姑娘，扔掉了虚妄的目标，变成了懂得陪伴、愿意付出的人。

癌症患者五年没有复发，临床上就算治愈，以后跟正常人没什么区别了。收到五年间最后一次骨髓复查的好结果时，我在大理旅行，朋友们正驾车环游洱海，我还是在后座快要睡着。湖面的银色波光，阳光的金色晕圈，都美极了。亲友们的反应非常热烈。而那一刻，我不记得骨髓穿刺不顺利的痛和哭，也不再记得多年来对复发和死亡的恐惧，我心里只有平静和感恩。

如果再一次问我这个问题："如果你提前知道了自己的命运，你还有勇气前来吗？"我会答："来吧，我会平安地穿过骇人风暴，走出幽谷，焕然新生。"

重新看待生活,不再自称受害者

2019年专栏更新时,有位在医院目睹我被送去抢救的姐姐生气地给我留言:"张夸夸,我们当时为你哭得死去活来,你在这里轻描淡写,嘻嘻哈哈,这合适吗?"生病五年最后一次复查快到的时候,我的朋友还在频频怒骂命运对我过于凶残,让我这一路吃了太多苦。我耐心跟她解释:"不不不,虽然过程很可怕,但现在我再也没有觉得自己很惨了。"这并不是因为我痊愈了,当时生病五年最后一次复查的时间还没到,跟结果好坏无关,而是因为在这个过程的几年里,我的人生有了许多新的变化。

高中时期的老友又来相见,他现已功成名就,远远超出我们年少时的预期。他结婚时我在化疗,无法参加,现在女儿已经要上一年级了。他们夫妇邀约了很多次,我都没有时间去外地看望他们。青春期时,他常常陷在自己的忧愁里,总是沉默,我一边猜他深埋的心思,一边安慰、鼓励他。现在变成我专心埋头吃饭,他说得更多。这次相见时，他说："后来我很想再打电话给你，但我觉得自己这样也很幼稚。真心希望你过得好，就像当年的你希望我好好活。"

对面的他陆续抛出很多问题，一步步确认我是真的没问题，还是在伪装自己。大家想象中的我，可能会在后来接踵而至的种种痛苦里哭泣不停。但我不是这样的。我的状态究竟是不是真的好，是无法靠言语证明的，我不知道怎样才能宽慰他对我的担忧。这一刻的我，的确在健康且有活力地埋头吃饭。吃饱后，我终于开口，缓缓讲述生病之后的经历跟现状。

我语气平和，让他再一次感到震惊，他问我："怎么会这样呢？原来后面还有这么多意料之外的事，你太难了！我都不知道怎么安慰你，换了我也不知道怎么办才好！"然后他坦白道："近来很多烦心事，很无力，无法解决的时候会痛苦到想从楼上跳下去。刚刚听完你生病之外的其他事情，我觉得我太矫情了。我自己的这些根本不算什么事儿。"（这句话大概听过不同的人讲了一百遍！）我不赞同这种比惨，但如果穿过重重麻烦的韧劲能鼓励到其他人，我不介意坦诚地说出更多难以启齿的遭遇。

他有点期待又有点惊讶，又问："还有，你对我的帮助和支持你都不记得了吗？你高中帮过我，从不带着偏见看我，鼓励抑郁的我要好好活下去，你耐心地跟我科普我的病情，叫我不要怕，还帮我处理因打架转学的事，这些你通通不记得了吗？"我没有接话，我当然不是真的忘了，只是我不想在久别重逢时，大家哭哭啼啼。过去天大的事情、以为过不去的坎坷，如今看来，不过尔尔。

他心疼我一个人在生活里摸爬滚打。所幸我的状态比他想的要好，他才止住了一些担心和牵挂，早早送我回家休息。告别时，他终于确定我没有愁苦和抱怨，而是从容又积极，才真的放下心来。

我明白大部分人是怎样看待我的：初恋长跑多年无果，大龄独居没有人照顾，情路总是不顺，是嫁不出去的"老大难"；生病了不够健康，不知道可以活多久；事业不够成功，没有出人头地，是各种意义上的失败者。我也曾想问天问地问我自己：没有可观的财富，也没有幸福的婚姻，尽力去抓了还是两手空空，是屡遭挫折的人生输家，为什么我的人生剧本是这样的？！

目光所及，没有人比我更像一个受害者，我也的确因为受害者心态而自怜、愤怒（觉得不公平），总是不满（觉得没有被更好地对待）。我要面对疾病，还要一个人惶恐地面对未知和变化。

但其实公正一点看，我从来都不是一个人，一路都有人真心陪伴我，只是我很长时间以来，既看不到也感受不到，也许只是我"非要的那个人"不在那里，所以我就选择性失明。虽然没看到，但那个"爱我"的位置上其实坐满了人，远超我的想象。这一段旅程中除了痛苦、绝望之外，还有无法忽视的关心、帮助。

我后来被提醒，不要再继续陷在自己的苦痛和自怜中，更不要沉迷于悲剧。考古过去几年发生的细节时，回看大家在各个时期写给我的留言，我真的被男男女女们的各种"情话"哄到脑子发蒙。一切都是从爱开始的变化。不是我很棒，不是我坚强，只是我接受了被爱，承认了爱的存在，眼前的自我和世界才因此真正清晰起来。我再没有苦哈哈地垮着脸了，视角转换后再回头看我的人生，虽然没有什么骄人的成果，但也并非毫无收获。

我没有出人头地，但我是不错的领导者，曾经的团队成员至今都是我的朋友，他们还是会关心我、尊敬我，我还是能带给他们力量和引导。

我恋爱失败两次，但那个过程很美好，克服了异地距离，包容了彼此差异，触摸过对方的真心；独身的时候，我还习得了无须他人照顾也能怡然自得的能力。

我没有那么健康，但没有人是完全健康的，正常也只是个相对的概念，现在我能自如地工作、生活、照顾自己和父母,已经很不错了。

家人之间没有那么和谐,但我们始终在努力包容彼此的差异和不理解,在无数次争吵后依然选择肩并肩站在一起共渡难关,还因此变得更亲密了。

我跟医生老赵核对抢救的细节时,他忍不住问我:"讲真的,你写这个会有心理阴影吗?"我答:"会哭,但不是因为害怕,是因为被自己得到的爱和恩典而感动。我再也没有觉得这是件可怕的、需要回避的事情了。"以前总不想提这段经历,是因为我不想讲重复的故事,不想要别人的同情和好奇。现在则是主动提起,因为这就是组成我的一部分,我不再羞于承认,不再避讳,不再假装坚强、否认过去。我不再认为自己是苦哈哈的受害者。

知道我的故事更多细节的人,总是怜惜地对我说:"夸夸你太不容易了!"是,我不容易。但是,我们目光所及,谁又是容易的呢?大家都在跟自己形态各异的困境作斗争,没有人真的一劳永逸,顺风顺水地活着。

人生之旅也不太平顺的朋友 Karma 讲:"回头看,过去那些看起来很难的日子,其实也没有那么不快乐。"是的,连绵的痛苦是无法躲开的,但这个过程中持续出现的勇气、自我的更新、看待生命的不同视角,也是我的收获。很多道理都是别人早就知道的,而我是在经历了很多痛苦之后才真正理解。

现在我发自内心地认为，我不是受害者。过去的种种人生遭遇并非不公，相反，我超级幸运。那美好的仗我已经打过了，上帝最后让我活下来，有了第二次人生的机会。我是增加了新时间（续了命）的人，是被爱的人，是重新有勇气去主动爱人的人。而且白血病并没有什么特别的，反而因为影视作品，已经很大程度上被人知道了，还有更多的罕见病患者比我更难受，遇到的挑战更大，需要更多的关注和帮助。

那些可怕的事，回头再看，看法可能都不同了。生命本就像一首乐曲，是高高低低的变化让旋律美妙动听。感谢上帝给我诸多独特的生命体验，把我锻造得如此特别。

生活跟我想的不太一样，没关系

辞职后的日子，用时髦的话形容，就是我践行了"夺回生活计划"：逛公园，发呆，看光影变化；去见久别的朋友，"下次约"不再空泛虚假；爱吃的食物慢慢学着自己去做，尽量营养均衡；尝试了飞盘、桨板、尊巴等多样性运动；读了很多好书。主动去掉职业带来的光环之后，我的生活没有变得平淡，反而更丰富愉悦了。

之前去外地工作，阳台的植物无人照料都死了。现在又从头开始，每天浇水时都能看到它们的变化：冒出新芽，开出小花，越来越茂盛和茁壮，生命力让我惊叹。在自家阳台能看日出，等电梯时能看日落，还有大把时间可以恣意地看各种形状和颜色的云在天幕游移。

总算从"运动白痴"变成"野生健身宣传大使"。每周一固定跟朋友们打羽毛球，我们这些"菜鸡"的技术还不如隔壁场的小学生，互相嘲笑到腮帮子酸疼。加上游泳、散步和充足的睡眠，我自然地瘦回了生病前的体重，化疗药物和作息紊乱带来的影响慢慢消除。减重对我来说，不是把降到某个数字作为目标，而是养成可持续的健康生活。回老家的时候，我买好居家运动装备，也带着父母做简单的运动，和他们共同提升身体素质。

朋友们吐槽我连续好几个月都在吃吃喝喝，留言说："夸夸你的神仙日子太让人羡慕了！你的状态特别好，快乐又轻盈，丰富多彩。特别为你高兴！"其实是我把过去好几年欠下的"饭约"，在这个时候一一偿还，甚至有一周吃到积食上火才作罢。吃饭的时候，朋友们会聊聊彼此近况，关心我的身体状况，看到以前焦躁忙碌的我现在松弛又从容，他们也为我高兴。

这段悠长的假期是我成年后最快乐的一段生活，未来很多年，我可能还会多次回望此处的惬意与突破。

最初生病时，我把自己的愿望清单抓紧梳理了一遍，发现还有很多未实现的目标。如今真闲下来，有了大把的时间，我发现已经没有一定要完成的任务了。限量版的包、功成名就、必看书单和影集、旅行……都不是必选项，可以做，也可以不做。

写作这本书的时间比我预期的超出太多，以为两个月就能完成的事情，变成了一年。除了轻松愉快的事，我还经历了其他事——我接收了八个难过的消息，花了三个月去探访重病临终的小朋友,参加了四场葬礼。

干姑姑生前爱看烟火,在她的葬礼上,家人们特意放了一场绚丽的烟花,朴实的温情非常动人。为大姨父送葬的那天清晨,沿路的每一帧景象都很美,我至今难忘。在丽娟爸爸的安葬礼上,我看到了一个二十一岁男生的墓碑,他生前有年轻帅气的脸庞,我想象着他度过了怎样的一生。韩叔叔的葬礼本有许多纷扰,最后却别致又独特,在墓地唱诗前的那一阵阵风抚慰了我们。走出墓地时,我没有了悲伤,也不再有"向天再借五百年"这样想要活久一点的执念。死亡并不是终局,我确信他已到了更好的地方。我们都是短暂寄居于世,将来也必再相会。

亲友们久别再见,总要把目光落在我身上很久,好像在确认我存在的真实性。朋友讲,你生病的这几年完成的事情都比一般人多得多,真是能量强大的人啊。其实是我一次次看到生命的消逝后,下意识去珍惜还没一键清零的时间,想安慰跟我有羁绊的人,告诉他们,我还在这里,我还好好的。

一次次平复情绪之后,我渐渐坦然,生活跟我们想的不太一样,没关系。现在的我,写作延缓,停工时间被迫变长,都没关系。那些意料之外的事情,是我不得不面对和处理的。我们在情景游戏里,学习接受命运抛给我们的东西、跟我们想要的不太一样的东西，这未必是坏事。我不会像从前那样，"偏要怎么样"了。

我回想了一下，如果跟 2022 年春节后那个雄心勃勃地坐上离家的车的女孩预告：张夸夸哦，接下来你会停止上班，会在家度过八个月。她肯定会大声尖叫，拒绝接受，因为这对她来说是无法想象的。

从这个角度来看，人类不能提前预测自己的命运，真的是一个很善良的 bug。如果我知道自己二十七岁会生重病，我会在七个月早产出生后还选择努力存活吗？如果提前知道春天还没过去，我就会选择辞职，我还会愿意在年初时站着挤上南下的高铁吗？答案是不，我不愿意。正因为我不知道自己会发生什么状况，所以我才会在曲折的、多此一举的道路上摸爬滚打，更加认识自己，了解真正的自我需求。

直线更快，但未必就更好。

一直以来，我在生日、过年许下的愿望、想要实现的目标，一个都没能如愿。但回看过去，命运给我的礼物，比我想的要好很多。那些黑暗的风雨飘摇的时刻，后来在时光里都变得闪耀。

正是我经历的那些苦痛，最后都成为了我寻找人生意义、接纳自我的阶石，也成为我抚慰他人、帮助他人的可贵经验。经过很多次对病人的探访,我更能理解和共情他们的状况,我知道了病人表现异常可能是身体指标变化所致,我知道了怎么快速找到更多医疗资源。

生活跟我们想的不太一样,真的没关系。

遇到维维，我也不再怕死了

亲爱的维维，我现在还是会时不时想你。

第一次来见你之前，我本想只站在一旁。我对任何煽情的场面都会选择回避，我不知道如何处理这样的事情，而且我不太会跟小孩沟通。但当你得知我不是一个单纯的捐助者，我也生过重病时，抗拒一切沟通的你，开始单单对我说的话有了回应。

我很快就明白了，你一开始的沉默和回避不是不礼貌，而是包裹了自己的情绪来保护自己。你的命运是剧本都不敢写的曲折和苦难重重：出生即被遗弃，青春期生病退学，手术和化疗后骨肉瘤还是复发，下肢瘫痪，养母没有正常的沟通能力，养父也重病。你在苦海里沉浸了太久，已经不再期待有人能理解你的痛苦。

我们第一次见面后，情况还在变得糟糕。你痛到无法入睡，身体继续溃烂，你没有跟我哭诉你的种种痛苦，只是淡淡地问："夸夸姐姐这一路是如何撑下来的？"我识别出这是难到快要撑不下去的人才会问的问题。已经有其他人这样问过："夸夸，我佩服你，我做不到，我想问，你的力量究竟从哪里来的呢，为何这么强大？"

我说，不是我内心强大，不是我坚强，不是我乐观，不是我能吃苦，不是我不怕，是爱，意料之外的爱、毫无条件的爱、不计回报的爱救了我，让我有了想要继续活下去的盼望。是亲友的爱，是陌生人的爱，是新朋友的爱，一次次在我软弱到想要放弃时重新给我注入力量。思佳妈妈隔着海峡第一次看到我的照片时，就笃定我一定没问题，会好起来的；小喻给我写各样的节日卡片，我在广州出差时把它们贴在公寓墙壁上，每天都可以看到；倩文逗我笑，直率又天真；伊楉是我的后援会会长，总是赞美我，温柔地宽慰我的低落："没关系的，夸夸。"

我也学着这样来爱你，希望可以让你在面对不断升级的痛苦时好受一些。每天问候，尽量陪伴你，鼓励你，赞美你，不逼你加油，因为我知道你已经比大部分人都坚强了。我组建了一个探访团队，让更多人的爱来围绕你：有陪你打游戏的哥哥，有给你做饭、细心帮你买排便药的姐姐，有给你买可爱发夹的姐姐，有中途退学又回归社会的同龄人，有给你买零食、买绘本的姐姐，有给你买护理用品的叔叔、阿姨。我从他人那里得到的温暖，变成我自己的一部分，让我自然地知道了如何去表达关爱。

你很懂事。因为你不想见太多人，和他们相处时尴尬又辛苦，我就每一次都在，这样多次少量地介绍新朋友给你，帮你们建立联结，让你知道有很多人在关心着你。你不拒绝我的建议，很礼貌地一一加了微信。你分享自己的零食给我们。我们要走的时候，你心里不舍，但从不开口挽留，非常体谅我们的匆忙。

你快乐了一些。你会向我推荐少女动漫，教我做可爱的手账。最疼爱你、事事为你着想的养父过世后，你平淡地跟我说你很想念他，我说："你爸爸很爱你，他希望你快乐地活下去，你会听爸爸的话对不对？"你再未因此低沉，不再封闭和沉默，愿意把手交给我，让我为你祷告。

你很坚强。你如此敏感，怎么会不知道自己面临的一切呢？只是那些隐藏在心里的悲伤和疑问无法完全表达。你发呆沉默时，一定是在思考。我给你剪脚趾甲，你很不好意思地说："猪蹄子很臭，不要剪啦。"最后还是老老实实由着我。

我后来才得知止痛针也无用，骨肉瘤让你痛到夜夜无法入睡，我扑倒在自家床边号啕大哭，为你的痛苦，为我的无能为力。我终于完全理解了当初亲友来看我的心情："担心失去你，担心你受太多苦。"我希望你能活久一点，期待你好起来，有一天能回到学校继续上学。我期待奇迹能发生在你身上，希望我的好运气你也会有。

因为你，我有了两次对自己的反思。第一次是见完你的医生，全面了解你的病情进展和预期结果后，我催你吃饭，补充蛋白粉，却没考虑到你的食欲已经减退，只想着如果你能吃饭就能体重上升，体重达标了就有条件再次化疗，继而有机会赢得一丝生机。我的强势让我想起了曾经和自己妈妈爆发的冲突，她强硬地要求食欲全无、口舌都痛的我吃饭，其实是她太过迫切地希望女儿快点好起来，认为"多吃一口，活下来的机会就会大一些"。

第二次是你爸爸过世后，我再次跟医生谈完话，就一头栽进对你可能死亡的焦虑之中。你倒是语气轻松地跟我讲："夸夸姐姐，你不要为我着急。"我以为是你不知道自己真实病情的天真，后来才知道，你是不想成为我情绪上的负担，不要我为你忧愁难过。我也终于放下自己心中的"非要""必须""一定"，转向让你"在活着时快乐一点"，"让你明白你是珍贵的、被在乎的、被爱的"。

你信任我，愿意听他人的建议。我跟你讲妈妈的软弱与不易，才十多岁的你很快就能听懂。我无法回答你的问题，无法说你一定会好起来或者不会好起来，但我告诉你爱比死亡更长久、更有力量，我们并非除了被动等待什么都做不了。我们即使没有完全好起来，也能做一些想做的事情，比如画画，比如关心别人，比如阅读和记录。

在这个过程中不是只有我在单方面地付出，我也是被你爱着的。别人眼里脾气很犟、很不配合的小孩会撒娇说，姐姐来看我，姐姐我给你画了画；电视台来采访时，你第一时间打电话给我；对过世的爸爸的思念也愿意告诉我；我探访你后回家时，你会说，姐姐快歇一歇，辛苦了；你虚弱疲乏时也会热情招呼来访的我们：姐姐你们吃西瓜，姐姐你带点鸡蛋回去，姐姐我分这个土鸡汤给你吃。

后来也许是你知道自己时间不多了，急着要我来看你，你说要亲手给我做一个礼物。我提醒你还有其他人也爱你，你就机灵地说，那其他人是小礼物，我要给你双份礼物或者大礼物。你还鼓励我写完这本书："姐姐你写好了（书），我要认真看完的！"你给了我很多感动。谢谢你呀。

你每次呼吸困难的时候，都会问："夸夸姐姐你下次什么时候来看我？"我说："你没看微信的时候，我也在想你。我没来医院的时候，我也在想你……"我还没说完，你就飞快地说："我也想你！我一直都想你！"你那硬是不肯输给我的语气里充满了力量。你还为我即将到来的骨髓复查祷告，希望我平安。

你看，你做到了。即使你重病垂危，你也在爱我，信任我，对我敞开心扉，依恋我，关心我，给我反馈，你真好。

你一阵阵地昏迷，我就坐在床边静静陪着你。因为血氧过低，要很吃力才能睁开眼睛的你，像极了当时的我。这样短发的你、瘦得皮包骨头的你，不知道为何竟然格外美丽。你短暂醒来时还会主动喝牛奶，根本不需要我催促和提醒，你换药时还努力尝试自己翻身，你已经在尽力争取活下去的希望了。我当年失去意识时，会不自觉地哭哭啼啼，一直抓取挣扎，痛苦流泪。而你没有，你睡着的时候平静安稳。那样无言地陪着你的几小时里，我知道时间正在流走，我能做的很有限了，但我再也没有悲伤大哭和恋恋不舍，因为你在人生的最后关头是被充足的爱所围绕着的。我也因此连带着消解了对自己死亡的恐惧——如果将来我再次陷入危险即将离开，我知道身边的人也会这样牵挂着我，爱着我。

我无比希望你能跟我一样好起来，站起来，去恋爱，去画画，去经历生活的各种挑战，变成更丰富的大人。我知道你比我更细腻、更坚韧、更勇敢。回家后我急忙花了一天时间，贴好了你来不及完成却执意要送我的钻石画，看到天上的星星，我明白了你对我的祝福。

我撒娇要你为我祷告，祷告我的骨髓复查能够顺利。

你真的这样做了，还加上一句："上帝，你给夸夸姐姐一个超好的男朋友吧，这个月就让他出现。"我被你的八卦之心逗得哈哈笑，我想起你曾悄悄问其他人："夸夸姐姐有老公了吗？"

五年里最后一次骨髓复查的那天，下午麻药消退过程中，我在昏睡，醒来看到信息：你已经走了。傍晚朋友们来看我，担心我哭得厉害。我没有滚滚泪珠，只有沉默的哀恸。

现在你卸了地上的痛苦，去了更美好的地方。我反而没有特别难过，也没有再情绪崩溃，我听了你的话："夸夸姐姐你不要太担心我。"

亲爱的维维，很高兴能在这三个月遇到你，陪伴你。我们不是偶然相遇，是必然相见。维维，我想念你，我们天上见咯！

人活着有什么意义呢？我不再问了

活着到底有什么意义？你也像我这样无数次胡思乱想过吗？

我小时候就是奇怪的小孩。我会想：看起来小小的浪漫的流星，原来就是巨大的能砸死人的陨石啊，那么会不会刚好有一颗掉在我上学的路上呢，或者砸在我头上？反正这些事情都是随机的，陨石根本不会因为知道我是可爱的小女孩，就绕开我。

人生这么不可控，活着有什么意义呢？

成年后有一次去陕西博物馆，看到有段视频还原了古长安极盛时的景况。所有人都被视频里展现的美轮美奂的建筑、璀璨绚烂的文明所吸引，驻足许久。有位外国女士啧啧称赞后忍不住问我："太伟大了！这些宫殿现在在哪里呢？我想去看！"我只好告诉她："不存在了。都没了。因为战争，都已经被一把火烧掉了，找不到了。"她震惊又失落，眼神里兴奋的光一下子黯淡了。

辉煌创造终会成空，努力有什么意义呢？

看一眼周围的人们，都过着差不多的生活：出生，读书，工作，结婚，生育，生病，死亡。我们在二手经验里过着二手人生，跟着大流盲目往前走，我们还没搞清楚这个世界，那必然的结局就已经来临。重复又无趣。

人生如此雷同，活着有什么意义呢？

战争、垄断、阴谋、诡计、空气污染、生物灭绝、气候变糟……世界如此糟糕，活着有什么意义呢？

过去很多年，我没有说出口，却一直这样疑惑着。

我时不时就会被虚无主义困扰，脑子里常常闪过这个问题："人生的意义到底是什么？"朋友们为我的莫名其妙担忧，他们说："张夸夸，你要是停止想东想西，会快乐很多！""哪有什么意义不意义，别想那些虚头巴脑的，活着本身就是一种意义！"

最近一次从虚无主义跳出来，是在辞职后一个夏日的傍晚。我被很多不同维度的坏信息击倒，气馁到躺在地板上起不来，悲伤几乎吞没了我。我一遍遍地对自己喊话：张夸夸，你从地上站起来，高兴一点。我却沉沉地继续躺着，很久很久，始终没有动力再起身。我对未来一下子没有了憧憬和期待。我又开始怀疑人们苦苦挣扎在这个世界上的意义。我不再有表达和倾诉的动力，甚至哭不出来了。

最后让我从地板上爬起来的，不是改变世界的宏愿，不是飞来横财的诱惑，而是一些小事。

表妹在楼下玩滑板摔到了脑袋，我不得不半夜带她去看急诊，拍片检查。路过CT室时，我想起了从前发生的事情。维持治疗期间，某次连日咳嗽不止，医生和父母担心我再次肺部感染，是表妹在深夜陪我去医院。如今，我可以完好地照顾他人，有了一些帮助他人的价值。

手机里跳出一条条意料之外的反馈，不同的家属给我发来信息："你的分享曾经帮我的亲人度过抗癌的时期，给了他们很多鼓励。现在亲人已去，但每次看到你还在更新，就会很高兴。你要继续写哦，要健康地活下去！谢谢你帮助过我。"我意识到自己也是众人牵挂的人，于是就耐着性子，重新打开书稿继续写，继续修改。希望真有人能从中得到力量。

还有事情等着我去做，我还被期待着，我还有能量可以传递。那就继续活一活吧，我这样想着。

2022年圣诞节，疫情管控取消，医生和父母都很担心我会感染，建议我在家不要外出。又一次闭门不出的那些天，看外部大环境的魔幻诡异，看朋友圈人们生病的痛苦、亲人逝去的悲伤，我在家里孤独又低落。晚上我收到前同事嘉浩的微信，他提到我曾经如何用心对待伙伴，照亮过他的人生片刻,他说,希望我的生活如麦兜主题曲唱的一般,"all things bright and beautiful"。这些零星但重要的慰藉,让我大哭。我的真心遇到了真心的回响,我自己忘却了的付出,在别人那里留下印记。看不见摸不着的情谊,并没有如烟飘散。

很多我无心散发的能量,在未来某一天,又回照到我自己身上,帮我振作起来,形成了爱的循环。我们不是一个个孤岛,我们的命运本就相连。人生的意义,至大至小,原来都是这两条:做具体的事和爱具体的人。

朋友温玉婷也发来信息:"我总算近距离详细地了解了那几年的你到底经历了什么,你就欣然接受大家对你的爱吧,暂时沉溺一下,觉得累了也可以冷漠,你没有一直发光发电的义务。"她指的是我探访重病的小朋友,在精神上陪伴长辈垂危的朋友,甚至协助举办葬礼。她担心我承担了太多不属于自己的责任,过多地关注重病和死亡,这些信息过载会导致有一天我自己先掉入了黑洞。

其实我也想过,我是不是太少考虑自己的利益,不够顾念自己的健康。但答案越发清晰,生病是我的人生无法抹掉的一部分,如今看来甚至是珍贵的一部分,过去我所接收的爱和帮助,内化成了我的一部分,让我不得不成为一个新的人,少一些"等价评估""值不值得",多一些"ta

需要我看到，所以我支持、我陪伴"。

噢，第二次活下来的意义，是做力所能及的事情，是照亮他人，是关爱他人，是不再永远只想着"我"，是看见他人的需要，共情他人的遭遇，鼓励他人走出失落。我决心去成为一个支持者、陪伴者、帮助者，而不是一心只有自己的攫取者、索求者、争夺者。

如果我还是那个旧我，一心只要更多的收入、更高的成就，那么即使活下来，也并不会比从前更快乐。

人生的意义不该如此，或者不该止于此。我早就厌倦了重复无聊的二手人生，懒得在终将消散的人生上去努力着色，但如果这些行为、言语能帮助一些人度过黑夜，撑到他想要的明天，那我愿意。

话说起来很漂亮，但坦白地说，我做的都是微不足道的事情。我们普通人的耐心、信心、能力也常常是有限的，能为他人做的事，可能也都是极小的事。不过这些小事，也可能影响他人，支撑他走过艰难的时刻。你不一定要去探访重病的人，不一定能挽救一条生命，但我们也可以有所作为，比如：陪朋友聊会儿天，及时表达你的想念和问候，分享自己的近况，一张图、一首歌都行，寄一个小礼物，写一张卡片，一起回忆你们的往事，告诉对方他有多重要。就这么简单，但是效力可能是非凡的。

我们能获得什么,并不知道,但只要我们愿意,我们永远可以选择去给予、去行动。不要像过去的我那样,被环境吓到,被结果困住。人生就是会有很多次的失落无力,但也会一次又一次振作重燃。

人活着到底有什么意义?我不再问,而是去做。做具体的事,爱具体的人。哪怕力量微小,但在时间被全部没收之前,那美好的仗我已经打过了,该跑的路我也已经跑尽了。

第四章

死亡不是终极课题

无论是病人还是家属，
如果每个人都要走过这段路，
我有一些小的建议作为参考。
而当所有这些建议都失效了，
我们该如何看待和面对死亡呢？
对抗死亡不是我的终极课题，
如何好好地活在当下，
才是更应该思考的事情。

病友安欣

北京医院二次确认安欣第二次复发的时候，我心情复杂得难以名状，但仍假装如常吃饭、看书、跟朋友聊天。两年没有发烧的我，当天半夜突然烧起来，迷迷糊糊中想起自己化疗的日子，呕吐、疼痛、无力，躺着什么都不做也很难受，睁眼到天亮。吃完药，我又迷迷糊糊睡上一整天，才退了烧。

再坐回电脑前，我还是不知道这个故事要从何说起。

去年我停工歇息，暑假时，安欣来找我玩儿。起初我对网友是想保持距离的，糊涂的我只记得她是病友。得知她在北京治病时，住在一所教会的房子里，我想我们有特别的缘分。第一次见面我就高兴得不得了，除了非常礼貌懂事，更重要的是，她高高大大，皮肤有光泽，面色红润，看起来像个女篮运动员，健康又有活力！那时她因为生病而中止的学业能延续下去了，过完暑假就要去读大一。哈，前途一片光明。她可以像其他姑娘那样去读书、追星、恋爱，人生好像没有被疾病耽误太多。

她妈妈很爱她，连我去打HPV疫苗，都要问一句："这是什么，我女儿可以打吗？怎么预约？"夏天，我多次去探访重病的小姑娘维维，有一次我问安欣："你要不要跟我一起去？她也想再回到学校，也许你就是好的榜样。"她就去了，在病床前跟维维聊起游戏、明星、漫画，很有姐姐的样子。

从医院回长沙的路上，我疲惫不堪，安欣转过头问："你是不是累了？累了就告诉我，可以靠在我肩膀上。你有什么就直说，你不直说我是不会明白的哦。"她说话的语气简直就像我的姐姐。

她跟我见面时常常撒娇："夸夸姐姐你身上总有一股香香的奶味。"

我很疑惑。

她说："我是说茶味。"

我说："不管是哪个形容，都像在骂我！"

她才解释道："我的意思是跟你在一起就会心情特别好，就像吃美食、喝奶茶，特别愉悦。"

开学前，她认真送来共度暑假的礼物。我被她的细腻感动。看啊，一切都很明媚灿烂！我想她会有很棒的青春记忆，去爱、去恨、去感受人生的不同阶段，新的生活就要开始了。

寒假回来,她妈妈告诉我,因为疫情,安欣没能及时去复查。我联系医院,让她赶在春节前做了骨髓检查。春节期间,很多人都在追电视剧《狂飙》,"安欣"火了。小姑娘安欣却缩起来不吭声,当我警觉地问起湘雅的复查结果时,她和妈妈第一句话都是:"我们不想让你担心。"我感到错愕又心疼。

我还没来得及安慰她们的痛苦,先被她们安慰了一通:"夸夸你不要担心我们,你要照顾好自己,你吃好喝好,多出去晒晒太阳,跟朋友见面,不要一直在家不出门。你要好好的。千万不要被我们影响了。"

转去北京后被二次确认为复发,安欣还是劝妈妈放弃她,妈妈还是无论如何要救女儿。因为安欣改过名字,很多时候我都对不上号,这一刻终于把所有信息都对上了。她们不知道,她们的经历曾如何影响我的决定。

我想起来2019年底第一次提辞职的原因是,半夜我在会议室里看到病友群里的信息。当时还叫瑞瑞的她复发,她跟妈妈说:"你放弃我吧,你该往前走,开始新的人生,你还年轻,还能再生一个健康的小孩,忘掉我。"她妈妈说:"我不会放弃。"我为故事悲伤,但更多的是心忧:中危都会复发,那我这个高危呢?我还在这里"作死"干什么，我还剩多少时间？

我想起来我还给她寄过药物。安欣本名不叫安欣，是叫贾瑞。她妈妈在她第一次复发结疗后，为了让她有平安又快乐的一生，特意改了名字。我想起我写完《重生之旅》的初稿时，非要她作为年轻读者帮忙看看，她一直说忙。也许是跟我爸爸一样，她也不敢回首往事。

安欣生病时父母已经离异，生病后爸爸不管不顾，不给钱，更不同意骨髓移植配型，这次又打电话来责骂她："为什么会复发，你为什么不照顾好自己的身体？"谁知道呢？没人能回答这个问题。医生解释不了，科学解释不了。遇到了就是遇到了。还活着的人，也并不是因为真的做对了什么。

安欣特别好，很努力，很坚强，也爱笑。她这六年都很勇敢，扛过了第一次治疗时的心脏衰竭和眼球出血，扛过了第一次复发治疗。十四岁因病辍学的她，在康复后还自学参加了高考，一直积极努力。她已经很棒了，已经很优秀了。

她和妈妈相依为命，抗癌六年，怨恨过命运的戏弄吗？很难有人不会。母女俩再次面对新一轮的风暴时，已经家徒四壁。过去治疗的几年，最难的时候，安欣妈妈去工地做过搬砖、扛水泥的小工，舅舅和姨妈在过去几年里全力支持,外公、外婆也坚持工作赚钱。

这几年,也有很多陌生人参与到帮助这对母女的行动中来,大家用不同的方式帮助她们。每个人都被她们母女间的爱、被乐观积极的精神感动。大家都在共同努力,去赢一个生的希望!

看起来,我们面对的是一个冰冷的、无意义的、随机的、毫无怜悯的、充满苦难的世界,人的一生穿插了太多的痛苦、挫折、挑战。但其中的爱,也如此有力和动人,改变了我们看待命运的角度,也支撑着我们在苦涩中努力腾挪,绝不放弃!

《小王子》里写道:"我不需要你,你不需要我。我们跟成千上万个人没什么区别。你需要我,我需要你,我们彼此需要。我们就变得特别,变得独一无二。一切都会变得不一样。"

那些生病的年轻人

"夸夸,你的力量从何而来?"

这几年被生病的人、被家属、被健康的人都问过这个问题。我非常理解,刚生病时当眼睛不再有出血风险后,我也在试图找答案。

朋友们替我总结:坚强、乐观、年轻,所以能活下来。我不太确定这些答案是不是对。我看到了其他人的经历,一次次反思,也许不是我做对了什么,所以才有今天的样子。

我是 M3 高危型,病友群里的林大哥是中危型。他最活跃、最爱调侃,相关医学知识储备也最丰富,病友们关于用药和治疗的问题,他总能提供很专业的信息。也许是为了避免影响其他病友的心态,他并未在群里说过自己多次复发的事。他复发多次后,还增加了脑部中枢白血病,仅十一岁、体重还不达标的儿子决定自己来做供体。但移植后,他还是出现了复发,前后复发七次,甚至下肢瘫痪。

一次次的复发，导致一次次的治疗难度变得更大，我愤恨命运对他的捉弄。

我不知道怎么安慰他，只能时不时地问候他的近况，他从未倾诉过痛苦，有时还能开玩笑逗我笑，乐观到我都不好意思表现出悲伤。最近一次复发后，医生建议再移植。他的表妹、姨妈、舅舅非常有爱，也都来配型。他讲："在二次移植之前，我还想试试放疗。移植放在最后吧，我还想再搏一搏。"我被他这种始终积极的态度震撼，他从未轻言放弃。他谈论新的情况变化时像严肃的学者，只罗列严谨的客观事实，不附加任何情绪和评论。

在疫情防控期间，他无法按时就医，但仍然很冷静。他从未抱怨命运不公。双脚走不了路后，他没有抱怨医生操作不当。我有时悲伤，他没有；我时常软弱，他没有；我想过放弃，他没有。

我的某位合作方很酷，总是很深沉，某天会议室只剩我跟他时，他突然盯住我，缓缓说道："张夸夸，其实我有膀胱肿瘤。"我愣住了，半天说不出话。他挤出一个苦涩的笑："最开始我也不敢相信，情绪和理智上都不接受，在治疗过程中陆续恋情告吹，工作丢了，从深圳搬回长沙，又不敢麻烦父母，只能自己一个人一次次去湘雅治疗和复查，去医院的路上总是很难过。我想不明白为什么命运如此，我至今无法像你这样乐观。"

我回望来路，发现我一开始其实也是不想活的。我对"活"没有留恋——爱情我不要了，事业心可以丢掉，父母有哥哥养老，我搞不定所有的问题，算了吧，我太累了。我总觉得自己被世界甩开，觉得委屈和孤独，觉得不公平，担忧跟主流脱节，会更明显地掉队。

即使爸爸帮我过滤了很多不好的信息，但前后五年里，我还是不可避免地看到或听到了其他病友的故事。曾经只盯着微博热搜里光鲜靓丽的明星，以及年轻有为、早把我们甩在身后的同龄人，生病后我才看到自己的眼光多么狭隘，这世界原来还有很多其他人来过，而我，是多么幸运。

晓燕姐是我住院早期同病室的姐姐，她小鸟依人又优雅温柔，儿子马上要上大学，老公也很耐心地照顾她。他们夫妻在病房分享了很多调养食谱，灵芝虫草怎么补而不燥、食欲不佳时如何开胃、快手麻油面怎么做，甚至假发测评……和其他病友分享了很多经验。两次治疗相遇之后，她就再也没能出现在医院。

隔离病房里跟我一样没胃口、吃不下饭而被家属念叨的大叔，在我突然口鼻出血时帮忙叫来医生的大叔，他生病前努力工作了很多年，终于在县城有了一套新房，装修完赶上春节，一家人本可以欢欢喜喜地在新房里度过，却因甲醛超标而患病。因为药物副作用，他几乎二十四小时不停打嗝；还一直在发烧，血小板始终升不上来。他一直很安静，不怎么说话，也没有什么大的动作。来我这边探访的人进进出出很嘈杂，他从不嫌烦。他唯一的儿子正在服兵役，不能来照顾他，最后没来得及见到小孩成家他就走了。

还有一位阿姨，因为儿子患病，她选择在血液科做护工，一方面可以增加收入用于支付医药费，另一方面可以更多地陪伴儿子。几年后，青春期的小孩还是没来得及长大就没了，剩她一个人。

某次我在走廊预备骨髓穿刺，另一位阿姨来找我爸爸，询问我的情况，想知道我们如何得胜。她的儿子一开始就不对劲了，知道自己是大病，但拖到实在不行了才来医院。他总想着，自己才结婚，总不会遇到太坏的事，迟迟不肯来治，现在已经太晚了。这位妈妈不停地喃喃自语：他还这么年轻，不知道能不能活下去啊。

现实里的病友、《岁月神偷》里的哥哥、《翻滚吧！肿瘤君》中的熊顿、写作《此生未完成》的于娟，他们每一个人都比我更想活下来，但他们的爱、恨、牵挂、不舍、未竟的梦想、待解的心结、隐秘的遗憾都随之消散了。

一位读者的姐姐患恶性疾病，父母当时舍下大笔财产，想尽办法全力救治,那位姑娘恋爱都没有谈过就匆匆离世了。一些人看到我,忍不住提起她活泼的小学同学、前途光明的同事、好不容易与她和解的父亲,或者她命运多舛的母亲如何被疾病夺去生命。还活着的人,回忆起提前离场的人们,还是会忍不住泪光闪烁,这些惋惜和悲痛并没有因为时间的冲刷就消失。

很多人比我更想要活下来,我这样一个并不想活的人却得到了存活的机会。不该是我,却偏偏是我。我不应该奢侈浪费,我得让这个机会配得上原本的价值。这些病友们的故事,更新了我的想法和判断。对,不是拥有得更多,而是不断出现的死亡和失去,提醒了我该如何去活。

我还见过对面的病房里打架,保安赶来维持秩序。一位大姐患病后,老公不付钱,把家里存款转走,从不照顾,这次来是要离婚的。儿子实在气不过,当场跟自己的爹打起来了。还有一个姑娘生病后,老公果断跟她撇清关系,"被离婚后",她独自前往北京治病,再无音讯。

我还遇到过更多生病的年轻人。邻居小 no 患的是克罗恩病,一种病因罕见、治疗方案都不明确的肠道疾病,只能摸着石头过河。这种病会伴随她一生,不能剧烈运动,无法像我这样高强度地工作,甚至她原本咖啡师的工作也做不了了。她第一次告诉我病情时,我正在公司开会,坐在会议室里，有种人间很荒诞的感受。我被健康的人群包围，但其实，健康真不是普遍平常的事。

跟同龄人比，我当然"很惨"，年纪轻轻就被意外摁在病床上，原本的计划被急刹拦截，未来难测。但其他病友的遭遇，又难免衬出我的幸运。至少，我还活着，而且父母和亲友从未出于经济压力而考虑放弃我，而是耐心细致又科学地照料我、鼓励我。他们为我打造了一个金钟罩，让我安心待在里面，避免被死神和负面舆论侵扰。我甚至什么都不需要做，只是傻傻地坐在那儿。我只是活着，并不需要出人头地，这对亲友来说，就已经是巨大的幸福和安慰了。所以我要好好的。

力量从哪里来？我的回答是，最后活下来，是命运的格外恩典，是每位医生的尽责，是爸爸和老徐的细心照顾，是他人的关爱，让我有机会也有意愿继续活下去。活下来，不是我的成就，我是被赠予的、被爱的、被支持的那个。是爱拉住了我，无论是亲人的全力营救、不熟的网友全球找药、朋友们的呵护陪伴，还是剧友们的共同守护，都是一次一次绝佳的示范，是他们让我成为一个更好的人。我是被爱救回来的，我也要去继续传递爱。我不得不这样做。

但如果你要问的是，有人患病了，现在要治病，你有什么建议吗？我可以说上好多条。

生病之前应该做的事

真生病了,我们能做的其实很有限。在没有走到那一步之前,预防的意义大于治疗,成本也小于治疗。

这几年,不同的朋友发来一张张血常规结果说:"夸夸,你帮忙看下,这个是我一个亲戚的小孩的体检结果,是白血病吗?""夸夸,这是我朋友的血常规,这个指数是什么意思,也是白血病吗?"朋友高远体检后,医生说指标不太对,建议她复查,她担忧到自己下了结论:"我也得了白血病,像你一样!"这已经是第六个在得知我突然患病后,也怀疑自己健康的姑娘。其他人分别怀疑自己得了肠癌、乳腺癌、胃癌、白血病……

我一再重复自己的建议:"如果有任何担忧,就立刻去检查。如果有问题,早发现早治疗;如果没问题,早确认早放心。无论如何,别拖。提心吊胆、胡思乱想却依然不行动,是最无用的。"

病前建议第一条:出现征兆要及时去看医生,排除危险,切勿大意。

人们常好奇地问:"夸夸你病得那么突然,真的毫无征兆吗?"有的,而且很多,只是都被我忽略了。比如,我在做常规的妇科检查时,医生很轻微地触碰后我就出现了阴道出血,我当时无知到以为是月经,还跟朋友开玩笑:"好丢脸,迟迟不来的月经,被医疗器械碰了一下就来了,像是被疏通了下水道。"牙龈明显出血,我以为是智齿发炎,预约了拔牙手术,还跟 Sam 商量好,术后住他家由他来照顾我。跟朋友们去郊区市场买花,路上我讲完笑话就屡屡昏睡,精神萎靡。去姨妈家吃饭,牙齿已经咬不动满桌的牛肉和排骨,对着满桌子好菜提不起兴趣。去北京散心时,饭才吃了一半我就当着陌生人的面,趴在饭桌上睡着了,一点也不礼貌。这些,我通通以为只是自己工作太累,没有休息好。去泰国旅行时,我也是一路发烧,到了景点下不了车,在座位上昏睡,在回程的飞机上睡着,完全不顾旁边小婴儿的哭闹。

大姨那句"你不会是血液有问题吧",我没听进去。她又打电话提醒我妈,我妈再打电话来问我时,我正在加班,笑她们小题大做。这样的猜想太夸张了吧,是中年女人的韩剧后遗症!血液病怎么可能?!

我是在医生家庭长大的小孩、看过很多医疗剧的青年,这一系列明显的征兆,还是都被我这个蠢货忽略掉了。

不要怕，不要侥幸。很多人都对医院感到恐惧，其实完全不必。它是一个可以帮你判断健康状况、找出恢复健康的方案的地方。大家如果对自己的身体状况有疑问，就早点去医院啊。

病前建议第二条：保险配备齐全。

我当时除了社保，没有商业险的补充，自己要承担的费用很多。国家的政策这几年在渐渐变好，我因为治疗费用高昂，抢救和进口药物带来的自费费用也过高，可以申请"大病二次报销"。如果提前购买了重疾险，给自己补充了商业保险，就能很大程度减轻家庭负担，也减少焦虑和担忧。我春节时还想起要给自己补充重疾险，但总觉得不急不急，忙完手头的事情再说。谁知端午节前入院，此生恐怕都再难买上商业险了。

要给家里的经济支柱优先买保险，万一他倒下，不至于全家都窘迫。有些病友，是全家都停工来照看的，辞职意味着治疗费用可能没有保障，总之这不是好的循环模式。一人重症，全家都要卷入其中，因病返贫的后果要尽量避免。

病前建议第三条：珍惜身边人。

我们无法知道自己最后一次跟爱人相见、拥抱、好好说话是什么时候，我们都曾以为来日方长，但意外可能先于明天到来。我们此刻友爱多一些，将来遗憾就会少一些。

写给家属，照顾病人的小建议

大姨父生了重病，他生日时亲戚们特意从外地赶来，聚在一起为他贺寿。一道大菜——香软猪手端上来的时候，满桌的人都劝他不要吃：因为正在吃中药，要忌油腻。一向话少的姨父没有再动。知道他最近一段时间饮食上仅仅摄入清淡蔬菜，我认真地提问："为什么不呢？一块猪手能有多油腻？油腻带来的副作用大，还是快乐带来的正面作用更大？"

多日吃苦味中药导致胃口全无的姨父，这才吃上了猪手。他难得露出满面笑容，连连称赞：啊呀，想不到猪手这么好吃！

重病的小姑娘维维多日没有胃口，有一天她想吃辣条，妈妈不许。阿姨们送来的时下最流行的中式糕点，妈妈也不许她吃，怕上火。所有零食，都被收进橱柜，小姑娘一口都没吃上。当然，妈妈也是为她好。但小姑娘一下子变得沮丧，她患的是骨肉瘤，她的肠道功能是没有问题的。

每当这个时候我就很想提醒家属:"认真听病人的声音,只要不是原则性的风险点,就尊重他们的意愿吧,让他们继续拥有生活里的小乐趣好吗?"家属们照顾病人是非常辛苦的,但也需要一些小小的技巧和方法。

这几年,身边的朋友和亲人生病的时候,我总会去看望,我不知道说什么来安慰,但看到了很多病人们没能表达的担忧、恐惧或其他心理,由此想到了一些建议和问题。

第一,认真听病人的需求。沉默寡言不代表情绪没有波动。生病的大人们,可能非常体谅儿女,不想添麻烦,总是沉默,把需求埋在心里不愿说出口。生病的小孩子,往往说不过父母,又不想吵架,只能生闷气到哭。人们总是高估了药物的作用,用"为你好"来劝阻病人的需求。除了被医生提醒过的禁止项——比如血小板低的人不能起身穿衣,不要下床洗澡,因为可能大出血——其他的就随他们去吧。有一次我化疗后呕吐,几天都没食欲,爸爸突然听到我说想吃常德麻辣牛肉粉,就真的给我点了外卖(等食物真的到了跟前,我也还是没有味觉,闻了闻而已),并没有怕牛肉是发物而否定,我非常开心!如果病人想躺平,就让他躺平。如果他想工作,他觉得工作让他快乐,就让他去工作吧。融入世界、不被隔绝会让他没那么孤独,也不容易胡思乱想,只是要帮他规定好作息时间,监督他别太劳累。

第二，如何处理病人情绪？病人变得任性暴躁、不讲道理背后有非常复杂的情绪：对未来的担忧、对死亡的恐惧害怕、对命运不公的愤怒、对自己的责怪。因此对病人的鼓励和肯定非常重要。要帮他建立对未来的信心和盼望，让他们知道与病共存、与癌共存会是常态，每多活一天，都是重要的进步。多了解医疗信息也能更明白病人的症状，比如血氧低的状况下病人会暴躁不安、畏光，甚至环境里的正常音量也会给他带来刺激和困扰。探访的人不能理解，为什么病人不愿意被触碰，被围观时会抵触。就像我爸那样，帮我屏蔽很多坏消息，也是一种帮助。尽量包容和理解病人，打消他们的疑虑与担忧。

第三，到底要不要告诉病人实情呢？我也没有答案。对家属来说最重要的事，是更多地表达爱，帮助患病的亲人建立对未来的信心，为他们多创造一些快乐的时刻。爱和死亡都难以避免，但死亡是无法消除爱的。

专栏的读者曾留言给我："我从第一期就开始看，我看到你生了这么大的病，刚开始很同情，后来到了9月，我自己脑血管破裂，差一点死了，我才发现死亡离我不再遥远。当时我要做微创手术，从大腿走管子到脑部治疗，我吓得每天在家情绪都不好。回过头来看，真的很佩服你的勇气和乐观。在自己感觉要撑不下去的时候,是什么精神力量支持着你?"

我的答案是爱——被人期待着的爱,害怕失去我的爱,被肯定、被表扬的爱,这些爱来自我的亲人、朋友、同事、合作方、一面之缘的人,甚至从未谋面的人。有时候一丁点儿甜,其实是可以抵挡十万吨的苦的。

第四,照顾好你自己。近来朋友的爸爸也是好端端的,突然就被送进中心ICU,一直昏迷,坚韧勇敢的她,已经极度焦虑了很多天。但因为病情胶着不明,她无法决定是返回大陆继续工作,还是留在中心ICU外继续等候转机。家属们在长期陪护中,除了精神压力,还要遭受病人的情绪发泄,也可能常年困于医院,脱离主流世界,缺乏社交和生活,自己先抑郁了。

她来询问我的建议,我却无法代替上帝跟她预言一切都会好起来的。我只是建议她,该吃就吃,该喝就喝,该睡就睡,自己要快乐一点。因为我想,这是她爸爸希望女儿去做的——继续快乐健康地生活。(当然,有一小部分的病人以此要挟家属,把家属一同拖入泥潭和黑暗,要求对方也与快乐为敌。)

写给生病的你，喜乐的心是良药

我也曾收到急性白血病小女孩的家长发来的资料，他们在慌乱中辗转找到我，询问我存活的经验和概率。我无法回答，对于病人来说，存活概率其实只有 0 和 100% 两种，其他人的数据并不能作为参考依据。

给病人们的具体建议，我有三个：信任医生；不懂就问；积极盼望。

第一，最好是信任医生。大前提是一定要选择公立医院，很多人可能病急乱投医，结果被骗、被耽误。我自己遇到过糟糕的医生吗？有的，不耐烦、脸色难看、说话难听、非常冷漠、问了问题不答的医生，我都遇到过。尤其做常规妇科检查和乳腺检查时，常常会火冒三丈想吵架。但也看到医生（尤其是肿瘤科这些重症科室）态度不好，有一个客观原因是，他们工作量巨大，要反复回答不同的人提出的重复的问题，要面对很多病人家属的胡搅蛮缠，确实很辛苦。他们的提醒容易被家属忽视和怀疑，最后非常累，不愿多说，只给出一个简短的指令，确实很难做到心平气和（我认为医生也是非常需要心理疏导的职业）。

没有医德的医生有吗？有！但是绝大部分医生都是想认真帮你的。因为不相信医生导致自身内心摇摆，中途放弃疗程，这其实浪费了大量的时间和成本，因此，和医生好好沟通、充分沟通是非常必要的。如果你有担忧，那就摊开去谈、去问。我还是建议大家，相信医生，不顾病人生死的医生是少的，提高患者的生存率是他们的初心，不是所有医生都忘了。

更多的情况是，我遇到了一些好医生：提前给我上了最高配的抗生素，避免我死亡的医生；在我口鼻流血很恐惧的时候，快速安抚我，告诉我他们有能力控制住状况的医生；在各种不好的复杂指标里，安慰我脑部的阴影不会一下毙命，可以放到第二阶段去治疗的医生；对我有怜悯的医生。我也相信这些盼望病人能好起来的医生才是大多数。

第二，不懂就多问，不要怕，问医生，问助理医生，问护士，问病友。看似不必要的大量检查要不要做呢？多问！怀疑医生为了坑钱多开了检查而不去做，可能会导致耽误治疗。有的人胃痛，医生要求去做心电图并不是乱开检查单，因为胃痛可能是心梗导致的。明明一边血液指标不好要高价输入血小板，一边还要每天抽好几管血去检查，是不是前后矛盾、令人费解？因为通过检查可以看指标是否回升，要不要持续用防止大出血的药。如果觉得检查不必要，不明白为什么要做检查，可以向医生询问，不要自以为聪明，漏掉关键项目。

比如我确定是药物副作用导致的幻觉，并且没有再看到过那些奇奇怪怪的东西了，但是为了尽责，眼科会再来确认一次是不是眼底有隐秘的病变。比如我累极了刚睡着，屡次被护士换药时叫醒，问我叫什么名字，我气到只想翻白眼。"你每天都能看到这张床上的我，你还不认识我吗？处方上写了我名字，我的手环上也有名字，你不能自己看一眼吗？"其实这个环节也是为了防止出现错误，这是用来规避严重失误的机制。比如我血小板低时，为什么各个医生都要我躺下或者立刻坐下呢？医生没讲后半句，我也没问，仍然风险极高地循着旧习惯，一路小跑，飞奔穿梭在各个楼层，这是随时可能导致大出血毙命的。

第三，喜乐的心是良药。破除病耻感的捆绑，停止责怪自己、责怪命运，怀抱希望和爱，保有盼望，积极面对。"为什么会生病，不是说好人有好报吗？我根本不是什么恶贯满盈的大坏人！不公平！太不公平！"很多人都会愤怒很长时间，但这些问题是不会有答案的，抱怨并不能帮助我们改善眼前的状况。

人们总是搞不清时间的尺度，平日觉得死亡离自己远着呢，总不会是我的，时间还多着呢；生病后又会吓唬自己，没有时间了，肯定来不及了，因此惶恐不安，甚至被恐惧击垮。请不要被医生的判断唬住，不要被病友的结果吓到。不管是"只有几个小时了""就这几天了"，还是"最多半年"，我们的命运都不在旁人口中，不要去预设自己的时间。

调整心态，积极治疗。带癌生存，带病生存很久，都已是常见的大概率事件。被疾病、被其他挫折、被虚无主义困扰时，我无数次想算了，想一了百了，但后来当我能照顾生病的爸爸，当我再次恋爱哪怕无果，当我写出专栏，当我看到自己长出了皱纹，当我看到其他人把我的无心之善记录下来时，我都在心里大喊：张夸夸，还好你活下来了！活下来真好！

努力往前走，努力活到下一个明天，烦躁、痛苦、想放弃的你，也会跟我一样，在泄气了一百次后还是大喊：还好活下来了，活下来真好！

看不见的病耻感

前同事婷发信息来的时候,我正准备出门吃早饭。"夸夸,我生病了,现在特别能体会你当初的感受,你是我的榜样。"看着她传来的病理图片,我也跟着不知所措。

她说:"我特别羡慕你的状态,我心态比较差。"

我说:"担心自己吗,还是担心家庭?"

她说:"我觉得很难治疗,没有信心。而且我从确诊开始,就无法原谅自己,为什么不早点发现,为什么一发现就已经到了第三期,最重要的是,为什么是我?"

我说:"生病不是你的错,是随机事件。"

她说:"可身体是我自己的,我觉得不对劲的时候没有重视,我真的很后悔,没办法原谅自己。我一直健健康康的,除了生孩子就从来没有进过医院,现在真的好害怕。"

我说:"积极面对,为你祷告。"

她说:"我儿子问我,妈妈你为什么不回家,我只能说,医生要妈妈变成奥特曼打怪兽。"

不只有外界的闲言碎语："你可能是上辈子做了什么坏事，这辈子要来还债。"人们往往会首先责怪自己。不止年轻人，不止女性，几乎全年龄段的不分性别的重病患者，普遍都有"病耻感"——明确的自我责怪和羞愧。坂本龙一先生在第二次确诊肠癌时的声明里，提到了两次抱歉，为自己的身体状况抱歉，对工作伙伴抱歉。

其实，不光本人，连亲戚、家人有时都会因为害怕遭受歧视（ta不行/ta很弱）和议论（坏人才会遭坏报）而不敢提及，无论在求学、工作还是恋爱中都会下意识选择隐藏事实，还在治疗过程中反复地自我责怪，甚至回归正常的社会生活时也会有抬不起头的奇怪情绪。

生病，跟弱者、麻烦、不正常、比不上他人一一画上等号，因而也自然而然地出现了对病患的就业歧视和婚恋歧视。年轻漂亮的病友小文从恋爱到分手，都没敢跟男友提起过这件事，还跟我说，未来也不会在下一段关系里提及，只会隐晦地说自己休学的原因是生过病。我非常能够理解，除了前文提到的长辈评价"不够健康，如果我是男人我也不会选你"，还有"你自己什么情况你自己清楚啊"。

当然我也见过正面的例子。得了宫颈癌的太太在手术后，全程都是年轻的丈夫帮她换药、擦洗、处理引流袋，日夜守护在旁；他并没有觉得太太作为女性已经不完整，或者自己被血污吓退。太太看到丈夫的坦然和坚定，也更加积极地面对自己的病情。这些本应是正常的夫妻患难中的担当，在现实中却十分罕见。

爸爸也曾建议我："你不要写你疲劳、肚子痛、身体不适的事，会没有人敢找你工作和恋爱，人家担心你还是不如普通人。"我在办公室放了躺椅，疲惫时用十五分钟碎片睡眠法来为工作续航，曾有同事阴阳怪气地说："哟，你可真舒服啊！羡慕你！"

不难想象，病人会在职场中面临被优化的困境，再就业时会被问："你怎么停工了一段较长的时间？你现在健康状况怎么样？"过去的成绩帮我做了背书，让人信服我的工作能力不错，效率高，交付的作业也一直高质量。但我也会主动提前沟通，我需要疲累时及时的休息和相对灵活的工作时间。

但也完全不必矫枉过正。善良的朋友 Alex 两次跟我差点吵起来，他严肃地教育我："你对自己生病这件事的重视程度根本不够，我朋友圈前段时间才死了一个年轻人，你真的不要改变一下吗？"他对我当时恢复工作这件事有些痛心疾首。我老实去询问医生治疗期的禁忌，医生答："运动和工作，你不觉得累的话可以适量。不要太担心了。也许将来你还要生小孩的，那个挑战更大。夸夸，不要怕，放轻松点。感觉到不舒服了，停下来就是。"

看，其实我们没什么差别，不要刻意隐瞒和避讳，尊重身体的真实感受，好就冲，累就歇。

同学春哥有天留言给我："姑姑在三年前经历一场大手术，子宫肌瘤，姑父听从医生意见，让姑姑切除了子宫，自从那次手术后，姑姑就抑郁了，觉得自己不再是个完整的女人。三年中，躁郁症和抑郁症一起来，几乎没有人理解她，真的不能理解。姑姑和姑父常年一起辛勤劳动，表妹是认真负责的老师，表弟在国外留学，硕博连读，还有一年就毕业，这对于乡镇家庭来说真的很难得了，姑姑很优秀。但现在连姑姑的亲妈、我八十岁的奶奶也无法理解她。"

生病的人情绪起起伏伏，被随时可能来临的好消息和坏消息交替着袭击，有很强烈的被抛弃感，还有强烈的自我谴责感，很多感受无处可说，说了也不太被理解。而严重的病耻感会带来抑郁症，数据显示，重疾病人大概率会在病后半年到一年的时间患上抑郁症。

在抑郁症患者写的《活下去的理由》一书里，有两点建议：

第一，允许他人爱你。相信这份爱。为他们活下去，即使你觉得毫无意义。

第二，你不需要这个世界理解你。没关系的。有的人永远不会真的理解他们没经历过的事情，但有些人会理解，要对理解你的人心怀感激。

当时我读到这里时，眼泪一下就流出来了。"允许他人爱你。相信这份爱。为他们活下去，即使你觉得毫无意义。"表妹樊婷也曾对我说过相似的话，有一次她来看我，我拉拉杂杂地讲述完一大堆问题，她耐心听完，只是平静又坚定地看向我，说了一句："姐姐你很好，有人爱你，爱你一辈子，爱你到底，这是正常的。你自己首先要相信这件事！"我听后哭到停不下来！

啊，原来是这样！我没有相信和允许这件事发生！我没有相信自己，又怎么去相信他人呢？我没有接纳自己，又怎么可能去接纳他人？我一次次提醒自己："不要下意识地躲起来，包裹自己，那不是保护自己，你要允许愿意理解你的人进入你的人生。真实的你，才会真实地被爱。"

自己是消除病耻感的第一责任人。生病的朋友们，接纳自己，善待自己，不要帮他人一起对自己评头论足。努力活下去好吗？活下去，就可能会发生新的事，会有新的自己，会遇到能理解你的人。在生病过程中，我保持有点高频到烦人的持续分享，是因为渴望接收到回应。写作，是我自救和被救的一种方式，我很幸运地接收到了外部的反馈和信号。

而家属们要多看到病人的担忧，多肯定病人的价值，尽量去平复一颗悲伤到发狂的心。减少婚恋、就业时的偏见和歧视，也需要社会意识的转变。消除病耻感，可能需要一个很漫长的过程，需要我们每个人都参与进来。

写给所有人，死亡不是终极课题

辞职期间，在老家参加完亲戚的葬礼，我和爸爸出去散步。十多年的习惯，我在老家的每个晴天都会跟爸爸出去散步，边走边聊，谈天说地。那天犹豫再三，我才斗胆问："爸爸，你……想过后事吗？"

我不太敢问。一是因为中国人都忌讳提死，总觉得不吉利，尤其是对长辈，他们听来会觉得"你是不是盼着我死"。二是爸爸三年前也曾患病，病人总是多虑又敏感的。

爸爸没回答之前，我赶紧解释："这是我的职业习惯啊，如果有一场必须要办的活动，那么要提前想好活动方案，梳理流程，确定人员分工，最大程度地保证一切是按当事人的意愿来执行的，这样最好。"

我又先抛出自己的想法以示尊重："我很早就在写自己的悼词，已经更新好几次了，最近这版我很喜欢，短期内不会再改了。我不要墓地哦，骨灰用瓶子装起来就好了。如果放在家里搬来搬去麻烦，就撒掉它。哈哈哈，没关系，这些都不重要，葬礼也会比较简单……反正我们在世上是客旅，是寄居的。"

爸爸没有阻止我继续说下去，他知道我已经反复想过很多次。我们都近距离地跟死亡对视过，终于开始坦然地谈论这些。

意外和死亡，是正常且普遍的。人人都要面对死亡，或早或晚。

人们对"死"素来害怕，但害怕里包裹着的东西都有些什么呢？拆开来细看，我们是害怕还有没处理完的事情就响铃要交卷了？害怕自己累积的财富和名望最后成空？害怕分离时，心里的牵挂和爱变成万千不舍？

《纳瓦尔宝典》是早已财富自由的硅谷投资人的观点合集，其中关于幸福的篇章写道："其实，我们没有什么遗产，没有什么可以留下的，也没有什么会永垂不朽。我们都会离开这个世界，我们的孩子也会离开这个世界；我们的成就终将化为尘土，人类文明也会化为尘土；我们的地球将变成尘埃，太阳系也会化作尘埃。从宏观角度来看，宇宙已经存在了一百亿年，并将继续存在一百亿年。相对于宇宙，你就像一只在夜空中闪烁的萤火虫，你的生命转瞬即逝。"

是的，生命如此短暂，要接受死亡必定到来，同时我们的一生又那么漫长，拥有许多选择。我们可以选择更积极地去体验有限的人生。你我无论有没有生病，都可以提前思考死亡，准备遗嘱，讨论葬礼，这也是为了帮我们思考如何度过活着的时间：有什么没完成的事，有没有要留给家人的话和信，你的财产和社交账号怎么办？如果好起来了，你要换种生活方式吗？辞职吗？旅行吗？去吃什么美食？学着运动吗？要跟心怀愧意的人道歉吗？那为什么不从现在就开始呢？

我们早该谈论死亡。不忌讳谈论死亡和疾病，我们早点去想、去谈，才有可能真正地活在当下，才有可能坦然面对生命突然的结束。

总有很多书籍、资料、建议，来帮助人们对抗疾病，对抗死亡。但在浩大的灾难里，在疾速的意外中，这些建议起到的作用真有我们想的那样大吗？我们是因为自己做对了一些事，才避免了死亡吗？我们能够跟必将到来的死亡抗衡吗？

我又思考，继续存活就代表赢了吗？死亡就是失败吗？当死亡不是结束，我们有可能在永恒里再相见时，这件事还值得如此悲伤吗？

万物各有定时，我们如何才能坦然一些面对死亡呢？我现在坚定地认为，死亡根本不是我们的终极课题，在死之前如何去活才是更重要的事。过好每一天，爱人爱己，去哭、去笑、去努力、去原谅、去实现让自己认可的一生，无法预料的死亡来了又如何呢？我们已经得胜，且还能满怀爱地穿透一切。

我刚在连续两篇推文里用了纪录片《坂本龙一：终曲》里的截图来做配图，用以佐证患病的工作狂在治疗风险和职业之间做选择的痛苦和病耻感带来的愧疚自责，就得知坂本龙一先生过世的消息。他提过两次死亡。一次是他跟合作伙伴在拿奖后分开旅行，伙伴在墨西哥旅行时意外死亡，他去领回遗体。他看过现场后，那个场面冲击和影响了他的一生：才三米高，开车掉下来就摔死了。死亡是这么容易发生的?！另一次是他以为还有时间去见贝托鲁奇导演，后来导演过世，他只能急忙剪了组合乐曲送去意大利的葬礼上。当我们看到坂本龙一先生还在做全球范围的线上演出时，总以为我们不会这么快失去他。

我们总以为还有很多时间来证明爱意，来表达歉意，来履行诺言。我跟旅居日本的周婷只见过一次，我生病后，她辗转托人从日本给我带了礼物，元旦时特意拍东京塔亮灯的瞬间给我，春节和生日时准点发来祝福，我也总是说，我会来京都看你的，疫情解封我们就会相见。春节发了祝福后，我就再也联系不上她了，起初我以为是她太忙，但是后来她连生日信息也没回复我。这六年来我牵挂着的人，我却发现自己连她的电话和住址都不知道，我想核实她的下落，却没有渠道和方法。我担心她的安危，却如此无力。元旦时，她告诉我她在吃治疗抑郁症的药了，如果我那时能关心她多一点，也许此刻我的自责就会少一点。

我看过一个临终关怀的工作者写的材料，里面提到病人临终前的五大遗憾：

他们希望做真实的自己，而不是按照别人所期望的样子生活；

他们希望自己有一份还不错的工作；

他们希望有勇气表达自己；

他们希望与朋友保持联系；

他们希望让自己更快乐。

所以，为什么非要等到那个时候呢？我们早早地行动起来吧。真正重要的事，不要拖了，不要等以后，不要等下次，现在就朝内心真正的梦想飞奔。珍惜当下，珍惜身边人。我们总要因为死亡而分开的，趁还有时间，不要做无谓的争吵和对抗，在有限的时间里和身边的人好好相爱、拥抱，彼此陪伴。

唯有爱，能胜过死亡。

电影《你好，之华》在片尾提出了一个问题："你觉得有什么需要修改的地方吗?"我希望临终前,如果被问起已度过的人生有没有什么需要涂抹重改的地方时,我也可以坦然地答:"没有。我觉得很好。"然后带着爱,进入下一段旅程。

五年的重点事件时间线

2017年4月1日　　　急诊住院，医院下病危通知

2017年4月5日　　　骨髓穿刺后，确诊急性早幼粒细胞白血病（M3），高危型

2017年4月10日　　化疗前期，因呼吸衰竭、败血症等送去中心ICU抢救，多次被下达病危通知

2017年4月19日　　从中心ICU转进隔离病房，继续化疗

2017年5月15日　　第一次出院回到华容老家

2017年9月8日　　　开始写个人影评类公众号

2017年9月15日　　化疗结束，进入维持治疗，全球找药

2017年11月20日　 半兼职远程恢复工作

2017年12月5日　　病后第一次觉得不想死了，想要活下来

2018年4月10日　　举办"第二人生"生日会

2018年5月　　　　维持治疗期间，和妈妈去北京旅行

2018年9月1日	第五轮维持治疗结束，医生建议延长三轮治疗
2018年9月	维持治疗期间，回到公司全职工作
2018年10月29日	打针＋口服药的维持治疗方案，改成全部自费口服药
2018年12月	《请回答1988》的陌生剧友们选择共同守护我，寄来许多圣诞礼物
2019年8月	在《潇湘晨报》"××玩乐团"开始连载专栏
2019年10月5日	全部治疗结束，开始三年复查期
2019年10月30日	活着重回发病地曼谷旅行
2019年11月	时隔八年，重回深圳探访大家族的亲人
2020年5月	爸爸确诊淋巴癌
2022年4月	辞职休息，离开服务了七年的公司
2022年6月—9月	探访重病儿童维维，消解了对自己可能死亡的恐惧
2022年9月	五年间最后一次骨髓复查，实现临床意义上的治愈
2022年12月	写完《重生之旅》书稿

后　记

当时在中心ICU的我意识模糊，人们跟我说："夸夸，等你好了，你一定要写本书来纪念这段日子。"我毫无兴趣，翻着白眼拒绝——鬼知道我是会好，还是今晚就死了？写书多累啊，我只想躺着。这有什么好分享的？全世界像我这样倒霉的人少之又少，根本没有借鉴意义。从2017年到2022年，第一个五年周期结束时，我还是完成了这本书。

比起写完此书的结果，让我获益良多的是这个漫长的写作、求证、修改的过程，这促使我有机会重新回看了这一路获得的恩典。这个作品于我的意义，是记录我已经快忘却的过去；于家人的意义，是让他们更系统地了解这些年我独自在外如何长大；于他人的意义，是提醒人们人生之旅总会遇到低谷，我们应如何建立新的盼望，勇敢走过。

中途我也曾无数次想放弃，想出去玩，但是，那些反复掉入脑袋中的感受，又把我带回到书桌前重新坐下来。

回看过去，不只身体被医治，生命也被更新，我惊讶于大家对我的爱和帮助这么绵密和繁多，羞愧于自己早已忘记一些细节。我能写出来呈现给你们的，也不过是当时的痛苦、喜悦、感动的万分之一。

写作期间频繁停下来掩面大哭，不是因为回望险处的害怕，而是因为意料之外的爱。命运对我格外开恩，我为自己的幸运、为他人的遭遇、为故人的离去而感伤，为温情所感动，对没得到的释然；也笑了很多次，为自己收到的爱，为自我接纳的喜悦，为豁然开朗，为新生的自己。

定稿前，我跟老徐、爸爸再次核对和确认细节，希望他们能帮忙看一眼。老徐依然会发抖，会害怕，会激动不已，不敢看，不敢回想。爸爸收到稿子后拖了好多天才看，给我反馈意见时还是在电话里哭到失语。这之后我才更加明白，要写下这漫长的五年是多么难。

我时不时觉得这样的记录和分享毫无意义，在我想要算了的时候，是朋友们、网友们、编辑们的反馈在鼓励我。他们慷慨地分享了他们对这件事、对我的看法，补全了我已经忘掉的记忆片段，又点燃我去坚持再多走几步的信念。

谢谢那位至今没出现的人生伴侣，如果来早了，可能我饱满的情绪就只对你一个人喷涌而出，会让你倍受困扰；你迟迟没来，我只好将人生中一些阶段性的思索转而对外表达。我也时常感叹，还好这个阶段的我没有结婚生育，不然无法拥有如此完整的安静时间，去集中写作。

谢谢医者仁心的徐雅倩教授、祝焱医生、刘志勇教授、赵春光医生，湘雅医院30病室的护士、护工；谢谢想尽办法救我的幺叔、幺妈，帮我从外地拿到AB型血小板的一岚姑姑；谢谢我的父母、哥哥、老徐，谢谢爱护我、鼓励我的每一位亲人、朋友、同事、素未谋面的温暖读者；谢谢前老板文宾；谢谢《潇湘晨报》"××玩乐团"的主编大叶糖；谢谢为我祷告的牧者和关心、帮助我的兄弟姊妹；谢谢挚友Alex；谢谢给书稿提供了宝贵的修改意见的晏威、樊琼夫妇；谢谢在出版过程中给予我帮助的李大人、翠翠、陈敬娱驰、戴茵老师、Kelly；谢谢我的编辑给我修改建议，也支持我坚持自己的表达；谢谢耐心读完这个故事的你；谢谢已去天家的郑月兰阿姨、大姨父、谢大哥和维维。谢谢你们。是我们一起打赢了这一仗，当时你们的善意和帮助于我非常有意义，不以后来的任何结果为转移。

深深谢谢创造我又带我走出死荫幽谷，还给了我新生命的那一位。

图书在版编目（CIP）数据

重生之旅：白血病女孩的五年 / 张夸夸著. —长沙：湖南文艺出版社，2024.5
ISBN 978-7-5726-1691-4

Ⅰ.①重… Ⅱ.①张… Ⅲ.①纪实文学-中国-当代 Ⅳ.①I25

中国国家版本馆CIP数据核字（2024）第068407号

重生之旅：白血病女孩的五年
CHONGSHENG ZHI LÜ: BAIXUEBING NÜHAI DE WUNIAN
张夸夸 著

出 版 人	陈新文
出 品 人	陈 垦
出 品 方	中南出版传媒集团股份有限公司
	上海浦睿文化传播有限公司
	上海市静安区万航渡路888号开开大厦15楼A座（200042）
责任编辑	吕苗莉
装帧设计	祝小慧
责任印制	王 磊
出版发行	湖南文艺出版社
	长沙市雨花区东二环一段508号（410014）
网 址	www.hnwy.net
经 销	湖南省新华书店
印 刷	河北鹏润印刷有限公司

开本：787mm×1092mm　1/32　　印张：11.75　　字数：200千字
版次：2024年5月第1版　　　　　　印次：2024年5月第1次印刷
书号：ISBN 978-7-5726-1691-4　　　定价：59.00元

版权专有，未经本社许可，不得翻印。
如发现印装质量问题，请联系出版方：021-60455819

浦睿文化 INSIGHT MEDIA

出 品 人：陈 垦
出版统筹：胡 萍
监 制：余 西
　　　　 普 照
编 辑：陈 丽
装帧设计：祝小慧
封面插画：Michelle Hughes
营销编辑：哈 哈
　　　　 阿 七

欢迎出版合作，请邮件联系：insight@prshanghai.com
微信公众号：浦睿文化